KB189366

서계 박세당 문학의 연구

이화연구총서 13

서계 박세당 문학의 연구

최 윤 정 지음

혜안

이화연구총서 발간사

이화여자대학교 총장 김 선 욱

　125년의 역사와 정신적 유산을 가진 이화여자대학교는 '근대', '여성', '교육'이라는 측면에서 한국 사회에 매우 괄목할 성취로 사회의 많은 분야에 변화를 주도해 왔습니다. 우리 이화여자대학교는 이러한 역사와 전통을 바탕으로, 연구와 교육의 수월성 확보라는 대학 본연의 과제에 충실하려 노력하고 있습니다. 구체적으로 국내외 학문적 상호 협력의 연구공동체 거버넌스 구축을 비전으로 삼아, 상호 협력하는 개방적이고 민주적인 소통을 지향하며 다양한 포럼과 학문의 장 안에서 서로의 경험과 성과를 나누는 체계를 지향합니다. 아울러 다문화, 다언어의 역량을 갖추고 세계와 협력·경쟁하면서 타문화를 배려하는 나눔과 섬김의 이화 정신과 가치를 세계 속에 구현하려 합니다.

　열린 학문 공동체 안에서 이화의 교육은 한 개인의 역량을 강화하는 데 머무는 것이 아니라 타인과 약자, 소수자에 대한 배려 의식, 다른 사람과 소통하는 공감 능력을 갖춘 여성의 배출을 목표로 합니다. 이러한 교육 속에서 이화인들의 연구는 무한 경쟁의 급박한 현실에 안주하지 않고, 섬김과 나눔이라는 이화 정신과 닿아 있는 21세기 우리 사회와 세계가 요구하는 사회적 책무를 다하려 합니다.

학문의 길에 선 신진 학자들은 새로운 시대정신과 도전 정신을 바탕으로 창의력 있는 연구 방법과 새로운 연구 성과를 낼 수 있는 든든한 이화의 자산이자 미래입니다. 따라서 신진 학자들에게 주도적인 학문 주체로서 역할에 대한 기대가 매우 큽니다. 또한 그들로부터 나오는 과거를 토대로 새로운 것을 創造하는 '法古創新'한 연구 성과들은 가까이는 학계의 발전을 이끌어 내고, 나아가 '변화'와 '무한경쟁'으로 대변되는 오늘의 상황을 발전적으로 끌어갈 수 있는 저력이 될 것입니다.

이제 이화가 글로벌 지성 공동체로 자리 매김하기 위해서는 이 학문 후속세대를 위한 지원과 연구의 장을 확대할 필요가 있습니다. 이에 따라 이화여자대학교 한국문화연구원에서는 창조적인 도전 정신으로 학문의 방향을 이끌어 갈 학문후속세대를 지원하기 위해 '이화연구총서'를 간행해 오고 있습니다. 이 총서는 최근 박사학위를 취득한 신진 학자들의 연구 논문 가운데 우수논문을 선정하여 발간하는 것입니다. 총서의 간행을 통해 신진 학자들의 논의가 보다 많은 사람들에게 제공되어 이들의 연구 성과가 공유될 수 있는 기회를 줌으로써, 이들이 미래의 학문 세계를 이끌 주역으로 성장하는 데 도움을 주고자 합니다.

앞으로도 '이화연구총서'가 신진 학자들이 한발 더 높이 도약할 수 있는 발판이 되기를 희망합니다. '이화연구총서'의 발간을 위해 애써주신 연구진 과 필진 그리고 한국문화연구원의 원장을 비롯한 모든 연구원들의 노고에 진심으로 감사드립니다.

책머리에

이 책은 西溪 朴世堂의 문학 세계를 사상적 특징과 관련하여 고찰한 필자의 박사학위논문을 다듬은 것이다. 서계의 사상은 조선후기 사상계의 변화를 설명하는 배경적 요소로 주목을 받아 왔는데, 그에 비해 서계의 문학적 역량에 대한 평가는 많지 않았다. 당대에 논란이 되었던 서계의 사상적 특징이 문학과 어떠한 상관성을 지니며 규명될 수 있는지에 대한 기존 연구가 없는 것에 문제의식을 느끼고 논의의 출발점으로 삼았다.

책 전체의 논의 전개는 다음과 같은 방향으로 이루어졌다. 먼저 서계 문학 형성의 배경과 사상적 특징에 대해 살펴보았다. 서계 문학을 형성하게 된 私的 경험과 관계된 부분은 개인적 생애와 교유 양상을 중심으로 고찰하였다. 서계의 생애는 주로 저술 연대를 추정할 수 있는 詩錄 등을 중심으로 문학·사상적인 면과 관련 있는 부분을 중점적으로 다루었다. 그리고, 교유 양상은『서계집』에 수록된 다수의 교유시를 통해 파악하였다. 서계가 교유한 인물들의 대다수는 소론 계열의 인사들이었고, 이들과의 상호 관계를 통해 당대 문단의 일단을 추정할 수 있었다.

또한, 서계 사상의 특징적 요소 가운데 문학적으로 상관성을 지니며 규명할 수 있는 부분을 實 지향성과 개방성으로 정하였는데, 이는 곧 儒·道·佛의 사상적 맥락과 연관된 것이다. 서계가『사변록』저술을 통해서 강조한 요소 가운데 문학적인 형상화와 관련하여 설명할 수 있는 부분은 '實'을 지향하고, '眞/ 情'을 중시한 점이다. 서계는 기존의 특정한 설을 추종하지 않고, 시의 체제나 맥락 등을 궁구하여 나름대로 재해석하려는 태도를 견지하였다.

다음으로는 儒家 이념의 재해석과 형상화 양상을 고찰하였다. 實을 지향한 학문적 태도는 가치 판단에 있어서 명분보다는 실질을 우선시하는 경향과, 문학 작품을 형상화하는 데에 관련된다. 여기에서는 '先秦 儒家 정신의 회복―본질의 탐구와 강조', '역사적 인물에 대한 재평가', '實利的 대외 인식과 내면 의식'으로 구분하여 연구를 진행하였다. 실질적 논리를 지향하고 현실적인 합리성을 중시한 태도는 역사적 인물을 당대의 입장에서 재평가하거나, 급변하는 대외 현실을 인식하는 데에 두드러지게 나타난다. 하지만, 서계가 淸나라로 변화된 중국 본토를 인식하는 태도에는 공식적인 입장과 개인적인 입장에 차이가 나타나며 갈등적인 면모를 보여준다.

서계의 사상적 개방성과 관련된 문학 세계는 道·佛에 대한 태도와 문학적 구현에서 살펴보았다. 서계는 老莊註解書를 저술할 만큼 전문적이고 독자적인 차원에서 老莊思想을 연구하고 이를 문학적으로 수용하였다. 그의 노장 관련 저술은 당대 반대파에게 비판을 받고 이단으로 배척당하게 한 주요 요인 중에 하나였다. 그러나, 그의 노장 해석은 儒家的 관점을 완전히 탈피한 것은 아니었다. 그의 은거 시기는 노장사상에 대해 천착하고 연구하며, 仙趣的 경향의 문학 작품을 창작하는 주요한 계기였다.

서계가 儒家 경전을 재해석하고, 老莊사상을 수용하는 등 개방적이고

유연한 태도를 보인 것에 비해 불교 사상에 대해서는 강경하게 배척하는
입장을 취하였다. 그는 儒者의 입장에서 佛道를 평가하였다. 그러나, 이단
세력에게 실제적으로 어떠한 태도를 취해야 할지에 대해서는 포용적인
자세를 견지하였다. 서계는 당시 서인계 인사들에 의해 정신적 표상으로
추숭되던 김시습의 영당을 마련할 때 승려들의 도움을 받아 비판을 받기도
하였다. 하지만, 서계는 이념적인 차원에서 불교 사상을 이단시하는 것과
실생활에서 그 세력과의 관계를 형성하는 것을 다른 층위의 문제로 인식하
였다. 그의 실질을 중시하는 사상적 태도가 佛家 세력과의 공조를 가능하게
하였다. 그리고, 서계는 승려들과의 문학적 교유를 통해 俗·禪의 交感과
超脫的 風趣를 구현하였다. 서계가 佛僧들과 맺었던 관계 양상을 살펴보면,
그의 실질을 지향하는 사고와 일상성을 중시하는 태도가 반영되어 있음을
알 수 있다.

　이러한 연구를 통해 서계 문학의 특징 및 문학사적 의의를 살필 수
있었다. 서계의 사상적 특징과 문학 작품을 관련하여 살펴본 결과, 사상이
문학 작품을 통해 온전히 구현되는 면도 있지만, 사상과 문학 세계가 괴리를
보이는 면도 엄연히 존재한다. 그리고, 당대에 노·소론계의 커다란 쟁점이
되었던 서계와 관련된 사상적 논쟁의 무게에 비하여, 그의 문학적 특성은
동시대의 사대부 문학에서 추구되었던 수준과 비교하여 오히려 평범한
측면이 있다는 것을 발견할 수 있었다.

10

　주자학이라는 절대적인 이념이 지배하는 시기에 정치적인 입장에 따라 동일한 사안에 대해서도 상반된 평가를 받았던 일은 오늘날 우리가 살고 있는 시대의 모습과도 유사해 보인다. 서계의 문학과 사상, 그리고 그것을 평가했던 당대의 상황을 통해 오늘날 기득권의 입장이 절대적인 진리로 작용하고 그에 반하는 의견은 불순한 것으로 취급되는 현실을 되돌아볼 수 있다.

　그리고, 서계가 남긴 작품을 통해 그가 살았던 시대의 고민과 갈등, 그리고 한 인간으로서 살아가면서 느꼈던 진솔한 감정들이 지금 우리가 살고 있는 시대와 크게 다르지 않음을 발견하게 된다. 서계가 생존했던 17세기 후반~18세기 초반이라는 시기와 지금 21세기는 물리적인 간극은 크지만, 입장이 서로 다른 사람들이 끊임없이 소통, 갈등하며 살아가고 있다는 것에는 큰 차이가 없다. 개인적으로 그리 평탄치 않은 삶을 살았던 서계와의 만남을 통해 오늘날의 우리를 다시 발견하고 성찰하는 시간을 마련할 수 있었던 것이 연구 과정에서 얻은 가장 큰 보람이었다.

　박사학위논문을 제출한 지 벌써 4년이라는 시간이 흘렀는데도 여전히 미흡한 점이 발견되어 부끄럽다. 논문을 쓸 당시에는 『서계집』의 번역본이 출간되지 않아 원문을 해석하는 데에도 상당한 시간이 소요되었다. 이제는 『서계집』 번역본도 출간되고 서계의 사상뿐만 아니라 그의 문학에 관심을 갖는 동학들도 늘어나서 관련 분야의 연구 성과가 축적된 일은 반갑게 여겨진다.

논문을 쓸 때 도와주신 많은 분들의 얼굴이 떠오른다. 우선 지도교수 이혜순 선생님께 감사드린다. 항상 학문에 대한 열정으로 제자들을 이끌어주셨고, 공교롭게도 이 논문이 제출된 해에 선생님께서 퇴임을 하시게 되어 선생님의 마지막 제자가 된 영광도 누렸다. 논문심사 때 정하영 선생님, 박무영 선생님, 심경호 선생님, 진재교 선생님의 질정도 많은 도움이 되었다. 그리고, 원전 해석에 어려움이 있을 때 부족한 글을 꼼꼼하게 지도해주신 유도회의 지산 장재한 선생님, 한국고전번역원의 최병준 선생님께도 감사의 인사를 전한다. 또한 지금은 고인이 되신 유도회의 권우 홍찬유 선생님께도 많은 가르침을 받았다. 이 밖에도 연구 과정 중에 항상 격려와 위로를 해준 여러 동료, 선후배님들의 얼굴이 스쳐 지나간다.

무엇보다도 뒤늦게 학업을 계속한 부족한 딸을 큰 사랑으로 품어주신 아버지 최홍기, 어머니 최순자 님께 감사드린다. 출산과 육아 등으로 논문 제출이 다소 지연되었는데, 부모님은 이 과정에서 늘 함께 해주셨다. 아무런 보상 없는 작업의 뒤켠에서 지금도 묵묵하게 지켜봐주시는 부모님의 노고에 보답할 길이 없다. 항상 멀리서 자식들의 일신을 걱정해주시는 시부모님께도 감사드린다. 또한 부족한 아내를 채근하지 않고 옆에서 든든하게 지켜주는 남편 조세원 님에게도 고마움을 전한다. 그리고 논문 주제를 잡을 때 태어나서 지금은 어엿한 초등학생이 된 아들 찬욱이에게 이 책을

12

보여줄 수 있게 되어서 기쁘다. 가족들과 지인들의 배려와 관심 덕분에 결코 녹록지 않은 인문학도의 길을 계속 걸어갈 수 있게 되었다. 끝으로 부족한 글을 '이화연구총서'로 선정하여 출판해주신 한국문화연구원, 도서출판 혜안 관계자 분께도 머리 숙여 인사를 드린다.

2011년 9월
최 윤 정

목 차

14

Ⅰ. 西溪 문학에 주목하는 이유

A. 사상가 면모에 가려진 문학적 역량

본 연구는 조선후기 소론계 학자이자 문인으로서 주요한 위치를 점하고 있는 서계 박세당(1629/인조7~1703/숙종29)의 문학 세계를 사상적 특징과 관련하여 고찰하고, 당대 문학사에서 서계 문학의 위상을 재정립하는 것을 목적으로 시도되었다.

소위 斯文亂賊으로 규정되어 온 박세당과 관련된 기존 연구는 주로 경학 해석과 관련된 사상 분야와 당쟁과 관련된 사학 분야에서 활발하게 이루어졌다. 이는 그만큼 박세당이 사상사에서 차지하고 있는 비중이 크다는 것을 의미한다. 그리고, 문학 부분에서는 그의 '詩經論' 및 '문학론'과 관련된 연구가 진행된 바 있다. 하지만, 그의 사상이나 문학론과 결부된 문학 작품 연구는 아직 미흡한 실정이다. 본서에서는 당대 사상적 쟁점이 되었던 서계 사상의 특징적 요소가 이념적인 차원뿐만 아니라 그의 문학 세계와도 관련되었을 것이라는 전제 하에 연구를 진행하였다.

서계의 詩才는 그의 사후 남구만이 쓴 <西溪朴公言行錄>에 "남구만과 그의 숙부인 二星의 시를 서계의 시와 비교해보고 남구만의 부친 一星은 '박랑의 시는 너희가 미칠 바가 못된다'라고 했다"[1]는 기록을 통해서도

16

짐작해 볼 수 있다. 그리고, 李匡呂는 "李穡, 朴誾, 崔岦, 任叔英'과 함께 國朝의 五大家라 해야 한다."고 칭송한 바 있다.[2]

서계가 이러한 문학적 역량을 지녔음에도 불구하고 그에 대한 온당한 평가가 폭넓게 이루어지지 못한 것은 사문난적으로 내몰렸던 정치적 입장이 부각되어 그간의 연구가 사상적인 분야에 치중한 것과 무관하지 않을 것이다.

기존 시화사 연구에서 17세기 후반에서 18세기 초반은 조선후기 문학에 편입시켜 논의하였는데,[3] 최근 연구에서는 이 시기를 독립적인 시기로 상정하여 고문론 및 산문이론의 양상을 고찰한 성과[4]도 있다. 이 시기에 대두되는 사상·문학에 대한 다양한 시각과 이론은 후대에 새롭게 제기되는 문학관과 문학 작품을 산출할 수 있게 하는 밑바탕이 되었다.

이러한 시기적 특성을 감안하여 문학사에서 이 시기를 독립적인 시대로 상정해서 고찰하려는 일련의 연구 성과는 의의가 있다고 할 수 있다. 그러나 기존 연구는 시대적 대표성을 띠는 몇몇 작가들-예를 들면, 농암 김창협 계열의 노론계 인사들이나, 허목 계열의 남인계 문인, 양명학 관련 소론계 문인-에 치중하여 왔다. 이러한 연구는 이들 작가들의 문학관이나 문학 작품이 당대 문학사에서 차지하는 비중이 크고, 후대에 미친 영향력을 감안할 때 선행되어야 할 작업이다.

하지만, 이제는 좀 더 미시적으로 이 시기에 다양하게 존재했던 주요 작가들의 면면을 살펴보고, 특히 어느 때보다도 '정치·사상·문학' 논쟁이

---

1) "以獻先君則先君曰 朴郎之詩 非汝輩所及也." 『藥泉集』 권23, p.41.
2) 『西溪集』(한국문집총간 134권) 작품해제 참조.
3) 안대회(2000), 『조선후기시화사』, 소명출판.
4) 박은정(2005), 「17C말~18C전기 농암계열 문장가들의 고문론 연구-김창협·이의현·이덕수·신정하·이하곤의 韓歐正脈論을 중심으로-」, 한양대 박사학위논문 ; 송혁기(2005), 「17세기말~18세기초 산문이론의 전개양상」, 고려대 박사학위논문.

첨예하게 맞물려 작용했던 이 시기의 특성과 관련된 작가와 작품의 실상을 통해 문학사를 전체적으로 조망해보는 작업이 필요하다. 그러므로, 이 시기 노론/ 남인계 문인과 공존했던 소론계 문인들의 문학 활동5)을 점검해보고, 사상 논쟁의 중심에 처했던 서계 박세당의 문학을 살피는 연구는 일정한 의의가 있다고 할 수 있다. 그리고, 당대 사문난적으로 몰릴 만큼 논란이 되었던 서계의 사상적 특징이 문학적으로 어떠한 상관성을 지니는지 규명하는 작업은 조선후기 소론계 문학의 일국면을 밝히는 데 기여할 것이다.

서계는 이경석 신도비명사건으로 인해 송시열을 비방하였다는 이유로 당시 확고한 주자주의를 표방하고, 사상·정치계의 주도 세력이었던 노론계 인사들에 의해 배척되었다. 이 사건을 발단으로 그가 저술하였던 六經 주해서인『思辨錄』과 老莊 주해서인『新註道德經』·『南華經註解刪補』까지 이단으로 내몰려 사문난적으로 평가되었다. 이러한 이유로 그가 저술한 글의 간행도 자유롭지 못하였다. 따라서, 그의 문학 작품 자체에 대한 평가도 당대에 제대로 이루어지지 않았고, 후대에 와서도 이 부분에 대해 그다지 주목을 받지 못하였다.

이렇게 당대에 사상·정치계의 논란의 중심이 되었던 서계에 대해서 현대 연구자들은 그를 '반주자학자6)/ 탈주자학자7)/ 초기 실학자8)' 등으로

---

5) 이 시기 소론계 문인에 대한 본격적인 문학 연구는 최근 몇몇 연구자들에 의해 진행되어 다음과 같은 논문이 제출되었다. 성당제(2004),「약천 남구만 문학의 연구」, 성균관대 박사학위논문 ; 김영주(2006),「조선후기 소론계 문인의 문학론 연구」, 경북대 박사학위논문.

6) 이와 같은 논의를 한 것으로는 다음 논문들이 대표적이다. 이병도(1966),「박서계와 반주자학적 사상」,『대동문화연구』3, 대동문화연구원 ; 김만규(1978),「서계 박세당의 정치사상」,『동방학지』19, 연세대 국학연구원 ; 배종호(1985),「박세당의 반주자학과 격물치지설」,『한국유학의 철학적 전개』하, 연세대출판부 ; 안병걸(1991),「17세기 조선조 유학의 경전해석에 관한 연구−중용 해석을 둘러싼 주자학파와 반주자적 해석간의 갈등을 중심으로−」, 성균관대학교 박사학위논문.

18

평가하여 왔다. 이는 서계의 저술에서 주자학적 입장과 다른 부분을 중심으로 논의를 진행한 결과물이라 할 수 있다.

이러한 연구 성과는 매우 소중한 것이지만, 서계의 혁신적인 사상을 그의 문학적 성과와 결부시켜 보았을 때는 또다른 결과를 도출할 수 있을 것으로 예상된다. 그의 사상이 온전하게 문학적으로 구현되는 측면도 있지만, 사상이나 공적 담화와는 구별되는 내적인 독백과 고백 속에서 문학적인 진실을 포착할 수 있을 것이다.

문학이나 사상은 독자적인 영역으로서의 특징을 지니지만, 상관성을 지니는 부분이 존재한다. 그래서 '문학이 형상화된 체험이라면, 철학은 개념화된 논리9)라고 정리되기도 한다. 특히, 과거의 문학 개념은 오늘날 독립적인 영역으로 존재 가치를 인정받는 문학과는 구별된다. 그러므로, 文·史·哲이 아우러진 과거의 문학 세계를 그와 관련된 각각의 요소들의 상관성을 감안하여 평가하고 분석하는 작업 또한 문학 연구에서 필요하다고 하겠다. 특히 서계가 생존했던 시기는 이러한 요소들이 첨예하게 대립·갈등하며 문단에까지 영향을 끼쳤던 때였기에 이러한 연구 방법을 설정하였다.

즉, 서계의 사문난적 논의는 당대 노·소론의 갈등 양상을 극명하게 보여주며, 학문적인 태도가 그것 자체로 평가되지 못하고 정치적인 담론으로

7) 이희재(1994), 「박세당 사상 연구-탈주자학적 입장에서-」, 원광대학교 박사학위 논문 ; 유영희(1996), 「새로운 경전 해석의 등장/탈주자학파」, 『조선유학의 학파들』, 한국사상연구회, 예문서원 ; 김학목(1998), 「박세당의 『신주도덕경』 연구」, 건국대학교 박사학위논문 ; 한국학중앙연구원 편(2006), 『서계 박세당 연구』, 집문당.
8) 윤사순(1980), 「박세당의 실학사상에 관한 연구」, 『한국유학논구』, 현암사 ; 유인희(1983), 「실학의 철학적 방법론(1)-柳磻溪와 朴西溪, 李星湖를 중심으로-」, 『동방학지』 35, 연세대 국학연구원 ; 윤희면(1992), 「박세당의 생애와 학문」, 『국사관논총』 34집, 국사편찬위원회.
9) 조동일(2000), 『철학사와 문학사 둘인가 하나인가』, 지식산업사, p.11.

확대 해석되고, 이러한 파장이 문단의 평가와도 직결되었던 당대의 상황을 보여준다. 이는 후대 노·소론계 양자의 문학 평가에 있어서도 지속적인 평가 요인으로 작용하였다. 이러한 면모는 조선후기 문단의 복합적인 양상을 보여주며, 당대 문학사나 문학사상사에 시사하는 바가 적지 않다.

한 개인의 문학과 사상은 특정 시기에 돌출적으로 이루어진 것이 아니라, 삶의 전반에 걸친 공적·사적 경험과 인식, 학문적 성과 등이 집약되어 나온 결정체라고 할 수 있다. 그러므로, 서계가 『思辨錄』과 노장주해서를 저술한 것은 50·60대에 들어서이고, 이에 대한 사상 논쟁은 그로부터 10여 년 후에 이루어졌지만, 그의 삶의 궤적을 담아내고 있는 문학과 결부시켜 볼 수 있을 것이다. 즉, 서계 사상의 특징적 국면은 생애 후반기에 저술된 사상서에 집약되어 있지만, 그의 전생애에 걸쳐 저술된 문학 작품을 통해 이미 사상적 특징의 단서를 찾아볼 수 있으며, 특히, 은거기에는 사상이 정리되면서 동시에 작품에도 이러한 특성이 복합적으로 작용하는 양상을 포착할 수 있다.

본 연구는 당대에 논란이 되었던 서계의 사상적 특징이 문학적인 양상과 어떠한 상관성을 지니며 규명될 수 있는지에 대한 기존 연구가 없는 것에 문제의식을 느끼고 논의의 출발점으로 삼았다. 그리하여, 서계의 사상과 문학이 형성하고 있는 의미가 조선후기 문학사에 어떤 시사점을 줄 수 있는지 추출하는 것을 목적으로 한다.

이러한 문제 의식을 바탕으로 본서의 연구 방향은 다음과 같은 몇 가지 사항을 중심으로 전개하려 한다. 첫째, 서계 문학 전반에 대한 이해도 필요하지만, 우선적으로 그가 정치·사상적으로 큰 쟁점이 되었던 인물이었던 만큼 당대에 이단으로 내몰리고, 현대에는 혁신적으로 평가되는 그의 사상 이면의 문학적 진실이 담보해낼 수 있는 부분이 존재할 것이라는 예상하에 논의를 진행하였다. 사상적 특징들을 문학적으로 규명했을 때 서계에 대한 기존 평가의 정당성을 확보하거나 혹은 과장·왜곡된 부분을 포착할 수 있으리라 예상된다.

둘째, 서계의 사상적 특징 중에 문학과의 상관성을 보여주는 부분을 크게 '儒家 이념에 대한 재해석'와 '道·佛에 대한 태도'로 범주화하였다. 그리고, 이와 관련된 사상·문학적 텍스트를 분석해서 세부 목차로 설정하여 논의를 진행할 것이다.

셋째, 서계의 교유 관계 등을 통해 기존 문학 연구사에서 상대적으로 도외시되었던 조선후기 소론계 문인들의 관계를 재구한다. 당대 남인계나 노론계 문인들에 대한 연구는 어느 정도 진척되었다고 할 수 있는데, 소론계 문인들에 대한 상황은 제대로 밝혀져 있지 않은 면이 있다. 사상·정치적 입장 차이가 문단에 어느 정도 영향을 주고 있는지 살펴보는 작업도 요망된다. 아울러 서계의 문학과 사상이 당대 문단의 경향과 어떠한 관련이 있는지, 변별되는 특징 및 의의를 고찰한다.

본 연구는 문학 연구에 있어 작품 자체만을 분석하는 내재적인 연구를 지양하고, 한 작가의 정치, 사상적 맥락과 관련하여 문학 작품을 연구하는 외재적인 연구를 통해 학제 간의 벽을 허물고, 다양한 문학 세계의 배경과 함의를 고찰하고자 한다. 이러한 연구를 통하여 조선후기 문단에 복합적인 요소들이 작용하였음을 확인하고, 이 시대에 보다 다양하고 개성적인 작가들이 존재했음을 발견할 수 있을 것이다. 그리고, 후대 집권층에 의해 계승된 학맥이나 문학적 입장만이 아니라, 그와 동시대에 존재하였던 다른 일군의 작가들의 존재와 의미를 밝히는 데에도 기여할 것이라 예상된다.

B. 기존 평가와 연구 대상 검토

1. 선행 연구 검토

서계 문학과 관련된 연구로는 김흥규의 『조선후기의 시경론과 시의식』에서 처음으로 박세당의 시경론에 관한 논의를 진행하였다. 그는 <반권위적 시경론의 전개>라는 부제 아래 윤휴, 김만중, 박세당의 시경론을 고찰하였다. 여기에서 시의 본질과 가치에 대한 박세당의 생각이 '情之眞'과 '性情之正'이라는 이원적 표준의 결합으로 이루어졌다고 고찰하였다. 그리고 박세당의 논리는 조선중기의 존심양성론적 시관을 벗어나려는 이론적 모색의 한 모습이며, 실질적 계승 여부는 일단 논외로 하고, 18세기에 성장한 性情之眞·天眞 추구의 가능성을 심성론의 차원에서 예시한 의의를 지닌다10)고 평가하였다.

이러한 연구 성과를 바탕으로 심경호는 서계가 주희 《시집전》에서 합리주의의 측면을 파악하고 그것을 계승 발전시키고자 한 점, 《시집전》과 《시전대전》의 시편 해석을 절대시하지 않고 내재비판하는 길을 열었다는 점은 조선 시경학사에서 하나의 큰 진전11)이라고 논의하였다.

또한, 기존 문학사에서 서계에 대한 언급은 조동일의 『한국문학통사』에서 처음 이루어졌는데, 여기에서는 "박세당은 <시경>에다 근거를 두었다면서 윤리적 규제에서 벗어난 情의 진술한 표현을 긍정하는 입론을 조심스럽게 전개했다. 그런 발상은 새로운 가능성을 보여주는 데 그치고 아직 구체화되지는 못했다."12)고 간략하게 제시하고 있다.

박세당 시작품에 대한 연구는 윤미길에 의해 최초로 이루어졌다.13)

---

10) 김흥규(1982), 『조선후기의 시경론과 시의식』, 고대민족문화연구소, p.71.
11) 심경호(1999), 『조선시대 한문학과 시경론』, 일지사, p.506.
12) 조동일(2005), 『한국문학통사』 3(제4판), 지식산업사, p.67.

그는 박세당의 시세계를 '죽음과 꿈/ 恨과 哀愁/ 禪的인 삶/ 閑居와 神仙'이라는 주제적 차원으로 구분하고 작품을 분석하였다. 이 연구는 박세당 시작품에 대한 본격적인 고찰을 시도했다는 의의가 있으나, 서계 문학의 총체적인 면모를 밝히지는 못한 한계가 있다.

그리고, 김영주는 서계의 문학론을 검토하였는데,[14] 서계는 주로 현실적 효용의 측면에서 사서보다 육경고문 및 제자서의 문학적 가치를 인정하기는 했지만, 창작 주체의 예술적 역량으로서의 문예미를 인식한 점을 간과할 수는 없다고 하였다. 그리고, 이러한 서계의 문장론은 도문일치의 주자주의적 문장론이 지배적인 위치를 점하고 擬古主義者的 경향이 풍미하던 17세기의 문단 상황에서 파격적인 것으로 평가될 수 있다고 하였다. 이 연구는 17세기 소론계 문인의 문학론을 고찰하는 연장선상에서 서계의 문학론을 다루고 있어 당대의 문학관을 살피는 데 유용한 단서를 제공해 준다. 그러나, 문학론에 국한된 연구이기 때문에 이러한 서계의 문학론이 구체적으로 작품 세계에 어떻게 반영되고 있는지는 살피지 못했다.

본서에서는 기존 연구 성과를 수용하면서 서계의 문학 세계를 사상적 특징과 관련하여 파악하고, 문학사적 의의를 규명할 것이다.

2. 연구 대상

본 연구의 대상으로는 문학 작품이 수록되어 있는 『西溪集』[15](한국문집

---

13) 윤미길(2001), 「박세당의 시론과 시세계」, 『국어교육』 104, 한국국어교육연구회.
14) 김영주(2003), 「서계 박세당의 문학론 연구」, 『동방한문학』 25권, 동방한문학회.
15) 본집의 저본은 권1~20은 목판으로 간행된 1차 추각본으로 연세대학교 중앙도서관 소장본이고, 권21~22는 목판으로 간행된 2차 추각본으로 후손 朴勝萬氏 소장본이다. 연구자가 본 논문을 저술할 당시에는 서계집 권5~권10까지 번역된 『國譯 西溪集 2』(공근식·최병준 譯, 민족문화추진회, 2006)가 출간되어 해당 부분을 참조하였다.

총간 134)을 기본 텍스트로 하고, 서계 사상을 대표하는 저서인『思辨錄』16)·
『新註道德經』17)·『南華經註解刪補』18) 등을 참고 자료로 삼을 것이다.
　　주요 자료인『西溪集』의 체제와 작품 현황을 살펴보면 다음과 같다.

　　『西溪集』22권 11책.
　　권1~4 : 詩 787수(詩錄別)
　　권5~6 : 疏箚(56), 啓辭(6), 公緘(1)
　　권7~8 : 書(7), 辨論(4), 序(13), 記(4), 題跋(14), 祭文(3), 雜著(6)
　　권9~14 : 誌銘(24), 碑銘(10), 碣銘(20), 墓表(15)
　　권15~16 : 諡狀(2), 行狀(4), 遺事(2)
　　권17~20 : 簡牘(49)
　　권21~22 : 부록

　　『西溪集』22권 가운데 권1~4까지 총 556제 787수의 시가 수록되어
있는데, 이 시들은 대체로 쓰여진 시기에 따라 小題가 구분되어 있다.
서계 시작품의 시대적 추이를 표로 정리하면 다음과 같다.

---

16) 西溪 후손 朴啓陽氏 定稿本을 저본으로 한『國譯 思辨錄』, 민족문화추진회(1968).
17) 西溪 후손 朴勝萬氏 소장본을 저본으로 한『國譯 新註道德經』, 고려대 민족문화연구
　　소 출판부(1971).
18) 국립중앙도서관 소장본, 학민문화사 영인본(1993).

<표 1> 서계 시작품의 詩錄別 구성 및 특징

卷數	詩稿名	作品數	年代/ 年齡	官職名	特徵
권1	「東行拾囊」	12제 14수	1648년(인조26) 가을~1649년(인조27) 봄 : 20~21세	出仕前 修學期	형 世堅의 歙谷 임소에 다녀오면서 지은 시 : 애상적 서정시
	「潛稿」	48제 54수		出仕 初期	潛叟라 自號한 소싯적 詩作. <孟嘗君> <平原君> <信陵君> <春申君> : 교유시, 관각시, 課作
	「北征錄」	44제 54수	1666년(현종7) 겨울~1667년(현종8) 봄 : 38~39세	함경북도 병마평사	邊塞詩
	「使燕錄」	23제 37수	1668년(현종 9) 겨울~1669년(현종 10) 봄 : 40~41세	節使書狀官	使行詩
권2	「石泉錄 上」	141제 205수	1669년(현종10)~1680년(숙종6) : 41~52세	隱居期	<讀老子> 김시습 관련 詩作. 서정시, 교유시(승려 포함), 挽詩, 詠史詩 계열 『檇經』 저술.
권3	「石泉錄 中」	50제 85수	1680년(숙종6)~1687년(숙종13) : 52~59세	隱居期	<古神仙曲> <老子> 서정시, 仙趣詩 계열 「大學思辨錄」「中庸思辨錄」『新註道德經』 저술 『南華經註解刪補』저술
	「後北征錄」	53제 72수	1688년(숙종14) : 60세	隱居期	「使燕錄」1688년 봄에 함경도 순영에 갔다가 돌아오면서 楓岳을 들렀을 때 지은 시 서정시, 교유시, 아들 관련 (泰輔, 泰維) 시 「論語思辨錄」 저술
권4	「石泉錄 下」	133제 199수	1688년(숙종14)~1703(숙종29) : 60~75세	隱居期	이후 석천에서 지내면서 지은 시들 <檇經><六籍><蠹魚> <聖言><竺敎> 서정시, 교유시, 挽詩 「孟子思辨錄」 「尙書思辨錄」 「毛詩思辨錄」 저술

| 권4 | 「補遺錄」 | 52제 67수 | | | 문집을 간행하면서 저자 원고에 빠졌던 것을 亂稿 및 知舊들의 傳誦에서 얻어 기록한 것
課作 23수, 挽詩, 기타 |

 위의 표를 통해 살펴보면, 서계의 출사 이전이나 출사 초기의 작품보다 은거기 이후의 작품이 많은 비중을 차지하고 있음을 확인할 수 있다. 이는 그의 은거 기간이 생애의 거의 절반 가까이에 해당할 정도로 길고, 이 기간 동안에 사상적인 입장이 정리되는 것과도 밀접한 관련이 있을 것이다. 출사기에 서계가 임명받은 관직과 직결되는 작품은 함경북도 병마평사로 재직했을 때 지은 「北征錄」과, 청나라에 節使 書狀官으로 갔을 때 지은 「使燕錄」이 있으며, 이들 작품의 수는 그다지 많지 않으나 그의 대외 인식 등을 살필 수 있게 한다. 그리고, 초기의 시들이 詩的 정황이 다소 막연하게 제시되고 애상적 서정시의 경향을 띠는 것에 비해, 은거기 이후인 후기로 갈수록 詠史詩, 仙趣詩, 승려들과의 교유시, 이념 관련 작품 등 보다 첨예화된 주제 의식으로 표출되는 양상을 보인다.

 이러한 성향을 지닌 서계의 시작품은 당대에는 별로 주목받지 못했던 것으로 파악되는데, 이는 시화의 평가가 소략하고[19] 시선집에도 몇 작품만 이 소개되어 있을 뿐인 것을 통해 추정할 수 있다. 그러나 이것이 서계의 문학적 역량을 평가절하 하는 기준은 되지 못할 것이다. 서계의 작품이 당대에 주요하게 거론되지 못한 데에는 크게 두 가지 이유가 있을 수 있는데, 첫째는 그의 정치·사상적인 특성과 관련하여 문학적 평가에서 누락되었을 수도 있고, 둘째는 시화집이나 시선집 編者의 편파성으로 인해 문학적인 평가를 제대로 받지 못했을 가능성이다. 그나마 서계의 시 중

---

19) 『玄湖瑣談』에서 <蠹魚>라는 작품의 내용이 '詩讖'에 해당한다는 평가를 하였다.

『大東詩選』에 찬집된 세 작품이 모두 「北征錄」에 수록된 것[20]만을 통해서도 그러한 경향을 엿볼 수 있다. 이들 작품은 호기롭거나, 애상적인 성향을 띠는 '邊塞詩風'이라는 공통성을 지닌다.

본서에서는 어느 특정 詩錄만이 아니라 전반적인 서계의 시작품과 산문을 대상으로 연구를 진행할 것이다. 그리고, 서계 문학 작품의 특성을 고찰하기에 앞서 그의 문학 형성과 평가의 배경이 되는 요인들을 살펴보고자 한다.

---

20) 『西溪集』 권1, 「北征錄」, pp.10~14.(『大東詩選』 卷之五, pp.12~13.)

II. 西溪 문학 형성의 배경과 사상적 특징

A. 17세기 역사 전환기와 서계의 삶

1. 시대 상황과 개인적 생애

17세기는 예송과 기타 정쟁으로 점철된 시기라고 할 수 있다. 이는 예학적 전통의 차이에서 발생한 것이지만 당시 정국의 변동을 가져올 만큼 중요한 사건으로 발전하게 되고, 이후 사상적·학문적 특성을 좌우하게 되는 데까지 영향을 끼친다. 현종대 1차(기해예송), 2차(갑인예송) 예송을 거치면서 서인과 남인의 대립이 발생하게 되는데, 이는 주자학을 절대 신봉하는 서인과 원시유학으로 회귀하고자 하는 근기남인의 사상적 차이에서 비롯된 것으로 평가된다.

이후 서인계 내부에서는 金益勳의 역모조작사건과 孝宗世室議, 太祖追諡議 처리 문제를 놓고 박세채와 송시열의 의견이 대립되고, 懷尼是非라 불리는 송시열과 윤증의 개인적인 관계 악화에 따른 제반 사건들이 그것을 硬化시켜 노론과 소론으로 분기하게 된다.[1]

여기에 박세당이 찬술한 李景奭 신도비문이 세간에 전파되자 송시열을

---

1) 강신엽(1995), 『조선후기 소론 연구』, 봉명출판사, p.7.

28

尊慕하던 노론 당인들의 비판이 거세지고, 서계가 저술한 『사변록』까지 들어 '사문난적'으로 몰아붙였다. 정치적 논란이 사상적 논쟁으로까지 확대 비화되면서 서계는 노·소론 갈등의 주요 인물로 부각되었다.

시비의 발단은 소론의 서계 박세당이 이경석의 신도비문을 찬술하면서 송시열의 정치적 생애, 특히 삼전도비문 찬술에 대한 이의 제기의 부당성을 지적, '聞人'의 소행으로 규탄한 데서 일어났다. 서계는 이경석의 신도비문의 서두에서부터 상서와 맹자의 '老成人'의 구절을 견주면서, 이경석을 나라의 典刑을 지키는 '老成人'으로 송시열을 그 老成人을 모욕하는 '不祥人'으로 각각 비유하였다. 그리고, 이경석의 정치적 행적에 대해서는 이를 구체적으로 열거, 찬송한 반면 송시열의 거슬리는 행적과 주장에 대해서는 이를 낱낱이 들어 공박했다.

서계가 찬술한 이와 같은 이경석 신도비문이 세간에 전파되자 송시열을 존모하던 노론 당인들은 의론을 규합하여, 그 비문을 '誣辱先正'한 것으로 규정하여 水火에 던져 말살할 것을 주장하였다. 또한 박세당을 '侮聖醜正'한 죄인으로 몰아 遠竄시키려 하였을 뿐만 아니라 그가 저술한 『사변록』까지 들어 '斯文亂賊'으로 몰아붙였다. 서계에 대한 최초의 공척은 김창흡이 서계의 문인인 이덕수에게 보낸 편지에서 이루어졌고, 이를 이어 관학유생 洪啓迪 등 180인이 聯名疏를 올려 조정에서 공론으로 박세당을 문죄할 것을 주장하는 한편 이경석의 생애를 비하하면서 삼전도비문 찬술의 '不義'를 규탄하였다.[2]

서계가 이경석의 신도비문을 쓰게 된 계기는 이경석 후손의 부탁과 평소의 소신에 따른 것이었지만, 이로 인해 발생한 노·소간의 갈등과 정쟁은 급박하면서도 치열하게 전개되었다. 그리고, 평생 동안 서계가 쌓아올린 학문적 업적과 저술이 이단 논쟁에 휩쓸리고 일거에 부정되는 사태를

2) 이은순(1988), 『조선후기 당쟁사 연구』, 일조각, pp.144~174.

맞이하게 된다. 즉, 서계가 이경석 신도비문을 쓰면서 송시열을 비난했다는 것을 빌미로 노론측에서는 서계가 저술한 『사변록』에 주자의 해석과 다른 점이 있다는 것을 문제삼고 이단시하기에 이른다. 서계는 송시열의 정치적인 행태에 대해 비판하였는데, 노론측에서는 이를 주자주의를 표방하던 송시열에 대한 비난으로 받아들였고, 이것을 당대 절대적 이념이었던 주자주의에 대한 도전이라고 확대 해석하였다.

　이러한 시대를 살았던 서계의 가계와 생애를 보다 구체적으로 살펴보겠다. 朴世堂의 가계와 생애는 『朝鮮王朝實錄』, 『潘南朴氏世譜』, 『西溪集』의 諡狀, 연보 및 기존 연구 등을 참고하여 재정리하였다. 朴世堂(1629~1703)의 본관은 潘南이고, 자는 季肯, 호는 西溪·潛叟이며, 시호는 文貞이다. 17세기 명가의 하나로 평가되는 潘南朴氏는 朴秀의 아들이며 박세당의 10대조인 朴尙衷(1332/충숙1~1375/우왕1)에 이르러 실로 비약적인 발전을 구가하게 된다. 특히, 西溪 가문은 冶川 朴紹(1493/성종24~1534/중종29)의 장자인 應川에서 東善→ 炡→ 西溪로 이어지는 계열로서 冶川의 자손 중에서도 관직·훈공·학문이 가장 혁혁한 가계의 하나였다. 그리고 서계 가문이 박상충→ 박소로 이어지는 반남박씨 大宗으로부터 분리되어 독자적인 계파를 형성한 것은 서계의 조부 朴東善 때였다.[3]

　서계의 조부인 朴東善(1562/명종17~1640/인조18)의 자는 子粹이고 호는 西浦이며, 시호는 貞憲이다. 1589년(선조22) 진사가 되고, 1590년 증광문과에 급제하여 承文院을 거쳐 병조좌랑이 되었다. 1597년 정유재란 때는 吏民을 잘 보살폈고, 이어 典籍 등을 거쳐 인천·부평·남양 등의 府使를 지냈다. 광해군이 즉위하자 通政大夫에 오르고, 1613년 廢母論이 일자 은퇴하였다. 1623년 仁祖反正으로 대사간이 되고, 이듬해 李适의 난 때에

---

3) 김학수(2001), 「17세기의 명가-반남박씨 서계가문」, 『문헌과 해석』 16집, 태학사, pp.64~69.

왕을 公州로 호종한 공로로 난이 평정되자 대사헌에 이어 이조참판이 되었다. 1627년 정묘호란 때는 왕을 강화로 호종했고, 1636년 병자호란 때는 王孫을 배종, 喬桐·충청도 등으로 피난했다. 난이 끝나고 좌참찬을 지냈으며 정사공신으로 錦州君에 봉하여졌다. 문집으로는 『西浦記聞』을 남겼다.

서계의 아버지인 朴炡(1596/선조29~1632/인조10)의 자는 大觀이고, 호는 霞石이며, 시호 忠肅이다. 1619년(광해군11) 정시문과에 급제하여 승문원부정자로 등용되었다. 아버지 동선이 폐모론에 가담하지 않은 이유로 유배되자, 사직하고 은거하였다. 23년 인조반정에 협력하여, 저작·검열·정자·박사·정언 등을 지낸 뒤 靖社공신에 책록, 掌令에 올랐다. 그해 집의·검상·사인·장악원정을 역임하였다. 1625년 홍문관에 재직중 少西로서, 老西의 추천으로 대사헌이 된 南以恭을 탄핵하다가 함평현감으로 좌천되기도 하였다. 이듬해 문과중시에 급제하여 좌승지, 대사간, 병조참지·참의를 지냈다. 이어 강원도관찰사에 임명되었으나, 병으로 나가지 않았다. 남원부사로 있을 때에는 도둑을 소탕하는 등의 선정을 베풀었으며, 錦州君에 봉해졌다. 1631년 대사헌을 거쳐, 이조참판·부제학 등을 역임하였는데, 37세의 나이에 사망하였다.

박정은 부인인 楊州 尹氏[尹安國의 딸]와의 사이에 4남 1녀를 두었는데, 장남인 世圭는 요절하였고, 世堅·世垕·世堂이 뒤를 이었다. 그리고, 世堅과 世垕는 후사가 없어서 박세당의 차남인 泰輔가 世垕의 系子로 가기도 하였다.

박세당은 박정의 4남이었지만, 형들의 후사가 없었기에 가문의 실제적인 계승자라고 할 수 있다. 그는 첫 번째 부인이었던 宜寧 南氏[南一星의 딸]와의 사이에 2남인 泰維와 泰輔를 두었고, 두 번째 부인이었던 光州 鄭氏[鄭時武의 딸]와의 사이엔 1남 2녀를, 측실과는 딸 1명을 두었다.

이 중에서 泰維와 泰輔가 뛰어나다고 평가되는데, 모두 정쟁에 휘말려 서계보다 일찍 사망하였다.

서계의 장남인 朴泰維(1648/인조26~1686/숙종12)의 자는 士安이고, 호는 白石이다. 1666년(현종7) 사마시에 합격하여 1681년(숙종7) 음보로 泰陵 참봉이 되었다. 그해 알성문과에 급제하여 검열을 거쳐, 1683년 지평을 지냈다. 이어 정언에 재직 중, 같은 西人인 어영대장 金益勳이 南人을 무자비하게 숙청한 데 반발, 이를 탄핵하다가 거제현령으로 좌천되었다. 그 뒤 정언에 복직되었으나 취임하지 않고 호조판서 등을 비판, 처벌을 주장하였다. 함경도의 고산도찰방으로 좌천되었으나, 관기숙정을 위해 병마절도사의 잘못까지도 거침없이 규탄하였다. 원래 건강하지 못한데다가 高山의 기후도 맞지 않아 병이 악화되자, 1685년(숙종12) 병으로 사직하였다. 효성이 지극하고 명필로도 이름이 높았다.

서계의 차남인 朴泰輔(1654/효종5~1689/숙종15)의 자는 士元이고, 호는 定齋이며, 시호는 文烈이다. 1675년(숙종1) 사마시를 거쳐, 1677년 알성문과에 장원하여 典籍을 지냈다. 예조좌랑 때 試官이었는데, 출제를 잘못하였다는 이유로 남인의 탄핵을 받아 宣川에 유배되었다가 이듬해 풀려났다. 1680년 수찬을 지내고 2년 뒤 사가독서를 거쳐 교리, 이조좌랑, 호남의 암행어사를 역임하였다. 1689년 기사환국 때 서인을 대변, 仁顯王后의 廢位를 강력히 반대하다가, 모진 고문을 당한 뒤 진도에 유배 도중 노량진에서 죽었다. 학문과 문장에 능하고 글씨도 잘 썼으며, 비리를 보면 참지 못하고 의리를 목숨보다 소중히 여겼다. 영의정에 추증, 豊溪祠에 배향되었다. 문집으로는 『定齋集』을 남겼다.

이러한 가문의 실질적인 계승자인 서계의 생애는 주로 저술 연대를 추정할 수 있는 詩錄 등을 중심으로 문학·사상적인 면과 관련 있는 부분을 중점적으로 다루도록 하겠다.

(1) 修學期(1629/인조7~1659/효종10)

서계는 1629년(인조7) 8월 19일에 南原에서 태어났다. 그의 아버지인 朴炡은 그의 나이 4세 때에 사망하였다. 비교적 명망 있는 가문의 자손으로 태어났던 서계의 불운은 이때부터 시작되었다고 할 수 있다. 이로부터 3년 후엔 큰 형이 죽고, 이듬해인 1636년에는 병자호란이 일어나 서계는 할머니와 어머니를 모시고 피난길에 올라 원주·청풍·안동 등지를 전전했다. 그 후 집에 돌아와 14세에 고모부인 敎官 鄭思武에게 나아가 배웠다.

17세에 宜寧 南氏와 혼인하였다. 가난 때문에 처가살이를 하게 되는데, 이때 처남 南九萬, 처숙부 南二星 등과 經書의 文義를 변론하였고, 이들과의 교유는 서계의 사상과 문학에 지대한 영향을 끼친다. 훗날 서계는 다음과 같이 이때를 회고하였다. "쓸쓸히 지낸 이래로 지금 2년이 지나도록 다시 옛날에 변론하던 즐거움이 없습니다. 돌이켜 그 당시를 생각해보면 거침없이 종횡으로 담론하며 날과 밤을 지새우면서도 피곤한 줄 몰랐었지요. 비록 엉성한 제 말이 신묘한 그대의 견해와 합치하지는 못하였지만, 말을 해도 망연히 무슨 말인지 알아듣지 못하는 다른 사람들과 비교해보면 참으로 그대는 峨洋의 귀일 뿐만이 아니었습니다."[4] 밤낮을 가리지 않고 논의하며 백아와 종자기처럼 서로를 알아주던 이때의 교유와 토론이 서계의 학문과 사상 형성의 초석이 되었음을 확인할 수 있다.

19세에 형 世垕와 자주 道峯書院에서 독서하였다. 20세인 1648년(인조26) 가을에 조모와 모부인을 모시고 형 世堅의 歙谷 임소에 다녀오면서 「東行拾囊」을 저술하였다. 21세 봄엔 두 분을 모시고 楊州 沙村으로 돌아왔다. 3월에 모친상을 당하고, 이듬해엔 조모와 형 世垕의 상을 당하였다.

---

4) "索居以來 今垂二紀 無復昔年辨論之樂 追思當時劇談縱橫 彌日竟夕 不自知疲 雖廳 疏之說 未足以盡契妙解 若比與餘人言 茫然不知何謂者 則誠不翅峨洋之耳矣." 『西溪集』(이하 권 수만 표기) 권7 <答南雲路書>, pp.125~126.

　　서계가 과거에 응시한 것은 모친 상을 마친 24세 때였고, 儒生庭試에서 우수한 성적을 받았지만, 중형의 등제를 기다리기 위해 향후 7년 동안 과장에 나가지 않았다. 29세에는 형 世堅을 따라 淸風 임소에 갔다.

　　서계가 청년기에 저술한 「東行拾囊」와 「潛稿」에는 젊은 나이와는 걸맞지 않게 애상적인 정조를 띠는 작품들이 많다. 너무 이른 나이에 아버지를 여의고, 20대에 조모, 어머니, 형을 연속적으로 잃어야 했던 아픔과, 아직 뚜렷한 인생의 행로가 결정되지 않았던 것 등이 이 시기에 悲感을 더하게 하였을 것으로 추정된다.

　　다음과 같은 작품이 그 예라 할 수 있다.

　　　幾年凝立碧山岑　　푸른 산봉우리에 몇 년이나 우뚝 서 있었나?
　　　只爲當時抱恨深　　다만 당시에 품은 한이 깊은 것 같구나
　　　縱使形容無故態　　비록 옛 모습은 남아 있지 않지만
　　　箇中應有未灰心　　그 속엔 응당 사그러들지 않는 마음이 있겠지.

　　　　　　　　　　　　　　　　　　　　　　　<有石似人>[5]

　　이는 초기시에 속하는 작품인데, 제목에서 밝힌 바와 같이 '사람 닮은 바위'를 보고 자신의 심회를 표현하였다. 푸른 산봉우리에 몇 년 동안 우뚝 서 있었을 바위를 의인화시켜 품은 한이 깊을 것이라 짐작하고 있다. '사람 닮은 바위'는 망부석 설화에서처럼 누군가를 애타게 기다리다 바위로 변한 것일 수도 있고, 무언가 간절한 의지를 지닌 사람이 바위로 화한 것일 수도 있을 것이다. 어떤 이유로 '사람 닮은 바위'가 생겼는지는 알 수 없고, 옛 모습도 남아 있지 않지만 그 속엔 사그러들지 않는 '灰心'이 있을 것이라 판단하고 있다. '灰心'은 자신의 포부를 펴지 못한 한으로도

---

　5) 권1 「東行拾囊」, p.7.

34

해석될 수 있을 것이다. 무언가 정확한 실체를 알긴 어렵지만, 응어리지고
답답한 심회를 '有石似人'에 투영시켜 표현한 것으로 파악된다.

(2) 仕宦期(1660/현종1~1669/현종10)

우울한 청년기이자 수학기를 보내고 서계는 비교적 늦은 나이라고 할
수 있는 32세 때인 1660년(현종1)에 증광문과에 장원하였고, 11월에 典籍이
되었다. 서계가 과거급제를 한 때는 공교롭게도 1차 기해예송이 일어났던
시기이다. 이 예송은 효종이 죽은 뒤 그의 계모인 慈懿大妃가 효종의 喪에
어떤 복을 입을 것인가를 두고 일어난 논란이었으며, 이에 송시열을 중심으
로 한 서인 계열에서는 1년상을 주장한 데 반하여 남인 계열에서는 윤휴·허
목·윤선도 등이 그러한 주장을 반박하고 나옴으로써 1차 예송이 본격화되었
고, 이후 정국의 변동에 중요한 변수로 작용하였다. 이 사건에 대해 서계는
<禮訟辨>6)이라는 글에서 어느 한 쪽의 입장을 편파적으로 수용하지
않고, 자신을 입장을 피력하였다. 즉, 실상을 중시하는 서계의 입장에서
보았을 때는 서인과 남인의 예송은 소모적인 정쟁에 불과한 것으로 평가하
였다. 논의의 핵심은 차장자인 효종이 임금으로서 역할을 충실히 수행했다
는 사실 자체에 있는 것이지, 제복을 1년 입느냐 3년 입느냐가 중요한
것이 아니라고 판단하였다. 이러한 견해는 오늘날의 관점에서 보면 지극히
타당한 것이나, 예송으로 인한 정쟁으로 정국이 좌우되었던 당시에는 그야
말로 목숨을 걸고 논변한 것이라 할 수 있다.

34세(1662년) 2월 정언이 되었고, 金佐明의 공판 제수와 李殷相의 대사성
제수를 論啓하였다. 이듬해 3월에 지평이 되어 도승지 任義伯을 논계하다
책임을 지고 물러났다. 6월에 다시 지평이 되었다가 병조정랑이 되었다.
御史로서 江都에 가서 軍儲를 살피고 왔다. 36세(1664년) 4월에 교리가

6) 卷7, pp.130~131.

되었고, 이후 병조정랑, 부교리, 지평을 지냈다. 10월엔 御史로서 海西를 살펴보았다. 이듬해 8월엔 直講이 되었고, 11월엔 부수찬이 되어 問禮官으로 의주에 다녀왔다. 38세(1666년)에 陽德坊에 새로 거처를 정하였는데, 처가살이를 면한 지 얼마 안되어 5월에 부인 남씨가 사망하였다. 아내가 병들게 된 사정은 <亡室淑人宜寧南氏墓誌銘>에서 "숙인은 평소 가난한 살림을 불평하지는 않았으나, 역시 고생을 겪는 바람에 고질을 앓아 여러 해 동안 낫지 못하였다. 그러다가 아들 태유가 癘疾에 걸리자 숙인은 지나치게 걱정하여 새로 생긴 병과 원래 있던 병이 함께 일어나 24일을 심하게 앓다가 끝내 일어나지 못하고 말았으니, 아! 애통하도다."[7]라고 한 데에서 더욱 구체적으로 나타난다. 또한, 아내의 친정이 영락하여 자주 소식을 전하지 못했던 것도 안타까움을 더해준다.

서계는 아내를 잃은 지 3개월 지난 8월에 함경북도 병마평사로 부임하여 「北征錄」을 저술하였다. 이듬해 4월에 수찬이 되어 돌아왔고, 5월에 旱災로 인해 應旨 상소하였다. 8월에 부교리가 되었다. 명을 받고 「小學諺解」 및 註說을 고증하여 고쳐 올렸다. 부인 光州 鄭氏와 재혼하였다.

40세(1668년) 1월에 문신 월과를 세 차례 짓지 않아 파직되자 곧 楊州 水落山 石泉洞으로 돌아가 지냈다. 2월에 교리가 되고, 정언·지평·문학·수찬·병조정랑이 되었으나 모두 나아가지 않았다. 8월에 이조좌랑이 되고, 오랫동안 조정의 명을 어겼다고 하여 징계를 받았다. 10월에 이조좌랑으로 절사 書狀官이 되어 燕京에 가게 되는데, 이때에 「西溪燕錄」과 「使燕錄」을 저술하였다.

출사 기간에 해당하는 10년 동안의 仕宦期(1660/현종1~1669/현종10)에 서계가 직접 체험한 여러 일들은 그가 외부 세상과 부딪히며 감내해야

---

7) "淑人素安其貧 亦以勞悴抱羸疾 積歲未平 子泰維遘癘 淑人過憂念 新舊疾並作 彌留 凡二十四日竟不起 嗚呼痛哉." 권9, p.161.

하는 어려움의 前兆에 해당하였다. 서계는 여러 정쟁의 알력을 경험한
후에 이러한 정국이 더 이상 나아질 수 없을 것이라는 예견을 하고 과감히
은거를 단행하지만, 이경석 신도비문을 저술한 것을 발단으로,『사변록』과
노장주해서까지 '斯文亂賊' 시비에 휘말리게 되어 은거기에 더욱 세파의
영향을 받는 아이러니컬한 상황에 봉착하게 된다.

(3) 隱居期(1669/현종10~1703/숙종29)

41세(1669년) 3월에 燕京에서 上元節에 觀燈한 일로 대간의 탄핵을 받고
석천으로 돌아왔다. 파직되어 석천으로 돌아온 뒤 1680년 10월 도성에
들어가기 전까지 楊州 석천에서 지은 시가 「石泉錄 上」에 남아 있다. 8월에
교리, 헌납이 되었으나 모두 나아가지 않았다. 42세(1670년) 8월 통진 현감으
로 부임하고, 12월에 헌납에 제수되었으나 대신의 청으로 진휼을 위해
유임되었다. 그 후 2년 동안 여러 차례 관직이 제수되었으나 나아가지
않았다. 45세(1673년)인 9월 봉상시 정이 되어 寧陵遷陵都監 都廳으로
명을 받아 나아갔으나, 10월에 병으로 물러나고 곧 석천으로 돌아왔다.
49세(1677년) 10월에 아들 태보가 試官이었는데, 출제를 잘못하였다는
이유로 남인의 탄핵을 받아 宣川으로 유배를 갔다.8) 이듬해에 밀양 부사,
집의, 교리가 되었으나 모두 나아가지 않았다. 9월에 부인 정씨가 사망하였
다.

그 후 52세(1680년) 10월 도성에 들어갔다가 곧 물러나 석천으로 돌아온
뒤부터 59세(1687년)까지 그곳에서 지내면서 지은 시들이 「石泉錄 中」에

---

8) 이와 관련된 다음 네 작품 <泰輔以試院題語 誤有所犯對獄 竄配西邊 二首>,
<送輔子西遷 歸路 過松川作 二首>, <寄示泰輔>, <閱唐人詩 有作回文體 因效其
體 寄泰輔>가 권2 「石泉錄 上」(pp.33~34)에 수록되어 있다. 이 작품들의 내용은
귀양간 아들이 무사히 돌아오기를 희구하며, 그리움과 염려를 드러내면서도
아들이 힘든 상황 속에서 자신의 몸을 잘 보중하기를 당부하고 있다.

기록되었는데, 이 시기는 서계가 『思辨錄』과 『新註道德經』을 저술한 때이기도 하다. 경서 연구에 몰두하며 지낸 것을 서계는 다음과 같이 압축적으로 표현하기도 하였다.

蠹魚身向卷中生   좀벌레가 책 속에 살고 있으니
食字年多眼乍明   오랫동안 글자를 파먹어서 눈이 밝겠구나
畢竟物微誰見許   필경 미물인 너를 누가 허여하리오
秪應長負毁經名   경서를 훼손했다는 이름만 길이 남을 것이네.
<蠹魚>9)

　위 시는 『玄湖瑣談』10)에 수록된 작품인데, 평생 경전을 연구하며 지낸 자신의 모습을 '蠹魚'로 객관화시켜 표현하였다. 책 속에 오랫동안 살고 있는 좀벌레에게 글자를 파먹어서 눈이 밝을 것이라고 하고 있다. 하지만, 좀벌레는 미물에 불과한 것이니 세상 사람들이 제대로 평가해주기는 어려울 것이고, 오히려 경서를 훼손했다는 오명만 남을지도 모른다는 우려를 표명하고 있다. 이는 서계가 자신에 대한 평가를 하면서 이미 세인들의 비판까지도 인지하고 있었음을 보여준다. 일생동안 경서를 연구하고 주석을 달고 재해석하였던 자신의 업적에 대한 자부와 연민이 중의적으로 엿보인다.

　또한, 세인들의 분분한 비판에도 불구하고 자신의 학문에 대한 소신을 굽히지 않은 모습을 잘 보여주는데, 시화에서는 만년의 그의 행적이 이 시와 같이 되어 詩讖이라11)고 평가하기도 하였다. 그리고, 서계가 이 작품 이전에 저술한 <詠懷>12)라는 시에서도 "세상일은 응당 끝이 없으니,

---

9) 권4 「石泉錄 下」, p.74.
10) 홍찬유 역주(1993), 『詩話叢林』下, 통문관, pp.1154~1155.
11) "此蓋自況之詩 而末節與詩相符 豈先讖耶." 『玄湖瑣談』.

38

내 살 날이 다시 얼마나 남았나/ 유유히 그 때를 생각하며, 도리어 전주만
내고 있구나."[13]라고 하며, 자신이 일생동안 의미 있게 수행할 일에 대한
인식을 일찍부터 하고 있었음을 알 수 있다.

55세(1683년) 2월에 부제학이 되었으나 나아가지 않았다. 58세(1686년)
3월에 아들 泰維가 사망하였는데, 이때의 침통한 심정을 서계는 다음과
같이 표현하였다.

目猶識物　눈은 아직도 사물을 알아보나
不見汝形　너의 모습은 볼 수 없구나
耳尙辨音　귀는 아직도 소리를 들을 수 있으나
不聞汝聲　너의 목소리는 들을 수 없구나
汝去何往　너는 떠나서 어디로 갔느냐
滅影息響　모습은 사라지고 소리는 그쳤구나
我悲不勝　나는 슬픔을 주체할 수 없으리
終竟此生　이 생을 마칠 때까지.

形念在目　모습을 떠올리면 눈에 선하나
視之卽滅　보려 하면 곧 사라지는구나
聲念在耳　목소리를 생각하면 귀에 쟁쟁하나
聽之卽息　들으려 하면 곧 그치는구나
呼天呼神　하늘이시여! 신이시여!
靡極靡因　끝도 없고 시작도 없구나
我悲不勝　나는 슬픔을 주체할 수 없으리
終竟此生　이 생을 마칠 때까지.

---

12) 권2 「石泉錄 上」, p.38.
13) "世故應無盡 吾年復幾餘 悠悠當日意 還只箋蟲魚."

不見曰昏　볼 수 없는 장님이라 해도
靡我怨天　나는 하늘을 원망하지 않으리라
不聞曰聵　들을 수 없는 귀머거리라 해도
靡我怨神　나는 신을 원망하지 않으리라
匪昏不見　장님이 아닌데도 볼 수 없고
匪聵不聞　귀머거리가 아닌데도 들을 수 없구나
我悲不勝　나는 슬픔을 주체할 수 없으리
終竟此生　이 생을 마칠 때까지.

<述悲> 三首[14]

이 작품에서 서계는 자식을 잃은 아비의 심정을 절절하게 토로하였다. 아들의 모습과 음성은 아직도 생생한데, 아들이 자취없이 사라져버린 현실을 감당하기 힘들어하고 있다. 자신의 생을 마칠 때까지 결코 잊을 수 없는, 주체할 수 없이 슬픈 심정을 숨김없이 드러내고 있다.

같은 해에 東峯祠宇를 세워서 김시습의 영정을 봉안하고 釋菜禮를 행하였다. 60세(1688년) 봄에 함경도 순영에 갔다가 돌아오면서 楓岳을 들렀을 때 지은 시가 「後北征錄」에 남아 있다. 그리고, 61세(1689년) 5월에는 仁顯王后의 폐위를 반대하다 국문을 받고 유배를 떠나던 아들 泰輔가 露梁村에서 사망하였다. 이리하여 서계는 유능한 두 아들을 차례로 잃는 비운을 겪게 되었다.

63세(1691년)에 「尙書思辨錄」을 완성하였다. 같은 해 9월에는 문생들과 楊州의 銅店을 유람하였다. 65세(1693년)에 「毛詩思辨錄」을 짓기 시작하였으나 끝내지 못하였다. 이후에 계속 관직이 제수되었으나 나아가지 않았다.[15]

---

14) 권3 「石泉錄 中」, p.50.
15) 이 시기에 서계가 관직을 제수받고 나아가지 않은 것을 정리하면 다음과 같다.

40

74세(1702년)에 백헌 이경석의 신도비명을 지으면서 우암 송시열을 直斥하였다. 이 사건으로 이듬해 관학 유생의 疏斥을 받고, 該曹의 覆啓로 삭탈관직과 門外黜送의 처분을 받았다. 도성 밖으로 나가 대죄하고, 臺啓로 玉果에 遠竄되는 명을 받는다. 判尹 李寅燁의 상소로 원찬의 명이 취소된다. 5월에 석천으로 돌아왔으나 75세를 일기로 8월 21일에 사망하였다. 10월에 양주 석천의 북쪽 언덕에 장사지냈다. 1706년(숙종32)에 관작을 회복하고, 賜祭하였다.

이처럼 서계에게는 은거와 만년의 시기가 평온한 삶의 정리기가 아니라, 오히려 더욱 많은 정쟁에 휘말리고, 두 번째 아내와 두 아들을 잃게 되는 등 그 어느 때보다도 공적, 사적으로 혼란하고 불운한 때였다고 할 수 있다.

서계의 평탄치 않은 삶의 역정은 손녀의 죽음을 애도하며 지은 <李德孚妻墓誌銘>에서 다음과 같이 요약적으로 제시되고 있다.

아비로써 아들의 묘지명을 짓는 것도 오히려 이치에 어긋나는 일인데, 하물며 할아비로써 손녀의 묘지명을 짓는 것이야 말할 것이 있겠는가. 韓文公이 馬氏 三代를 곡할 적에도 오히려 상심하여 마지않았는데, 하물며 내가 네 아비를 곡하고 또 너를 곡하는 데야 말해 무엇하겠는가.(중략) 바위도 연고가 있어서 무너지고 나무도 연고가 있어서 꺾이니, 완악한 목석조차 무지하다고 할 수 없다. 그런데 지금 나는 네 아비를 곡하고 네 작은아비를 곡하고 또 너를 곡하고서도 오히려 무지하게 홀로 살아가고 있으니, 내 인생의 더없이 무지함이 목석보다 못하구나(후략).16)

1694년(숙종20) 6월 호조참판 이후 대사간·부제학, 1694년(숙종20) 3월 공조판서, 1697년(숙종23) 1월 우참찬 이후 대사헌·한성부윤·공조판서, 1698년(숙종24) 2월 대사헌 이후 한성판윤·좌참찬, 1699년(숙종25) 5월 숭정대부·예조판서·판중추부사, 1700년(숙종26) 6월 지중추부사 이후 이조판서 등.
16) "以父而識子之藏尙逆於理 況以大父而識孫之藏乎 韓文公哭馬氏三世 猶傷之不已

이는 서계의 장남 泰維의 장녀가 全義 李德孚(1675/숙종1~1773/영조49)에게 시집간 지 4년 만에 죽은 것을 애도하며 지은 묘지명이다. 서계는 장남 泰維와 차남 泰輔의 죽음을 겪은 후에 손녀까지 먼저 죽게 되어 곡하게 된 비통함을 한유가 馬氏 三代[17]를 곡한 것에 비견하고 있다. 부모로서 자식을 잃은 슬픔은 말로 표현할 수 없을 것인데, 설상가상으로 손녀의 죽음까지 목도하고 묘지명을 써야 하는 조부의 심정은 더욱 비통하였음을 짐작할 수 있다. 그리고, 자식과 손녀를 앞세워 보내고도 멀쩡하게 살아있는 자신의 모습을 바위나 나무만도 못한 존재라고 평가하고 있다.

이 외에도 서계가 사망하기 1년 전인 74세(1702년) 때 쓴 것으로 문집에 수록되어 있는 마지막 시 작품을 살펴보면 자신의 한평생을 마무리하는 태도를 엿볼 수 있다.

夢中啼不已　꿈속에서 울기를 그치지 않으니
身與親愛離　내가 가까운 이와 헤어졌네
去途千萬里　떨어진 길이 천만 리니
又未定歸期　또한 돌아갈 기약이 없구나
心知死生事　마음으로 사생의 일을 알고 나면
寧復異於斯　어찌 이것과 다르랴
勿妄爲悲嗟　망령되게 슬퍼하지 마라
通人嗔爾痴　통인이 너의 어리석음을 꾸짖으리라.

<壬午三月二十九日作>[18]

況吾哭汝父 又哭汝乎."(中略)石有爲而裂 木有爲而催 木石之頑 不可謂無知 今吾哭汝父 哭汝叔 又哭汝 尙冥然獨活 人之生也 其無知之甚 木石之不如乎(後略)." 권9, p.174.
17) 馬氏三代 : 당나라 때 名家의 후예로 37세를 일기로 운명한 馬繼祖 일가 삼대를 가리키는데, 마계조의 조부는 太師로 추증된 北平莊武王 馬燧이고, 마계조의 부친은 太子少傅에 추증된 小府監 馬暢이다. 한유는 이들과 모두 친분이 있었는데, 그가 지은 「殿中少監馬君墓銘」에 감개하고 서글퍼하는 내용이 자세히 보인다.

꿈속에서 절친한 이와 이별한 길은 돌아갈 기약이 없는 천만 리나 떨어진 곳으로 형상화되어 있다. 서계는 이미 마음으로 死生의 일을 모두 통달한 지경에 이르러 죽음을 의연하게 받아들일 수 있는 자세를 갖추고 있음을 알 수 있다. 슬픔으로 가득한 분위기와 죽음을 예견하고 있는 詩意가 범상치 않게 다가오는 작품이다.

2. 교유 양상과 문단 동향

가. 교유 양상

서계의 주요 교유 인물들은 南九萬(1629/인조7~1711/숙종37)·尹拯(1629/인조7~1714/숙종40)·朴世采(1631/인조9~1695/숙종21)·崔錫鼎(1646/인조24~1715/숙종41)·崔錫恒(1654/효종5~1724/경종4)·崔昌大(1669/현종10~1720/숙종46)·趙泰億(1675/숙종1~1728/영조4) 등 대부분 소론 계열의 인사들이었다. 이들은 서계의 석천 입거 이후 석천동과 수락산을 내방하는 주류를 이루었는데,『西溪集』에 다수의 교유시가 수록되어 있어 이들의 교유 관계를 확인할 수 있다.[19] 주요 인물들과의 교유 작품을 통해 상호 관계를 재구해보고자 한다.

먼저, 서계의 손아래 처남인 약천 南九萬(1629/인조7~1711/숙종37)은 가장 절친했던 사이라고 할 수 있다. 이들은 매우 자주 만나서 함께 시사를 토론하고, 시문을 창수하였다. 서계가 남구만을 대상으로 쓴 교유시만도 20제 44수에 달해 긴밀했던 이들의 관계를 짐작하게 한다. 그리고, 상호 주고받은 작품을 통해 이들의 교유가 서계의 수학기부터 은거기까지 지속

---

18) 권4「補遺錄」, p.84.
19)『西溪集』에 수록된 전체 시 작품 총 556제 787수 중에 교유시는 281제 410수여서, 교유시가 절반 이상을 차지하고 있음을 알 수 있다.

적으로 이루어졌음을 알 수 있다.

서계는 약천이 관직을 그만두고 廣津에 있을 때 잠시 만나기도 하였는데,
이때 주고받은 작품을 통해 돈독한 우의의 일단을 살펴볼 수 있다.

> 湖海相望歲月空　호해에서 서로 그리던 세월 부질없고
> 江山又此暫時同　강산을 또다시 잠시 함께 하노라
> 飄飄解袂東西散　표표히 헤어져 동서로 흩어지니
> 路遠何緣信耗通　먼 길 어떻게 소식을 통할 수 있을까.
>
> <藥泉別業 贈南雲路>[20]

이 시에 대해 약천은 다음과 같이 화답하였다.

> 少年歡樂轉頭空　소년 시절 즐겁던 일 홀연 부질없고
> 隔歲乖離半夜同　일 년 넘도록 헤어졌다가 저녁 나절을 함께 하였네
> 從此湖山更千里　이로부터 호산이 다시 천 리나 멀어지리니
> 相思唯有夢魂通　서로 생각함은 오직 꿈 속에 혼이나 통하리라.
>
> <廣津別墅 次西溪朴兄季肯世堂韻>[21]

이때 남구만은 41세(1669년)에 대사성으로 학제를 개편하고 향음주례의
강행 등을 시도하였으나 곧 물러난 후, 廣津 아차산 근처 藥水巖에 거처하며
'藥泉'이라 자호하였다.

서계는 관직을 그만둔 약천에 대해 다음과 같이 세상 풍파를 경계할
것을 조언하기도 하였다. "하늘을 칠 듯한 안개 물결 끝없이 아득하니,
저물녘에 누가 여울가 배에 오르려하나/ 밤이 되면 바람이 더욱 거세질까

---

20) 『西溪集』 권2, p.32, 4수 중 1수.(성백효 譯(2004), 『國譯 藥泉集』 1, 민족문화추진회,
　　p.76.)
21) 『藥泉集』 권1, p.433.(성백효, 위의 책, pp.74~75.)

두려우니, 급히 배를 거두어 갈대밭 곁에 두게나."[22] 이러한 경계에도 불구하고 약천은 여러 차례 정쟁에 휘말리게 되었는데, 그 때마다 서계는 그에 대한 지대한 염려와 관심을 표출하였다.

서계는 약천이 1679년(숙종5) 2월에 남인의 영수인 윤휴와 허견을 탄핵하다가 거제로 유배된 때와, 1688년(숙종14) 장희빈과 東平君 李杭을 앞세운 남인들의 진출이 두드러지자, 약천 남구만이 이를 견제하기 위해 박세채를 두둔하며 동평군을 탄핵하다가 경흥에 위리안치된 사건이 있었을 때에도 정쟁으로 내몰린 약천의 처지를 안타까워하는 작품을 남겼다.[23] 유난히 정쟁이 많았던 시기에 서계와 약천은 혼인으로 인한 인척 관계와 학문적인 유대 관계를 형성하면서 평생 동안 서로의 삶을 격려하고 위로해 주는 莫逆之友였다고 할 수 있다.

또한, 明齋 尹拯도 서계와 긴밀한 관계를 유지하던 인물이다. 서계의 仲兄인 朴世垕는 윤증의 매형이었고, 世垕의 후사가 없어서 系子로 간 서계의 차남 泰輔는 윤증의 養外甥이었다. 이들은 동일한 정치적 노선을 유지하면서도 학문적으로 끊임없이 논의를 진행하며 상호 관계를 발전시켜 나갔다. 혼란스러운 현실 상황에 대한 자신의 입장을 서계는 명재에게 다음과 같이 밝히기도 하였다.

百尺樓爭矮脚床   백 척 누대에서 다리 짧은 평상을 다투며
徇名徇利俗相望   명예 좇고 이익을 따르는 자들이 세속에 죽 이어졌네
亦知身外無多少   몸 밖에는 많고 적음이 없음을 아니
何自胸間有短長   어찌 가슴 속에 짧고 깊이 있으리오

---

22) "拍天煙浪杳無邊 欲暮誰家上瀬船 應恐夜來風轉甚 收帆催傍荻花田."<聞雲路免官後出在楊津 賦此寄意>, 『西溪集』 권2, 「石泉錄 上」, p.31.

23) <聞雲路謫配海島 遙寄此詩>(권2 「石泉錄 上」, p.38.), <雲路相公 以言事栫棘慶興>(권4 「石泉錄 下」, p.61).

閑愛晚磯靑蒻笠　한가로울 때 저물녘 물가 바위에서 청삿갓 쓴 것이 좋고
忙憐隘路紫絲韁　바쁠 때 좁은 길에서 자줏빛 고삐 잡는 것이 가엾어라
閑忙又似生分別　한가로움과 분주함도 삶의 분별과 비슷하니
人笑醒狂罵醉狂　사람들은 성광을 비웃고 취광을 꾸짖네.

<次尹子仁韻>[24)]

　이 시는 서계가 52세(1680년) 10월 도성에 들어갔다가 곧 물러나 석천으로
돌아온 뒤부터 59세(1687년)까지 그곳에서 지내면서 지은 시들 중의 하나이
다. 이 시기에 윤증도 여러 차례 관직을 제수받았으나 계속 사양하여 나아가
지 않았는데,[25)] 그는 일평생 현직에 나아가지 않은 재야 학자였다.
　서계는 자신과 처한 상황이 유사한 명재에 대해 동질감을 갖고 위와
같은 작품을 썼을 것이다. 서로 다투어 명예와 이익을 따르는 세상 사람들의
모습을 관조적인 입장에서 묘사하였다. 이러한 世人들은 오히려 세상에서
물러나 사는 서계나 명재와 같은 이들을 '醒狂·醉狂'이라고 비판하지만,
서계는 이에 굴하지 않고 분망한 세속으로부터 한발치 물러나 있는 자신의
의연한 삶의 태도를 자부하는 모습을 드러내고 있다. 이렇게 속세에 초연한
자세를 취하는 서계에 대해 명재는 다음과 같이 자신의 심회를 토로하기도
하였다.

古規或出常情外　옛 법도가 혹 인지상정을 벗어나긴 했지만
今士誰超世指中　지금의 선비 그 누가 세상의 손가락질에 초연할 수 있으랴
已辦自家安子履　자네는 이미 집 마련하여 편하게 살지만
尙迷岐路困吾蒙　나는 기로를 헤매며 어리석게 고생한다오.

---

24) 권3「石泉錄 中」, p.45.
25) 이 시기에 명재 윤증이 관직을 제수받고 나아가지 않은 것을 정리하면 다음과
　　같다. 1680년(숙종6) 집의·司業, 1681년(숙종7) 4월 집의, 1682년(숙종8) 8월 호조참
　　의, 1683년(숙종9) 6월 이조참의, 7월 우윤 등.

<酬季肯>26)

명재는 정쟁이 많았던 당시에 그 누구도 세인들의 논쟁에서 자유로울 수 없었던 것을 지적하면서 이러한 상황에서 혼란스러워하는 자신에 비해 석천에 은거하며 초탈한 태도를 보인 서계를 흠모하였다. 그리고, 서계가 죽은 후에 지은 시에서도 "평생 곧은 도로 어그러진 적 없었으니, 크나큰 호기가 천지를 가득 채웠지/ 이제 저승으로 가니 무슨 유감 있겠는가마는, 나중에 죽을 이로 하여금 슬프게만 하네."27)라고 하며 추모의 정을 표출하였다.

명재는 『사변록』을 지은 서계와의 생전의 논변에서는 서계의 학문적 태도가 조익의 신중함과는 달리 '자립기견'하는 것을 비판하였지만, 제문에 서는 "이른바 『사변록』은 깊은 침잠을 오래하여 얻은 바를 기록해 책이 된 것이다. 비록 간간이 선현의 취지와 다른 것이 있지만, 공의 의사를 헤아려 보건대 어찌 다른 학설을 세우고자 한 것이겠는가? 요는 학문적인 의문을 따져 보고자 한 것이다. 이는 대개 회재나 포저 같은 先正들도 일찍이 하신 것이다."28)라고 하며 서계의 입장을 옹호하기도 하였다.29)

그리고, 서계는 明谷 崔錫鼎과도 교유하였다. 명곡은 윤증보다 후배로서 소론의 영수인 남구만에게 학문을 배웠으며, 숙종 후반기에는 8번이나

---

26) 『明齋遺稿』Ⅰ, 권3 四絶 중 3수, p.87.(이종묵 譯(2004), 『얼굴없는 재상 윤증의 시』, 이화, p.315.)

27) "平生直道不曾虧 浩氣洋洋塞兩儀 觀化如今何所憾 空留後死枉傷悲." 『明齋遺稿』Ⅰ, 권4 <挽西溪> 5수 중 1수, p.110.(이종묵, 위의 책, p.393.)

28) "所謂思辨一錄 沈潛旣久 箚錄成帙 雖間有出入於先賢之旨者 想公之意 豈敢立異 要以質疑 蓋亦晦齋浦渚諸先正之所嘗爲也." 『明齋遺稿』 권34, <祭西溪文附初本> p.217.

29) 권정안(2006), 「윤증 유학의 심학적 연원」, 『명재 윤증의 학문연원과 가학』, 예문서원, pp.142~143.

영의정을 역임하였다. 그는 사상적으로는 주자성리학에만 매몰되지 않고
양명학, 음운학, 수학 등 다양한 학문에 관심을 가지는 개방적 입장이었다.[30]
1709년(숙종 35)에는 명곡의 『禮記類編』이 노론의 비판을 받게 되는데,
그의 사상적인 개방성이나 이단 논쟁의 시비에 휘말린 정황 등이 서계와
유사한 면이 있다. 명곡 최석정은 崔鳴吉의 손자이며, 崔錫恒과 崔昌大는
각각 명곡의 아우와 아들이다. 서계는 명곡과의 교분으로 최명길의 문집
서문인 <遲川集序>[31]와 <領議政完城府院君 崔公鳴吉 神道碑銘>[32]을
저술하였다. 그리고, 명곡의 아우인 최석항은 서계의 諡狀을 찬하였으며,[33]
아들 최창대는 서계의 학문태도와 현실인식에 영향을 받아 『사변록』의
가치를 옹호하는 장문의 疏를 작성하였다.[34]

한편 서계는 和叔 朴世采와도 절친한 사이였다. 그들은 친족 관계이기도
하였는데, 서계의 조부인 朴東善과 화숙 박세채의 조부인 朴東亮은 형제간
이므로 서계와 화숙은 재종 형제간이다. 그러나, 서계와 긴밀하게 교유했던
남구만·윤증·최석정 등이 시종일관 소론의 입장을 견지한데 비해 박세채와
그의 문도들은 노론으로 전향했으며 학문적으로도 달랐다고 평가된다.[35]

和叔 朴世采의 소론적 입장은 1689년(숙종15) 기사환국과 1694년(숙종
20) 갑술환국을 계기로 노론으로 변화하였다. 기사환국으로 송시열이 사사
되고 남인이 정국을 담당하여 노·소 모두가 불안한 형국 속에서 박세채는
송시열을 이어 사림의 권형이 되었다. 박세채는 주자주의의 원칙에 입각하

---

30) 신병주(1994), 「17세기 후반 소론학자의 사상 – 윤증·최석정을 중심으로」, 『역사와
    현실』 13, 역사비평사, p.120.
31) 『西溪集』 권7, pp.140~141.
32) 『西溪集』 권11, pp.224~231.
33) 『西溪集』 권21, pp.424~434.
34) 『昆侖集』 권8 pp.135~144, <論思辨錄疏 癸未 不果上>.
35) 한국역사연구회, 17세기 유학사상사연구반(1994), 「총론 : 17세기 후반 사상사의
    새로운 이해」, 『역사와 현실』 13, 역사비평사, p.41.

여 엄격히 정통과 이단을 변석하였다. 그는 장유의 노장적이면서도 더불어 양명학적인 경향, 박세당이 노장에 주를 달고『대학』과『논어』집주를 의심한 것 등을 지적하였다.[36]

　하지만, 이렇게 서계와 화숙의 정치·사상적 입장에 차이가 있었음에도 불구하고 그들의 인간적인 관계는 지속되었다는 것을 교유 작품을 통해 확인할 수 있다.[37] 다음 작품은 서계가 자신에게 자주 편지를 보내준 화숙 박세채에게 답하여 지은 것이다.

　　幾度書來問所爲　몇 번이나 편지를 보내 하는 일을 물었으나
　　如今萬事只如斯　요즘에는 만사가 다만 이와 같다네
　　那堪懷抱常時惡　평소 마음이 편치 않음을 어찌 감당하리오
　　不奈頭鬚一半衰　머리털이 절반이나 세어짐도 어쩔 수 없구나.
　　把筆故慵當意會　붓 잡는 것 게을러짐은 이해를 하겠으나
　　卜居未定護心馳　살 곳이 정해지지 않아 괜시리 마음이 쓰이네
　　敎兒疏闕勞君念　그대 생각을 번거롭게 하는 것을 아이에게 빼라고 했으나
　　憂喜相隨豈自知　근심과 기쁨이 서로 따름을 어찌 스스로 알았으랴.
　　　　　　　　　　　　　　　　<和叔屢有書>[38]

　이는 서계가 관직에서 물러나 석천동에서 지낼 때에 지은 것이다. 화숙이

36) 정경희(1994),「17세기 후반 '전향노론' 학자의 사상－박세채·김간을 중심으로」,
　　『역사와 현실』13, 역사비평사, pp.92~104.
37)『西溪集』권2「石泉錄 上」p.25, <聞和叔 朴相國世采 自松都轉徙白川> ; p.34,
　　<和叔屢有書> ; 권3「石泉錄 中」p.45, <伏蒙聖朝追諡先祖潘南先生 賜祭于墓
　　諸孫集而待 事旣畢散歸 和叔有詩讚述盛典 謹次其韻> ; 권4「補遺錄」p.81, <使燕
　　日 和叔囑余略訪時事 及在燕 用其別時韻 作此詩以道意 篇未成 病中無聊 追足之
　　寄和叔>.
38) 권2「石泉錄 上」, p.34.

자주 편지를 보내어 서계의 안부를 물었지만, 만사에 의욕을 잃은 자신의 모습을 그대로 드러내고 있다. 게을러져서 제때 화숙에게 답장을 보내지 못했던 것을 인정하고 미안해하면서도, 행여 상대방이 자신 때문에 걱정을 할까 하여 구구하게 사연을 모두 적어보내지는 않았음을 밝히고 있다. 여러 가지 일로 부침이 많았던 시대에 서로의 일신을 걱정해주는 따뜻한 우의를 엿볼 수 있게 해주는 작품이다.

　화숙이 서계에 대해 가졌던 마음은 다음과 같은 작품에서 표출된다.

> 吾兄閑臥碧山扉　우리 형님은 푸른 산 집에 한가로이 누워 계시니
> 不向淸時惹是非　맑은 시절 시비 가림에 연연하지 않네
> 已遣高風驚末俗　이미 고풍으로 말세 풍속을 놀라게 하여서
> 須敎大業副初衣　모름지기 초의에게 대업을 깨우쳐 주시네.
> <楊山途中有感>[39]

　이 시는 화숙 박세채의 문집인 『南溪集』 권3에 수록되어 있는 작품이다. 이 문집의 권1~권4까지는 시작품이 수록되어 있는데, 여기에는 1646년부터 1691년 이전의 작품이 연대순으로 편차되어 있다. 이 기간 동안 박세채는 宋時烈·宋浚吉 등 노론과 학문적 교유관계를 가졌으며, 송시열과 윤증 사이에 일어났던 懷尼是非 문제 등을 중재하려는 노력을 하였다. 여러 정치적인 갈등 속에서 서로 대척적인 인물들을 설득하고 중재하는 역할을 담당했던 그로서는 세인들의 시시비비에 휘말리지 않고, 자신의 입장을 견지하는 서계의 태도가 한 차원 높은 것으로 인식되었을 것이다.

　서계의 석천 입거는 세사에서 한 걸음 물러나 자연과 교감하며 학문적 온축을 기하려는데 그 목적이 있었다. 그러나 점차 서계의 학행이 알려지면

---

39)『南溪集』 권3, p.71, 총 6수 중 3수.

50

서 석천동은 서계에게 집지·입설하려는 생도들로 만동의 호황을 누리게
된다.[40] 崔錫恒이 지은 서계의 <諡狀>을 통해 보면 그가 후학을 양성했던
모습을 생생하게 확인할 수 있다.

　서계가 관직에서 물러난 이후에 많은 자제들이 다투어 그 문하에 모여들
었고, 서계는 그들 집안의 고하를 막론하고 기쁘게 받아들여 교육하였다.
그리고, 그들의 수준에 맞게 지성으로 가르쳤다. 제자들을 가르칠 때에는
혹시라도 그들이 이해하지 못할까 염려하여 거듭 설명을 해주었고, 사물에
비유하여 쉽게 이해할 수 있도록 하였다. 그리고 제자들이 병에 걸리면
지성으로 걱정하며 힘써 구호하였고, 혹 죽게 되면 반드시 위패를 마련하여
애도하고 그 가족들까지 보살펴주었다.

　강학하는 선비들이 항상 서재에 가득했는데, 經史나 製述을 배우거나,
문답하고 강론하기를 종일토록 게을리하지 않았다. 저녁에는 제자들과
담소를 나누었는데, 밤이 되어서야 파하는 것이 일상적인 일이었다. 봄과
여름에 밭 사이를 거닐면 제자들이 책을 옆에 끼고 따라다녔으며, 밭두둑에
자리를 펴놓고 마주앉아 강론하였다. 매양 除夜申夕에는 술과 음식을 차려
놓고 단란하게 밤을 새웠으며, 花辰月夕에는 선비와 아이들을 데리고 시냇
가에서 읊조리며 돌아오곤 하였다. 만년에 이르러서는 문하생들이 더욱
많아졌는데, 또한 모두 서계공의 가르침을 받들었다. 학식과 행실이 뛰어나
과거에 급제하여 등용된 자들이 매우 많았다. 혹은 재상의 반열에 이르기도
하였는데, 名節로 스스로 힘써서 크게 세상에 쓰여졌으니, 이는 근래에
보기 드문 일이고, 서계공이 후학의 공을 이룬 것[41]이라고 평가되었다.

---

40) 김학수(2001), 앞의 논문, p.82.
41) "自公休退之後 年少後生 束脩願學 爭赴門下 公皆欣然受之 爲構書齋而處之 不問門
　　地高下 隨其才品賢愚 皆至誠敎誨 其或有可敎者則愛惜特甚 課督有程 每當冬月
　　學子多聚 公必早坐鱣席 以次授業 勤勤懇懇 猶恐其不能解聽 雖已領得而又重言之
　　或引喩事物之易見者 或假設以俚淺之言以曉之 雖蒙學之士 莫不厭足而心悅 其或

서계의 시작품에도 후학들과의 관계를 짐작하게 해주는 것들이 발견된다. 다음은 崔昌翼과 李命世 생도들이 시냇가에 두 칸짜리 집을 짓고 공부를 하려고 하는 것을 보고서 지은 작품이다.

問君結屋欲奚爲　무엇하려 집을 짓는지 그대들에게 물었는데
勞苦辛勤意可知　힘들여 노력한 뜻을 가히 알 만하네
聊且往來西澗上　애오라지 서쪽 시냇가에 오가면서
十年同賞此中奇　십 년 동안 이곳 진귀함을 같이 감상하겠구나.

蓄學須知如蓄水　학문을 쌓음은 물이 모임과 같음을 알겠으니
涓涓不息得泓渟　쉬지 않고 졸졸 흘러 깊은 웅덩이 되었네
放開一面當天旱　한 면을 열어 가뭄을 담당하게 하면
却見枯苗萬頃靑　문득 만 이랑 시든 곡식이 푸르러짐을 보리라.

攻詞也不異攻緯　글을 지음은 옷감 짜는 일과 다르지 않으니
萬縷千絲未要棼　만 가닥 천 개의 실이 엉켜서는 안되네
疑自天孫機畔脫　아마도 직녀성 베틀에서 나온 비단처럼
山龍日月爛奇紋　산룡 일월의 찬란한 문양을 만들어내네.
　　＜崔昌翼 李命世 諸生 構屋兩間溪上 欲肄業 題此 三首＞[42]

1수에서는 생도들이 스승과 함께 강학할 장소를 마련하기 위해 힘들여 집을 지은 것을 대견해하고 있다. 그리고 앞으로 오랜 시간 동안 제자들과

有疾病則至誠憂念 極力救護 聞其死亡則必設位而哀臨 存恤其家 請學之士 常滿書齋 或訓誨經史 或勸課製述 問答講論 終日不倦 夕後則組帶列侍 談笑從容 至夜乃罷 日以爲常 春夏則杖屨多在田間 子弟挾冊隨往 藉草壟上 對坐講劘 每値除夜申夕 必置酒食 與之達宵團欒 常於花辰月夕 携冠童逍遙溪邊 風詠而歸(中略)及至晩年 及門之士甚盛 亦皆承公指敎 文行並進 第名登朝者甚多 或至宰列 而能以名節自礪 蔚爲世用 斯亦近代所未有也 此則公成就後學之功也." 권21 ＜諡狀＞, p.432.
42) 권2「石泉錄 上」, p.36.

함께 자연을 벗삼아 학문에 정진할 것을 예견하고 있다. 2수에서는 학문을 하는 이치가 한방울 한방울의 물이 끊임없이 모여 깊은 웅덩이를 이루는 것과 같다고 비유하고 있다. 비록 그 성과가 바로 눈앞에 나타나지는 않지만, 계속 노력하다 보면 깊은 웅덩이가 가뭄을 해갈해주고 푸른 곡식을 가꾸어 주듯이 언젠가는 빛을 발할 날이 오리라고 굳게 믿고 있다.

3수에서는 글을 짓는 것을 옷감을 짜는 과정에 비유하고 있다. 한 가닥의 실이라도 엉키면 제대로 된 옷감을 완성할 수 없듯이, 차근차근 각 단계에 충실하고 모든 요소들이 조화롭게 어우러져야 아름다운 무늬를 만들 수 있을 것이라 조언한다. 그리고 제자들의 글솜씨를 山龍日月의 찬란한 문양에 비유하여 높이 평가하고 있다. 또한 이들과 같이 밤늦도록 이야기를 하며 지낸 감회를 "벽을 비추는 희미한 등불이 에워싼 달빛 같고, 섬돌에 부딪히는 찬 빗소리는 거문고 퉁기는 듯/ 총명한 그대들과 함께 하여 기쁘니, 이 지경을 어찌 다시금 속된 정에 비하리오."43)라고 하여 문하생을 키우는 기쁨을 표출하기도 하였다.

「西溪門人錄」에는 최창익 등 모두 97명의 문인이 수록되어 있다. 이들은 주로 소론명가의 자제들이었는데, 이 중에서도 李正臣, 李德壽, 崔昌大, 李坦, 金柱臣, 趙泰億 등이 서계 문하의 중심을 이룬 명사들이었다. 1690년경 경기 일대의 소론들은 친목계를 결성한 적이 있었다. 이 계는 朴世堂·徐文重·李萬相을 정점으로 하여 '소론13家門'의 자제들이 친목을 도모하기 위해 만든 世講契였다.44) 그리고 李德壽, 李翼明, 李坦 등은 1703~1704년 (숙종29~30)에 논란이 크게 벌어졌던 『사변록』에 대한 사문난적 시비에 목숨을 걸고 서계를 옹호하는 입장을 견지하였다. 특히 이덕수(1673/현종

---

43) "照壁疏燈籠月色 觸階寒雨動絃聲 數君喜得同淸晤 此境那應更俗情."<與崔李夜坐話久>, 권2「石泉錄 上」, p.36.
44) 김학수(2001), 앞의 논문, p.82.

14~1744/영조20)와 이탄(?~1729/영조5)은 서계 사후 碑碣類와 年譜를 찬하는 등 서계의 행적 정리와 기념에 크게 기여하였다.

서계가 교유한 문사들과 그의 제자들은 당대 소론계 문단을 형성하였던 주요 인물들로 파악된다. 그들은 서로 긴밀하게 교유하며 정치·사상·학문적 논의를 지속적으로 하면서 이러한 토대를 바탕으로 나름의 문학 세계를 구축해 나갔다.

나. 문단 동향

이 시기 문단 동향을 살펴보면 어느 때보다도 문학에 대한 논쟁이 활발하게 일어났다고 할 수 있는데, 이러한 견해의 근저에는 정치·사상적인 당파 갈등과, 인적·학문적 교류가 주요한 요소로 작용한다. 당론의 차이는 바로 견해와 미의식의 차이까지 이끌어가기 일쑤였는데, 특히 작가를 평가하는 문제에서는 매우 심각한 영향을 끼쳤다. 조선중기 이래 붕당이 성립되고, 당파 간 견해와 시국관의 차이 및 관직획득의 차별은 자기파의 이익을 지키고 정당성을 천명·변론하기 위하여 각자의 당파이익을 우선시하고 정당화시키는 행위가 용인되었으며, 이에 따라 수많은 잡기가 만들어졌다. 시화의 편자가 누구인가에 따라 작가를 수록하는 범위나 작가에 대한 평가가 달라지고, 그러한 현상이 주로 당론에 의하여 결정되는 조선후기 시화사의 문제점이 노정되는 것이 이때부터 본격화 되었다고 할 수 있다.[45]

잇따른 정쟁으로 인해 '서인/ 남인'·'노론/ 소론'의 갈등과 분기는 후대로 갈수록 첨예하게 대립하며 간극이 발생하지만, 이들은 동시대를 살면서 상호 교류하며 밀접한 관계를 형성했던 인물들이라고 할 수 있다. 노·소론의 문학관에 상통하거나 중첩되는 부분이 분명히 있었음에도 불구하고 후대 문학 비평에서는 이를 인정하지 않고, 정파에 따라 문학적 평가를 달리하게

---

45) 안대회(2000), 『조선후기시화사』, 소명출판, p.58.

54

된다.

肅宗 말엽에는 老少論 간의 날카로운 대립으로 종종 文集이나 저술을
가지고 공격의 빌미로 삼는 경우가 많았는데, 尹拯의『家禮源流』간행을
둘러싸고 분쟁이 끊이지 않았으며 朴世堂도『思辨錄』때문에 斯文亂賊으로
몰리기까지 하였다. 특히 노론 세력에 의해 박세당이 사문난적으로 몰리게
되면서는 그의 학문적 실상은 제대로 파악되지 않고 존재 가치 자체가
부정되기에 이른다. 이러한 상황의 심각성은 당대 소론계 문인들의 문집이
출간되는 단계에서부터 일이 순조롭게 진행되지 않았던 것을 통해 보면
간접적으로 짐작해 볼 수 있다.

서계의『思辨錄』에 대해서는 그의 생전인 1703년(숙종29) 7월에 노론의
權尙游와 李觀命에게 辨破하여 올리라는 명이 내리고 이듬해 8월에 이관명
이 완성하여 올리니, 이를 홍문관에 보관하도록 하였다. 또한『思辨錄』을
불태우라는 명도 내렸으나 이는 상자 속의 私藏에 불과한 글이므로 크게
문제될 것이 없다는 任守幹의 상소[『숙종실록』 29년 9월 4일조]로 그대로
두라는 결정이 내리기도 하였다. 이러한 상황에서『思辨錄』의 간행은 생각
하기 어려운 일이었을 것이고 실제 현전하는 본들도 모두 寫本뿐이다.

그리고,『西溪集』은 序跋이 없어서 정확한 간행 경위를 알 수 없는데,
여러 정황으로 미루어볼 때 처음 간행을 주도한 사람은 서계의 문인인
이탄, 이덕수를 비롯하여 손자 박필기 등이었을 것으로 보인다. 그리고
1706년 복관되는 시점과 1722년에 노론 四大臣이 물러나고 서계에게 시호
가 하사되는 시점이 문집의 초간과 연관된다.[46]

서계와 관련된 일련의 논란은 그의 族姪이었던 朴泰淳(1653/효종
4~1704/숙종30)이 1699년(숙종25) 전라도관찰사로 있으면서 許筬의 문집
인『國朝詩刪』을 간행한 데 대해 전라도 유생들의 규탄을 받아, 長湍府使로

46)『西溪集』(한국문집총간 134권) 해제 참조.

좌천된 사건[47]과도 연관이 있다고 파악된다.

　박태순이 허균의 문집을 간행한 것에 대한 당대인들의 평가를 통해
보면, 당파·사상적 입장이 문학적인 가치 판단에까지 깊숙이 간여했음을
확인할 수 있다. 이들은 일차적으로는 昏朝의 賊臣이었던 허균이라는 인물
자체에 대해 부정적으로 평가하였고, 그가 李珥를 비판하였던 허봉의 아우
라는 것을 문제시하였다. 그리고, 허균의『국조시산』에 李珥의 시 가운데
한 작품이 잘못 수록되어 이이를 평가하는데 결정적인 오해의 소지를
제공한다는 것이 직접적인 논란의 근거로 제기되고 있다.

　노론계 인물들에게 이이는 유가의 도인 正道를 수호한 절대적인 인물로
평가되고 있는데, 시작품 중의 구절과 허균의 비평으로 인해 자칫 이이가
佛家에 귀의했었다는 오해를 불러일으킬 수 있다는 것을 지적하고 있다.
그리고, 종국에는 이 작품이 이이의 작품이 아니라는 결론을 내리고 이러한
것을 제대로 살피지 않고『국조시산』을 간행한 박태순의 행위에 특별한
의도가 있었던 것은 아닌지 의심하고 있다. 또한 설사 이러한 정황을 모르고
했을지라도 '이 책의 간행이 실로 斯文을 망하게 하는 기미에 관계될 것'이라
고 경계하며, 박태순을 파직하도록 왕에게 주청하였다. 이 사건의 진행에
있어서 표면적으로 드러나지는 않고 있지만 박태순이 서계의 족질이었다는
것, 서계의 사상적 개방성이 당대에 사문난적으로 평가된 주요 요인이었다
는 것 등이 간접적으로 작용하였을 것으로 추정된다.

　그리고, 少論의 領袖였던 윤증의 문집인『明齋遺稿』의 간행에도 정치적
인 변화가 큰 변수로 작용하였다.[48] 또한, 박세채의『南溪集』을 편찬하는
데에도 저자의 후손과 문인이 老論과 少論으로 갈리면서 서로 입장을

---

47) 숙종 26년 2월 26일 (신묘) <유생 오언석 등이 박태순이 간행한『국조시산』을
　　폐기할 것을 상소>.(『조선왕조실록』 CD-ROM, 국사편찬위원회, 서울시스템,
　　1995. 이하 동일본 참조)
48)『明齋遺稿』(한국문집총간 135~136권) 해제 참조.

56

달리하는 이들 간의 갈등이 문집 간행을 둘러싸고 드러났다.⁴⁹⁾

그리고, 崔錫鼎의 『明谷集』 간행도 조심스럽게 이루어졌는데, 이 중 「禮記類編」은 저자 생전에 왕명으로 간행되어 경연의 참고서적으로 채택되기까지 하였으나 朱子의 학설과 달리하였다는 이유로 老論의 정치적인 공격을 받는 구실이 되어 결국 서적이 모두 불태워지는 처벌을 받게 되었다.⁵⁰⁾

이 밖에 林泳(1649/인조27~1696/숙종22)의 문집 간행에 있어서도 노·소 간의 대립 양상이 적나라하게 드러난다. 임영은 노론의 李端相과 소론의 朴世采를 스승으로 삼아 이들의 문인들과도 교유하였기에 그의 문집인 『滄溪集』을 간행하는 데에는 노·소론계 인사들이 함께 참여하였고, 김창협과 남구만이 쓴 序文이 실리게 되었다. 그러나 문집 刊役의 완성에서 배포까지 1년 정도의 시간적 차이가 나는데, 이는 김창협이 지은 序文을 문집에 실을 것인가 하는 것도 문제가 되었던 것으로 추정된다. 이 김창협의 서문 문제는 당시 첨예화되어 가던 老論과 少論 간의 갈등이 표출된 것이다. 결국 金昌協의 서문을 실으면서 소론계의 南九萬이 지은 서문을 함께 싣는 것으로 결론이 났던 것으로 보이며, 남구만의 서문만 실린 것은 소론계에서 소장하였던 판본이었을 것으로 파악된다.⁵¹⁾

이상 소론계 주요 인물들의 문집 간행과 관련된 사항을 살펴보면, 각 저자들의 死後에도 여전히 노·소 간의 대립이 존재했고, 정치·사상적 논쟁

---

49) 『南溪集』(한국문집총간 138~142권) 해제 참조.
50) 『明谷集』(한국문집총간 153~154권) 해제 참조.
51) 『滄溪集』(한국문집총간 159권) 해제 참조. ≪초간본≫. 현재 이 초간본은 규장각(奎4121, 古3428-301), 장서각(4-9533), 국립중앙도서관(한46-가118), 성균관대학교 중앙도서관(D3B-1002), 연세대학교 중앙도서관(811.98-임영-창) 등에 소장되어 있는데, 林泳의 跋文은 대부분 실려 있고 金昌協의 序文은 장서각장본과 연세대학교 중앙도서관장본에만 南九萬이 1708년 5월에 지은 서문과 함께 실려 있으며, 성균관대학교 중앙도서관 장본에는 南九萬의 서문만이 실려 있다.

과 관련된 민감한 부분들을 출간할 때에 그 내부에서도 많은 고민이 있었음을 알 수 있다. 그리고 문집이 간행되는 시점과 당대 정치적 역학 관계는 매우 밀접한 관련이 있었음을 확인할 수 있다.

　이러한 면에서 볼 때, 당대의 정치·사상 논쟁이 문단 평가를 좌우하게 되는 배경과 실상을 정확하게 고찰하는 작업이 선행되어야 복합적인 요소로 형성된 당대 문단 상황을 보다 명확하게 파악할 수 있으리라 예상된다.

　조선후기에는 편자가 누구인가에 따라 작가를 수록하는 범위나 작가에 대한 평가가 달라져 품평의 공평성이 크게 문제시되었다. 이에 따라 조선후기 시화사의 발전 과정을 보면, 사승이나 당파 관계에 의하여 시화의 유파가 형성되고 발전한다는 것을 알 수 있다. 17세기 후기에 품격 비평에 경도되어 시화를 쓴 작가들은 대개 서인 계열이었고, 18세기 전기에 성정론에 입각하여 시화를 쓴 작가들은 대개 김창협의 주위에 모여든 노론계 문사들이었다. 그리고, 한 작가나 작품을 두고 서로 다른 당론을 가진 논자들이 상이한 평을 내렸다.52)

　특히, 기존 연구에서 정두경에 대한 포폄은 문학적 평가의 기준과 당론이 교묘하게 결합되어 전개되었음이 밝혀진 바 있다. 조선중기에 복고주의를 지향한 정두경의 문학 세계에 대해 긍정적으로 평가한 인물들은 최석정, 남극관과 같은 소론계 인사들이 많았고, 부정적으로 평가한 이들은 주로 김창협 계열의 노론계 인물들이 대부분이었다. 이러한 평가는 尙古·氣格을 중시하는 입장과 精言·妙思를 우선시하는 문학관의 차이에서 비롯된 것53)이겠으나, 포폄자의 당론적 입장이 어느 정도 그 이면에 내포되어 있다고 하겠다. 이러한 문학적 입장과 당론에 따른 평가는 남극관이 김창협 일파를

52) 안대회(2000), 앞의 책, pp.59~70.
53) 남은경(1998), 「東溟 鄭斗卿 문학의 연구」, 이화여대 박사학위논문, pp.226~238 ; 안대회(2000), 위의 책, pp.122~123.

58

비판한 것에도 나타난다. 김창협 계열은 의고주의를 극복하고자 하였는데, 남극관은 농암을 당송파의 아류, 삼연을 경릉파의 아류로 치부한 바 있다. 남극관의 관점은 다소 악의에 찬 점이 없지 않지만 실상을 왜곡한 것은 아니라는 평가54)를 받고 있다.

그런데 남극관이 김창협 계열을 비판한 것에 비하여, 서계 박세당에 대해서는 다음과 같이 호평을 하고 있어 대조적이다.

○ 우리나라의 문장은 김창협의 <息菴集序>에서 다하였고, 우리나라의 시는 서계의 <栢谷集序>에서 다하였다.
  (東國之文, 金昌協息菴集序盡之矣. 東國之詩, 西溪栢谷集序盡之矣.)

○ 우리나라의 문장은 서계에서 집대성되었고, 시 또한 그러하다.
  (東國之文, 集成於西溪, 詩亦隨之.)

○ 서계의 문장은 다만 우리나라에서만 있은 적이 없을 뿐만 아니라, 아마도 남송 이래로 그에게 견줄 이가 없을 것이다.
  (西溪之文, 不特東方所未有, 恐南宋以下無其儔也.)

○ 우리나라의 銘墓文은 마땅히 서계의 최완성 비문[최명길의 신도비명] 을 제일로 삼아야 할 것이다.
  (東國銘墓文, 當以西溪崔完成碑, 爲第一.)55)

남극관이 남구만의 손자이며 남학명의 아들이었음을 감안하면, 서계에 대한 이러한 호평의 이면에는 동일한 당론과 인척관계에 있었던 정황 등이 작용하였을 것으로 예상된다. 이러한 남극관의 시화를 보고, 18세기

54) 안대회(1999), 『18세기 한국한시사 연구』, 소명출판, p.33.
55) 「謝施子」, 『夢囈集』坤, p.320.

실학자의 한 사람인 黃胤錫은 다음과 같이 비판하였다.

> (전략) 尤翁(宋時烈)·谷雲(金壽增)·農巖(金昌協)은 이름을 직접 썼고, 文谷(金壽恒)·畏齋(李端夏)는 字를 썼으며, 許穆과 李潛은 극도로 추존하였고, 박세당의 문장은 八大家와 백중간이라 하였으니, 그의 논의를 조리가 있다 할 수 있겠는가? 우리나라는 당론이 생긴 이래로 큰 의리를 따질 것 없이 시비가 관계된 일이면 일체 서로 통하려 하지 않았다.
> 비록 詩文이나 자획 같은 말단의 일이라도 서로 상관하려 하지 않았으니 어찌 고질병이 아니겠는가?(후략)56)

황윤석은 남극관이 노론 선배들을 무시하며 통렬하게 비판한 사실을 당론에 의한 소행으로 파악하고 이를 비판하였다. 하지만, 황윤석 또한 金元行의 문하에서 洛論의 입장을 취하였던 것을 감안하면, 이러한 지적마저도 당론에서 완전히 자유로운 견해라고 평가하기에는 어려운 점이 있다.

서계 문학의 가치를 파악하기 위해서는 당대의 이러한 문단 상황을 감안하면서 서계 사상과 문학 자체의 특징을 살펴볼 필요가 있다. 우선 그의 문학 세계와 관련성이 엿보이는 사상적 특징과 문학관을 고찰해보겠다.

---

56) 黃胤錫, '漫錄' 下, 「頤齋續稿」, 『頤齋全書』 권12(안대회, 앞의 책, p.59 재인용).
"(前略)蓋於尤翁谷雲巖則名之 於文谷畏齋則字之 於許穆李潛尤極推尊 而朴世堂之文可伯仲八大家 其擬議可有倫哉 我國自有黨論以來 無論大義理 是非關係處 一切不欲相通 雖詩文字劃之末 亦不欲相關 此豈非痼疾也耶(後略)."

60

B. 서계 사상의 특징과 문학관

1. '實' 지향성과 개방성

가. '實' 지향성

서계 사상의 특징적 요소는 그의 인생 후반기에 집대성되는『思辨錄』·『新註道德經』·『南華經註解刪補』를 통해 추출할 수 있다. 儒家와 老莊 사상에 대해 서계 나름의 재해석을 한 것은 서계 사상의 특징을 대변하면서도, 당대에 반대파에 의해 사문난적이나 이단으로 내몰리게 된 주요한 원인으로 작용하였다.

서계는 그의 나이 52~65세(숙종6~숙종19) 때에 六經 주해서인『思辨錄』을 저술하였는데, 大學을 시작으로 하여 中庸·論語·孟子·尙書를 완성하였다. 서계가 이것을 저술하게 된 근본적인 의도와 목적은 다양하게 해석될 수 있는 육경을 고증하여 본래의 정신을 회복시키고자 하는 데 있었다고 평가된다. <序通說>에는 이러한 서계의 의도가 잘 드러난다.

육경에 실린 말은 그 큰 줄기는 비록 하나이지만 가닥은 천만 갈래이니, 이것이 이른바 "이치는 하나이나 생각은 백 가지이며, 귀결처는 같으나 가는 길은 다르다."는 것이다. 그러므로 비록 절륜한 지식과 심오한 조예가 있더라도 오히려 그 趣旨를 극진하게 다하여 미세한 부분을 놓치지 않을 수 없는 경우가 있는 것이다. 그러므로 반드시 여러 사람의 특장을 널리 모으고 작은 견해라도 버리지 아니한 뒤에야 거칠고 소략한 것이 유실되지 않고 얕고 가까운 것도 누락되지 아니하여, 심오하고 심원하며 정밀하고 구비된 육경의 大體가 비로소 온전해질 수 있는 것이다. 이 때문에 문득 참람함을 잊고 좁은 소견으로 얻은 바를 대강 기술한 다음 이를 모아 성책하여 '통설'이라 이름하였으니, 혹여 세상을 인도하고 백성을 돕는 선유의 뜻에 티끌만한 도움이 없지는 않을 것이다.[57]

이 글에서 서계는 육경의 大體는 하나이지만, 그 곳에 도달하는 방법과 생각은 다양할 수 있다는 의견을 피력하였다. 아무리 심오한 학식이 있다 하더라도 미세한 부분을 놓칠 수 있으므로 한 사람의 주장이나 학설이 절대적일 수는 없고, 여러 사람의 견해를 수용하여 조정하는 과정을 거쳐야 육경의 대체를 온전하게 할 수 있다고 주장하였다. 이는 서계가 주자의 학설만을 맹신하던 당대의 학문 풍토를 우회적으로 비판하고, 자기 나름의 육경 주해서를 편찬하게 된 주요 계기를 밝힌 것이다.

서계는 『思辨錄』에서 일차적으로는 경전의 이해를 돕기 위해서 강령과 조목의 상관성을 살피고, 앞뒤 문맥의 논리성을 감안하여 재해석하였다. 이를 「大學思辨錄」의 예를 통해 살펴보면, 각 장구를 해석하면서 주자나 정자의 견해를 무조건적으로 추종하지 않고, 비논리적이거나 일관성이 없는 부분에 대해서 이견을 제시하며 비판적인 태도를 견지하였다. 이러한 방식은 「大學」의 대표적인 三綱領[明明德·親民·止於至善]을 규정하는데 바로 적용되었다. 각 강령에 조목이 마땅히 있어야 하는데, 明德에는 5조목이 있고, 親民에는 3조목이 있는 것에 비해, 至善에 해당 조목이 없는 것에 서계는 의문을 제기하였다. 그리하여 「大學」의 강령이 사실상 2개뿐이라고 단정하였다.

그리고, 주자의 '格物致知'설에도 이견을 제시하였다. "모든 천하의 사물을 궁구하고 내 마음의 앎을 다 극진히 하는 것을 기다려야만 이치를 알 수 있다."는 주자의 견해에 반론을 제기하였다. 어떤 경험을 통해 사실을 인식하게 되는 과정이 꼭 모든 이치를 통달하고, 궁구한 이후에 가능한 것이 아님을 '범에게 물린 사람'의 예를 통해 설명하였다.[58]

---

57) "然經之所言 其統雖一而其緒千萬 是所謂一致而百慮 同歸而殊塗 故雖絶知獨識淵覽玄造 猶有未能盡極其趣而無失細微 必待乎博集衆長 不廢小善 然後粗略無所遺 淺邇無所漏 深遠精備之體 乃得以全 是以輒忘僭汰 槩述其蠡測管窺之所得 裒以成編 名曰通說 倘於先儒牖世相民之意 不無有塵露之助." 권7, p.138.

또한, 서계는 경전의 일관된 이해를 위해서 章節의 編次를 재구성하는 방법을 취하였다. 이러한 방식을 「大學思辨錄」의 예를 통해 살펴보면, 주자가 대학의 원문의 장을 나누어 배열한 데 대한 이견으로 서계는 <大學章句識疑>를 제시하고 있다. 경전 장구의 전반적인 이해를 돕기 위해 순서를 뒤바꾸거나, 특정 용어나 개념에 대해 이전의 집주와는 다른 해석을 시도하는 태도는 『思辨錄』 저술에서 일관되게 나타나는 요소이다.

이러한 서계의 『思辨錄』 저술태도는 당대에는 질타의 대상이 되었지만 현대에 와서는 경전에 대한 독단적이고 획일적인 이해가 아니라, 주관적이고 개별적인 이해를 표명했다는 점에서 큰 의의를 지닌다고 평가된다.[59] 서계는 『중용』, 『논어』에서 제기된 학문 태도를 상기시켜 성리학적 태도를 지양하였다. 그에 의하면 본래의 유학 태도는 '멀리 가는 것은 반드시 가까운 데서부터 시작[自邇行遠]'하고 '일상생활에 긴요한 것부터 배워 올라가는[下學而上達]' 것이라 하였다. 이것은 성리학의 학문 경향이 일상생활에 긴요한 것을 외면하고 처음부터 고원심오한 형이상학 문제에 탐닉함을 두고 한 발언이다. 따라서 실제성 추구의 근본 유학 정신을 회복하여 성리학의 경향을 극복해야 한다는 것이 서계의 새로운 학문관이었다.[60]

서계는 『思辨錄』 저술을 통하여 당대에 점차 절대시되어 가던 주자주의적인 경전 해석에 얽매이지 않고, 나름대로 유가적인 이념을 재해석하려는 시도를 하였다. 이러한 태도로 인해 당대에 '사문난적'이라는 평가를 받게 되지만, 이는 동시에 서계 사상의 특징과 위상을 정립하게 한 주요한 업적이라고 할 수 있다. 『思辨錄』의 성격은 대체로 현실주의, 경험주의적인 요소가

---

58) 「大學思辨錄」.(『國譯 思辨錄』, p.31.)

59) 이승수(1993), 「西溪의 『思辨錄』 저술태도와 是非논의」, 『한국한문학연구』 16, 한국한문학회, p.392.

60) 윤사순(1998), 『한국의 성리학과 실학』, 삼인, p.41.(이러한 특징은 안정복에게도 공통적으로 나타난다고 평하였다.)

짙다고 평가되기도 하였다.61)

『思辨錄』을 통해 추출할 수 있는 서계 사상의 핵심은 '實' 지향성이라 할 수 있다. '實'을 지향하는 특징은 실제성을 중시하는 선진 유가의 이념과 연관된다. 이는 인간과 현실 상황의 본질을 탐구하고, 실천적인 사고와 행동을 유발하게 하는 원동력이라고 할 수 있다. 이는 '實狀·實質·實踐·實用' 등의 보다 다양한 개념으로 확산될 수 있는 함의를 내포하고 있다.

그러나, 서계가 강조하는 '實'은 단독으로 나타나지 못하고, 名·物과의 상호관계 하에서 유의미화되는데, 이는 다음과 같은 설명을 통해 이해할 수 있다.

> 대체로 名이라면 반드시 實이 있는 법이요, 物이라면 반드시 이치가 있는 법이다. 글이란 곧 옛날 성현이 名·物에다가 정의를 내려서 이치를 분별하고, 實을 나타내는 것이다. 후세에 이 글을 읽는 사람이 名을 알아야 그 實을 구할 것이요, 物을 알아야만 그 이치를 살필 것이며, 物과 名을 알아야만 그 정의의 설정한 바를 알게 될 것이다. 이제 이른바 名과 物도 오히려 알지 못하면서 또 어디서부터 그 이치를 살피고 그 實을 구하며, 그 책의 뜻을 알 수 있겠는가?62)

이 글을 통해보면 名과 實은 표리관계를 이루면서 상호 의미화된다는 것을 확인할 수 있다. 名에는 반드시 實이 있기 마련이고, 物에는 이치가

---

61) 안병걸(1991), 『17세기 조선조 유학의 경전해석에 관한 연구-중용 해석을 둘러싼 주자학파와 반주자적 해석간의 갈등을 중심으로-』, 성균관대학교 박사학위논문, p.148.

62) "夫名之必有實也 物之必有理也 書者乃古聖賢因此名物所設義 以辨乎理而著乎實者也 後之讀是書者 知名而後可以求其實 知物而後可以察其理 知物與名而後 可以識其義之所設 今所謂名與物者 尙不可得以知 又何從而察其理而求其實 以識其書之義乎."「中庸思辨錄」, p.475.(『國譯 思辨錄』, p.92)

64

있으니 먼저 名·物을 올바로 파악해야 그 實과 이치를 분변할 수 있다는 것이다.

그리고, 중용의 근본 사상이라 할 수 있는 '誠'을 설명하면서도 서계는 '實'의 의미를 재차 강조하였다.

군자는 비록 힘써 스스로 자기 덕을 이루어서 밖에서 구하는 것이 없을 것이나, 모든 사물이 또한 모두 當然之實이 있지 않은 것이 없어서 그 처음과 끝이 되니, 만일 그 當然之實을 잃어버린다면, 이것은 그 사물이 없는 것이다. 그러므로 군자는 物을 처리하는 데는 반드시 誠을 귀한 것으로 삼으니, 그 實을 다하려고 하는 까닭이다.[63]

서계는 '誠이라는 것은 스스로 자기를 이룰 뿐만 아니라, 物을 이루는 것'[64]이라 규정하고, 그 物을 이루는 '當然之實'을 제대로 파악하는 것이 중요함을 밝히고 있다. '當然之實'이 없으면 그 物도 존재할 수 없음을 인식하고, 實을 궁구함으로써 誠을 이룰 수 있음을 역설하였다.

서계가 實을 중시하는 태도는 「論語思辨錄」에서도 나타난다. 이는 사람을 평가하거나 禮·樂의 본질을 추구하는 자세에서 다음과 같이 분명하게 드러나고 있다.

    <先進>
    공자께서 말씀하시기를, "언론이 독실함만으로 許與한다면 군자이겠는가. 겉모습만 씩씩한 자이겠는가." 하였다. 정자가 말하기를, "언론이 독실하다 하여 허여하는 것은 불가하니, 반드시 그가 행동하는 일을 보는

---

63) "言君子雖務自成己德而無求乎外 然凡物亦莫不皆有當然之實而爲其終始 若失其
    當然之實則是無其物也. 故君子之處物也 亦必以誠爲貴 所以求盡乎其實也." 「中庸
    思辨錄」, p.503.(위의 책, p.156.)
64) "誠者 非自成己而已也 所以成物也." 위의 글.

것이 가하다." 하였다.

○ "언론만 독실하고 실상이 없으면 이는 다만 겉모습만 씩씩한 자일 뿐이니, 허여하는 것이 가하겠는가."란 것을 말함이니, 사람이 빈말에 힘쓰지 말고 반드시 그 실상에 힘써야 함을 경계한 것이다.[65]

<陽貨>

공자께서 말씀하시기를, "禮라, 예라 하는 것이 玉帛을 이르는 것이겠는 가. 樂이라, 악이라 하는 것이 鐘鼓를 이르는 것이겠는가." 하였다.

○ 禮·樂의 실상은 옥백이나 종고 같은 데 있는 것이 아니라는 말이다. 그 실상을 다하고 문채로써 이것에 맞추면 곧 빛나는 것이 된다. 만일 문채만 갖추고 실상이 없다면 애당초 실상은 있고 문채가 없는 것만 못할 것이다. 이것이 공자께서 "사치하기보다 차라리 검소하라."는 것이니, 그 근본을 얻기 위한 것이기 때문이다.[66]

먼저 <先進>편에서는 한 사람을 평가할 때 그의 언론이나 겉모습만으로 평가하지 말고 그 진면목을 살펴보아야 함을 강조하고 있다. 구체적인 실천이나 실상이 없는 말은 '空言'에 불과할 것이므로 다른 사람을 평가할 때에 경계해야 하는 요소이다. 그리고, 이는 자신을 수양할 때에도 명심해야 하는 것이기도 하다. 또한, <陽貨>편에서도 禮·樂의 본질이 玉帛이나 鐘鼓와 같은 외면적인 것에 있는 것이 아니라 그 '實'에 있다는 것을 보여준다. 겉으로 드러나는 문채만 있고 그 '實'이 부재한다면 의미가 없다는 것을 강조하며, '實'이 근본임을 밝히고 있다.

---

65) "子曰 論篤 是與 君子者乎 色莊者乎 曰不可以論篤遂與之 必觀其行事 可也 ○言論篤 而無其實 是但莊其色者耳 與之可乎 戒人以毋務空言 必務其實也."「論語思辨錄」, p.548.(위의 책, p.249.)

66) "子曰禮云禮云 玉帛云乎哉 樂云樂云 鍾鼓云乎哉 言禮樂之實 不在玉帛鍾鼓之間也 盡其實而文稱之則斯爲彬彬矣 如文備而實喪 初不如實存而文去 此夫子所以謂與 奢寧儉 爲得其本也."「論語思辨錄」 pp.558~559.(위의 책, p.273.)

이처럼, 서계 철학에 있어서 진리를 밝힌다는 것은 지식과 언어에 있는 것이 아니라 실천에 있다고 보았다. 이러한 서계의 태도는『道德經』을 주해하면서 노자철학의 원형을 '修身治人'하는 것으로 보는 관점과도 연관된다.[67] '實'을 강조하는 서계의 태도는 그의 문학 세계에서 역사 의식이나 현실관을 고찰할 수 있게 하는 주요 요소이기도 하다.

나. 사상적 개방성

서계는 이단의 존재까지도 허용할 수 있는 여지를 마련하며 사상적인 개방성을 표출하는데, 이는 '道·佛'에 대한 태도와 연관된다. 서계는『思辨錄』에서 이단에 대해 다음과 같은 태도를 표명하였다.

> 공자께서 말씀하시기를, "異端을 專攻하는 것은 해로울 따름이다." 하였다.
> 范氏는 말하기를, "攻은 오로지 다룬다는 뜻이니, 이단을 오로지 다루면 害되는 것이 심하다." 하였는데, 주자의 註에도 그 말을 따랐다. 어떤 이는 말하기를, "攻은 치[伐]는 것이요, 已는 그치는 것이니, 이단을 치면 害를 그치게 할 수 있다는 것이다." 하였다. 두 說이 같지 않으나 모두 淺陋한 병폐가 있다. 대개 이단을 다루면 해가 된다는 것과, 이단을 쳐서 해가 그친다는 말을 기다릴 것 없이 어리석은 사람도 알 일인데, 聖人이 어찌 이렇게 말을 했겠는가. 또 누가 이단인 줄을 알면서도 오로지 다룰 자가 있겠는가. 공자께서 일찍이 말씀하시기를, "사람으로서 어질지 못한 자를 너무 미워하면 어지럽다." 하였으니, 나의 생각으로도 아마 이 글의 뜻이 그 말과 같을 듯하다. 비록 이단이라 할지라도 이를 공격하는 것이 너무 지나치면 도리어 해가 되는 수도 있을 것이다. 그러나 감히 반드시 그렇다고 자신할 수는 없다.[68]

---

67) 이종성(1996),「서계 박세당의『新註道德經』에 있어서의 老子觀」,『동양철학연구』 16집, 동양철학연구회, p.157.

여기에서는 이단이라고 해서 무조건적으로 배격하는 것이 좋지 않은
결과를 초래할 수 있다는 견해를 조심스럽게 밝히고 있다. 그리고, 이와
유사한 견해는 <泰伯>편에도 나타나는데, 노자나 불교를 믿고 그것을
배우는 자에게 그 믿음은 독실하지만 학문을 좋아하는 것이 아님을 밝힐
것인가.69) 라는 의문을 제기한다. 그리고, 믿는 것과 배우는 것은 한 가지의
일이고, 한쪽에 치중하다 보면, 다른 한쪽은 외면하게 되는 것은 당연하다고
평가한다. 즉, 절대적인 진리보다는 상대적인 가치를 인정하는 대목이라고
할 수 있다.

또한, 이러한 사유방식은 『南華經註解』의 「齊物論」에서도 어느 한쪽의
입장에 속하면 다른 한쪽에는 속하지 않으므로, 대립적인 입장에 취하게
될 수밖에 없다고 평가한 것70)과 상통한다.

「齊物論」에서 장자가 "지금 여기 어떤 사람의 주장이 있다고 치자.
내 주장이 그 사람의 주장과 같은지 다른지 나는 알지 못한다. 그러나
그의 주장과 내 주장이 같건 다르건 하나의 견해로 성립함은 피차 일반이
다."71)라고 한 논설에 대해 서계는 다음과 같이 평가하고 있다.

  이 입장과 같으면 저 입장과는 다르고, 이 입장과 다르면 저 입장과

---

68) "子曰 攻乎異端 斯害也已 范氏謂 攻 專治也 專治異端 爲害甚矣 註從之 或謂 攻
   伐也 已 止也 攻伐異端 害可以止 二說不同而皆病於淺陋 夫治異端而爲害 與伐異端
   而害止 不待費說 愚夫猶知 聖人何爲於此 且孰有知其爲異端而 欲專治之者乎 夫子
   嘗曰 人而不仁 疾之已甚 亂也 愚意恐此章之義 亦如此 雖異端而若攻擊之太過 則或
   反爲害也 然亦不敢自信其必然耳."「論語思辨錄」, <爲政>, p.522.(『國譯 思辨錄』,
   p.185)
69) "其信老佛而學老佛者 何以明其爲能篤信而不好學也."「論語思辨錄」, <泰伯>,
   p.540.(위의 책, p.228.)
70) ≪西溪全書≫ 上,『南華經註解』권1 內篇,「齊物論」, p.511.
71) "今且有言於此 不知其與是類乎 其與是不類乎 類與不類 相與爲類 則與彼無以異
   矣."

68

같다. 이쪽에 속하는 입장과 저쪽에 속하는 입장이 서로 속하는 쪽이
다르기는 하지만 자기 입장을 고수하여 편을 가르기는 마찬가지이다.
이쪽에 속하지 않는 입장과 저쪽에 속하지 않는 입장은 이쪽이나 저쪽
입장에 속하지 않는다는 차이가 있기는 하지만, 어디에도 속하지 않는다는
공통점이 있다. 어디든 속하는 입장이 한편이 되고 어디에도 속하지 않는
입장이 한편이 되는 셈이다. 그래서 이쪽이든 저쪽이든 서로 대립하기는
마찬가지이다.[72)]

서계는「齊物論」의 주해를 통해서 세상 사람들이 각기 자신의 입장에서
주장하는 의견이 대립적인 관계를 형성할 수밖에 없는 이치를 통찰하고
있다. 모든 개인들이 진리라고 외치는 입론들이 어느 쪽에 속하든지 간에
상대방의 입장에 대해 배타적인 관계에 놓일 수밖에 없는 필연성을 재확인
한 것이다.

서계는 석천동 은거 시절에 노장주해서인『新註道德經』과『南華經註解
刪補』를 저술하게 되는데 이것은 그와 관련된 논란의 요인 중의 하나였다.
서계가 노장 서적을 주해한 것은 여러 주석가들에 의해 본의가 흐려진
뜻을 다시 궁구하고, 그 장점을 성리학에 수용하고자 하기 위해서였다.
하지만, 당대 반대파들은 서계가 이단 사상인 老莊의 학설을 주해하였다는
것 자체를 문제시하였다. 다음과 같은『조선왕조실록』기사를 통해 보면
서계의 이러한 행적이 많은 비판을 받았음을 확인할 수 있다.

<1>
박세당은 수십 년 동안 조용히 물러나 있으면서 사환에 생각을 끊었으니,

---

72) "按類是則不類彼 不類是則類彼 所類雖異而爲類則同 不類是與不類彼 所不類雖異
而爲不類同 類與類相與爲類 不類與不類相與爲類 則是之與彼無異而矣."≪西溪
全書≫ 上,『南華經註解』권1 內篇,「齊物論」, p.511.(조한석, 앞의 논문, p.184,
재인용)

이른바 淸苦한 선비라고 할 수 있다. 그러나 莊子의 학문을 지나치게 좋아하고 朱子의『四書集註』를 비방하였으니, 그가 만일 뜻을 얻었다면 그것이 世道의 해가 됨을 이루 다 말할 수 있겠는가? 尹趾完이 대신의 지위에 있으면서 당시의 第一人으로 그를 추천하였으니 잘못이라 할 것이다. 그런데도 박세당은 도리어 자신을 추천한 사람을 꾸짖어 욕하며 조금도 꺼림이 없었으니, 이는 모두가 조정의 기강이 존엄하지 않은 데서 연유한 것으로써 개탄스러운 일이라 할 것이다.[73]

    <2>
    일찍이 莊周의 글을 註解하였다. 閔鼎重이 이를 배척해 말하기를, "어찌 異端을 배우는 자로 하여금 經幄에 있게 할 수 있겠는가?" 하여 드디어 副提學 擬望을 저지당하였다.[74]

여기에서도 당시에 서계가 노장주해서를 저술하였다는 것이 단순히 학문적인 차원에서 평가되는 것이 아니라, 정치적인 논점으로 이용되고 있음을 확인할 수 있다. 그러나, 조선시대 유학자들을 살펴보면 그들은 도학의 정통적 명분에 따라『老子』를 이단으로 배척하고『老子』를 읽는 것조차 거부하는 입장을 표방하지만, 실제로 많은 유학자들이『老子』를 즐겨 읽었고, 또 긍정적 이해의 입장을 광범하게 지녀왔던 사실을 여러 자료를 통해 확인할 수 있다. 율곡은 도학자로서 가장 먼저 개방적 입장에서『老子』를 주석한『醇言』을 저술하였고, 서계의『신주도덕경』저술 이후에는 북학파 실학자와 강화학파를 중심으로『老子』에 대한 긍정적인 이해와 주석 작업이 활발하게 이루어졌다.[75] 이런 사실을 감안해서 볼 때, 결국

---

73) 숙종 21년 4월 1일 (임진) <공조판서 박세당이 상소하여 사직을 청하다>.
74) 숙종 29년 4월 28일 (계묘) <박세당을 옥과로 귀양보내게 하니, 행 사직 이인엽이 그를 구하는 뜻으로 상소하다>.
75) 금장태(2006),『한국유학의『老子』이해』, 서울대출판부, p.23.

70

서계가 생존했던 시기의 특이성이 그의 이단성을 더욱 강화시킨 것으로 평가할 수 있겠다.

주자주의만을 절대시하던 당대에는 노장 사상뿐만이 아니라 불교 사상도 이단시되었는데, 서계가 김시습 영당을 마련할 때 승려들의 도움을 받은 것이 논란이 되기도 하였다.[76] 이 문제는 서계와 관련된 사상 논쟁의 직접적인 요인은 아니었지만, 서계의 佛家에 대한 입장이나 이단에 대한 태도 등이 당대인들과는 다른 점이 있어 주목할 만하다.

서계는 한유와 구양수가 불교를 배척한 것에 대해 논한 글인 <論韓歐排浮屠>[77]에서 불교 사상 자체를 강경하게 배척하는 입장을 취하였다. 이렇듯 그는 불교 사상이나 교리 자체에 대해서는 부정적인 견해를 표방하였지만, 실제적으로 불가 세력과는 우호적인 관계를 유지하였다. 그리하여 당대에 서인계 세력에 의해 절의의 표상으로 추숭되던 김시습의 영당을 마련할 때 승려들과 공조하여 사업을 추진하였다. 그러나 이러한 서계의 행적은 당대 서인들로부터 질타의 대상이 되었고, 소론계 인사인 윤증이나 남구만 같은 인물에게서도 이에 대해 부정적인 평가를 받기에 이른다.

서계 사상의 논쟁적 요소는 당대 정치·사상적 요인이 복합적으로 결합되어 평가된 것이라고 할 수 있다. 이러한 서계의 사상은 당대에는 이단으로 내몰렸고, 현대에 와서는 '사상적 개방성'을 지닌 혁신적인 것으로 상반된 평가를 받게 된다.

2. '眞/ 情' 중시의 문학관

서계가 저술한 「詩經思辨錄」은 그의 계속된 병으로 인해 小雅 '采綠'편까

---

76) 『西溪集』 권7, <答申監司翼相書>, p.127.
77) 권7, p.134.

지만 쓰여진 미완성본이다. 「詩經思辨錄」에서 서계는 기존의 특정한 설을
추종하지 않고, 시의 체제나 맥락 등을 궁구하여 나름대로 재해석하려는
태도를 견지하였다. 그리고, 주자의 견해를 비판적으로 파악하고 있는
것은 다음 大序에 대한 부분이 대표적이라 할 수 있다.

　　　註에 "情은 性이 物에 감응하여 움직인 것"이라 하였다. 이것은 마땅히
"情은 心이 物에 감응하여 움직인 것이다."라고 해야 한다. 지금 여기서
心이라 하지 않고 반드시 性이라고 한 것은 아마도 『禮記』「樂記」에서
"사람이 나면서 고요한 것은 하늘의 性이요, 物에 감응하여 움직이는
것은 性의 欲이다."라고 한 말을 이러한 뜻으로 삼은 까닭인 듯하다. 하지만
「樂記」의 이 말은 여러 경문을 참고로 하건대, 모순되어 합당하지 못함을
면하기 어렵다. 대개 그 뜻은 오로지 動과 靜의 이치를 밝힌 것으로서
애당초 性情의 실상을 논한 것은 아니었으므로 그 말이 이와 같았던
것이다. 그렇지 않으면 靜이라고 하는 것이 어찌 性의 德을 전부 설명하겠는
가? '性의 欲'이라 한 것에 이르러서는 더욱 의심스럽다. 人心이 物에
감응하여 움직인 것은 본디 선악이 일정하지 않다. 선한 것은 맹자가
말한 四端이니, '性의 欲'이라 말할 수 있다. 그러나 그 불선한 것은 '性의
欲'이라 말할 수 없는 것이 분명하다.
　　　『尚書』「大禹謨」에서 말하기를 "人心은 위태롭고 道心은 은미하다" 하였
다. 무릇 人心이란 情이니 喜怒哀樂이 이것이며, 道心이란 性이니 仁義禮智
가 이것이다. 人心을 두고 道心의 움직임이라 하고 또 그 욕구라 하는
것은 맞지 않다. 또 희로애락을 인의예지의 움직임이자 그 욕구라 하는
것도 맞지 않다. 희로애락이 그 절도에 맞으면 이는 성을 따라서 인의예지에
합치할 수 있는 것이요, 절도에 맞지 않으면 이는 인의예지에 합치하지
않아서 성을 따르지 못하게 되는 것이다. 그러므로 情의 움직임이 모두
性에서 나오는 것은 아님을 알 수 있다.[78]

---

78) "註情者 性之感於物而動者也 此當云 情者 心之感於物而動者 今不曰心 而必曰性者
　　殆用人生而靜 天之性也 感於物而動 性之欲也 一語爲此義故爾 然此一語 質之諸經

72

「시경사변록」에서 서계가 논한 문제의 핵심은 性과 情의 관계이다. 주희는 心의 寂然不動한 본체인 性에서 그 작용인 情이 나온다고 했는데, 서계는 人心이 道心에서 나올 수 없고, 희로애락이 인의예지에서 나올 수 없듯이 情 또한 性에서 나오는 것은 아니라는 논리이다. 주희가 성정의 관계를 본체와 작용이라는 생성관계에서 본 데 비해, 서계는 性과 情이 心의 구성부분으로 나란히 포섭되는 것이라고 이해한 것이다. '性情' 대신에 '情'이란 말을 써서 시의 발생을 설명하고, 思無邪의 의미 또한 情의 순수한 표현 여부에 관련된 것으로 해석했다. 그에 의하면 사무사라는 말에 담긴 공자의 뜻은 시경 삼백 편의 작품이 본래적으로 모두 그렇다는 것으로서, 인위적인 수식이나 허위가 없음을 지적한 것이다. 이와 같은 관점은 주희와 다를 뿐 아니라 전통적 시경론의 논법과도 크게 다르다고 평가된다.[79]

이렇게 서계가 <시집전서>의 정의를 재확인한 그의 자구 해석과 개념 규정의 이면에는, 시편을 性=道心의 표출로 보고 시삼백을 성경으로 떠받드는 관념화를 배격하려는 비판 정신이 들어 있다. 그리고 더 나아가 시 일반의 작시과정을 情과 연결시킴으로써, 그 논리의 구극에는 작시 주체의 정감과 개성을 더욱 긍정하게 될 것이고, 이것은 조선후기에 眞詩 주장이 대두된 사정과 밀접한 관련이 있는 것[80]으로 파악되기도 한다. 이러한 관점은 <名公詞翰帖跋>이라는 글에서도 연계되어 나타난다.

固不免有牴牾不合 蓋其義似專明動靜之理 初非論性情之實 固其言如此 不然曰靜云者 豈足以盡乎性之德也 至其曰性之欲者 尤可疑 人心之感物而動者 則不可謂性之欲 亦明矣 書曰 人心惟危道心惟微 夫人心者情也而喜怒哀樂是已 道心者性也而仁義禮智是已 不當以人心爲道心之動與爲其欲也 又不當以喜怒哀樂爲仁義禮智之所動與爲其欲也 蓋喜怒哀樂中乎其節 則是爲能率性 而合乎仁義禮智矣 不中乎節 則是不合乎仁義禮智 而爲不能率性矣 然則 情之動 其非皆出於性者 可見(後略)." ≪西溪全書≫ 下, p.315.
79) 김흥규(1982),『조선후기의 시경론과 시의식』, 고대민족문화연구소, pp.62~70.
80) 심경호(1999),『조선시대 한문학과 시경론』, 일지사, p.508.

명공사한은 두 개의 첩으로 되어 있는데, 열거된 인물을 헤아려보니 모두 47명이고, 그 세대를 위아래로 아우르면 거의 400~500년이다. 대체로 모두 사방 먼 곳에서 벼슬살이하며 지은 것이고, 벽에 써서 남긴 것이다. 남북에 따른 풍속의 구별이 있고, 원근에 따른 곡조의 다름이 있고, 술을 마시는 기쁨이 있고, 관현의 즐거움이 있고, 나그네의 근심이 있고, 행려의 고달픔이 있고, 높이 올라 조망한 흥취가 있고, 지난날을 추억하며 사물에 감흥한 슬픔이 있고, 산천초목과 바람·구름·비·눈·꽃·새·연월과 추위와 더위, 흐림과 맑음, 아침과 저녁, 사계절에서 제각기 느낀 점이 들어 있다.

　그 사람이 같지 않고, 그 지역도 같지 아니하여, 시사에는 교묘함과 서투름이 있고, 편지에는 예리함과 둔함이 있어, 이 몇 가지가 모두 구비되어 있다. 이에 인사의 변함을 살필 수 있고, 물정의 모습을 볼 수 있으니, 성인이 시를 취한 뜻이 여기에 있을 것이다. 바야흐로 장단구로 읊조리고, 먹물을 듬뿍 찍어 한 때의 회포를 풀고 갖가지 의사를 부칠 적에 심력을 다해 표현하고 필력을 다해 구사한 것이 유연하여 마치 조물주가 시킨 듯하니, 비단 스스로 교묘함과 서투름, 예리함과 둔함에 아랑곳하지 않았을 뿐만 아니라 비록 후인으로 하여금 그것을 보게 하더라도 필경 또한 누가 교묘하고 누가 서투른지, 누가 예리하고 둔한지 알지 못할 것이고, 다만 깊이 기뻐하여 잠시도 놓을 수 없음을 깨달을 것이니, 또한 어찌 책상 위의 좋은 완상거리가 아니겠는가(후략).[81]

이 글은 서계 나이 63세인 1691년(숙종17)에 몇 년 전 南生이 가져와

---

81) "名公詞翰爲帖二 列數其人 共四十七家 上下其世 幾四五百年 大抵皆遊宦四方之所作 而留題墻壁之間者 故有南北風氣之別 有遠近謠俗之異 有杯觴之歡 管絃之娛 有羈旅之愁 鞍馬之勞 有登臨覽眺之興 有念舊追往觸物感懷之悲 有山川草木風雲雨雪花鳥煙月寒暑陰晴朝暮四時之得 其人不同 其境不一 詩詞有巧拙 札翰有利鈍 凡數者皆備焉 於此可以察人事之變 見物情之態 聖人之有取乎詩者 其在斯歟 其在斯歟 方其長吟短詠 淋灕紙墨 抒思一時 寄意多端 心匠所發 筆勢所縱 悠然若有造物之指使 非惟自忘乎巧拙利鈍 雖使後人而觀之 竟亦不知孰爲巧孰爲拙孰爲利孰爲鈍 但覺其可喜之甚而不欲暫釋 則又豈非几案之佳玩也哉(後略)." 권8, p.152.

부탁한 <명공사한첩>의 발문을 지은 것이다. 이 첩은 400~500년에 걸쳐 47명의 명공들이 사방 먼 곳에서 벼슬살이하며 벽에 써 놓은 작품을 엮어 만든 것이었다.

서계는 여기에 수록된 작품을 감상하면서 남북에 따른 풍속의 구별을 비롯하여 인생사의 소소한 기쁨과 애달픔, 흥취와 슬픔, 四時의 자연물을 통해 만나게 되는 조화로운 정경 등에 대해 제각각 의미부여를 하고 있다. 비록 작가와 지역에 따라 솜씨의 차이가 있어도 여러 가지가 구비되어 있고, 인사의 변화와 물정의 모습을 살필 수 있다는 것은 성인이 시를 중시한 태도 즉, 공자가 『논어』陽貨편에서 "너희들은 어찌하여 시를 배우지 아니하느냐? 시는 뜻을 일으킬 수 있으며, 득실을 살필 수 있으며, 무리를 지을 수 있으며, 원망할 수 있으며, 가까이는 어버이를 섬길 수 있게 하고, 멀리는 임금을 섬길 수 있게 하며, 새와 짐승, 풀과 나무의 이름을 많이 알게 한다."[82]라고 한 말과도 상통한다.

심력과 필력을 다해 자신의 심회를 읊조린 것은 마치 조물주가 시킨 것처럼 자연스러운 점이 있으니, 누구의 글이 교묘하고 졸렬한지, 또 누구의 필체가 예리하고 둔한지는 감상하는 데 그리 중요한 요소가 아니라고 서계는 판단하고 있다. 서계가 작품을 감상하는데 주안을 둔 것은 시에 담겨진 꾸밈 없는 시인의 감회와 작품에 표현된 물상들이 빚어내는 조화로운 풍정이었음을 알 수 있게 해준다. 문학에 있어서 情을 중시하는 서계의 태도는 <栢谷集序>에 보다 구체적으로 나타난다.

    사람이 태어나면 情이 있으니, 정에는 기쁨과 노여움, 슬픔과 즐거움이
    있다. 이 몇 가지 정이 마음에 쌓이면 말로 나타내지 않을 수 없는데,

---

82) "子曰 小子何莫學夫詩 詩可以興 可以觀 可以群 可以怨 邇之事父 遠之事君 多識於鳥
　　獸草木之名."

말에는 장단과 절주가 있으니 이것이 시이다. 시는 본래 뜻을 표현하고
情을 말하는 것이니, 情과 意에 맞으면 그만이지 진실로 공교하게 다듬을
것은 없다.

三代로부터 漢代까지는 모두 이러하였는데, 魏晉 때부터 비로소 시를
지으면서 공교하게 다듬었고, 폐단이 唐代에 와서는 극도에 이르렀다.
賈島와 劉得仁 같은 사람들은 온 정신을 쏟아 시를 공교하게 다듬는데
더욱 힘을 써서, 死生과 窮達 夭壽와 貴賤으로도 그 시에 대한 생각과
기호를 바꾸지 아니한 채 이렇게 평생을 살았으니, 뜻이 부지런하고 업이
전일하다 이를 만하겠다. 그러므로 唐詩에 "다섯 글자 시구를 짜 맞추느라,
일평생 심사를 허비했네."라고 한 것이다. 그러나 이와 같았는데도 끝내
높이 떨쳐 일어나 風騷의 경지에 오른 자가 있지 않으니, 이는 근본으로
돌아가지 못하였기 때문이다. 그러나 술에 깨어서도 시를 읊고 술에 취해서
도 시를 읊음에 고심하여 다듬고 고침으로써 만물의 형상을 심도 있게
묘사하여, 눈썹을 찌푸리고 수염을 꼬며 기어이 마음에 흡족한 시구를
찾아내고야 마는 이들은, 왕왕 그럴듯한 표현을 얻어서 만물의 眞情을
그려내기도 하였으니, 또한 천하에 없어서는 안될 시구도 있었다.

그런데 五季 이후 元·明에 이르러서는 詩道가 더욱 무너져 수준이 낮은
자는 고루하고 경박하며 높은 자는 부화하고 편벽되어 갈수록 멀어졌으니,
그 혹시라도 性情에 근사한 것을 찾아봐도 한두 편 보기도 드물다.83)

이 글은 栢谷 金得臣(1604/선조37~1684/숙종10) 문집의 서문이다. 서계

---

83) "人生而有情 情有爲喜爲慍爲哀爲樂 此數者蓄乎心 不能不洩之言 言之有長短節湊
是爲詩 詩本所以寫意道情 則期乎情愜意當而止 固無所事工 三代至漢皆是 始自魏
晉 爲詩而求工 弊極於唐 賈島劉得仁輩 勞精敝神 求工益力 不以死生窮達夭壽貴賤
易其慮而移其好 用此以終其世 可謂志勤而業專矣 故其言曰 吟成五字句 用破一生
心 若是而卒未有以卓厲高蹈追跡風騷者 由不能反守本故也 然其醒吟醉哦 刻意敲
推 以摸寫象態 窮極境會必求稱叶於皺眉撚髭之間者 往往髣髴肖似而得其情之眞
蓋亦有未可少者 五季以來 逮乎元明 詩道益壞 下者拘敀尖薄 高浮華險僻 馳騖愈遠
求其或近於性情 罕見一二." 권7, p.140.

는 작가의 意와 情이 인위적인 꾸밈없이 자연스럽게 잘 드러난 글을 높이 평가하면서, 이러한 기준을 가지고 역대 중국 시들에 대해 포폄을 시도하고 있다.

　서계가 긍정적으로 보고 있는 三代에서 漢代까지의 시문학에는 『詩經』이나 樂府, 古詩가 포함될 수 있을 것이다. 그러나 魏晉 때부터 비로소 시를 지으면서 공교하게 다듬었고, 폐단이 唐代에 와서는 극도에 이르렀다고 평가하였다. 그리고, 시를 공교하게 다듬는데 힘쓴 작가의 예로 唐代 시인인 賈島와 劉得仁을 들고 있다. 특히, 賈島는 苦吟을 통하여 개성적인 奇險한 표현을 추구한 中唐 때의 시인[84]으로 推敲의 유래와 관련된 일화의 주인공이기도 하다. 이렇게 唐代 시인들이 시를 공교하게 다듬었던 것은 晩唐 때의 시인인 方干이 그의 시에서 "다섯 글자 시구를 짜 맞추느라, 일평생 심사를 허비했네."[85]라고 한 표현에 압축적으로 나타나 있다고 서계는 파악하였다. 그러나 이렇게 공을 들여 시를 썼어도 風騷의 경지 즉, 『詩經』의 國風이나 『楚辭』의 離騷의 수준에 미치지 못한 것은 그 근본으로 돌아가지 못했기 때문이라고 판단하고 있다. 그나마 고심한 끝에 '情之眞'을 얻어내는 이들이 이따금 존재했던 것을 인정해주고 있다. 그러나 後梁·後唐·後晉·後漢·後周 五代인 五季와 이후 元·明에 이르러서는 詩道가 더욱 무너져 性情을 잘 표현한 작품을 찾기가 힘들다고 평하였다. 그리고 이러한 중국 詩史에 대한 평가는 다음과 같이 우리나라에 적용된다.

　　우리 동방의 시는 각각 시대에 따라 중국의 시풍을 배웠는데, 그 비루함이 중국의 경우보다 더욱 심하다. 시를 잘 짓는 자들도 근근이 前人의 찌꺼기를 주워 모아 그럭저럭 文理를 이루는 정도에 불과할 뿐이다. 그런데도 이러한

84) 김학주(1989), 『중국문학사』, 신아사, p.251.
85) "吟成五字句 用破一生心." <貽錢塘縣路明府>.

시들이 사방에 입에서 입으로 전해지면 듣는 이들이 깜짝 놀라고, 그 자신도 이 정도로 만족하여 더 잘 지으려고 힘쓰지 않는다. 그래서 결국 또한 이 정도에 그치고 마니, 문장이 그 법도에 맞기가 이처럼 어려운 것이다.

지금 栢谷翁의 시로 말하면 그의 시가 風人의 뜻에 합치하는지는 내가 알지 못하겠다. 그러나 당나라 시인들을 사모하여 이른바 사생과 궁달로도 시에 대한 생각과 기호를 바꾸지 아니한 채 이렇게 평생을 산 유득인이나 가도 같은 이들의 풍도를 듣고는, 바야흐로 정신을 쏟고 심력을 다해 한 글자도 천 번이나 단련하느라 끙끙 애를 쓰며 절룩거리는 노새에 앉아 터덜터덜 길을 갈 적에는, 비록 벽제하는 관졸들이 고함을 질러 곁에 있는 사람들이 길을 비켜도 스스로 알아차리지 못하였다.

이 때문에 만물의 형상을 심도 있게 묘사한 것이 황연히 그 참모습과 거의 흡사하다. 그리하여 산천과 도로 및 나그네들의 곤궁한 형상과 달밤에 꽃 아래에서 술을 마시며 즐겁게 노니는 흥취가 詩卷을 펼치면 모두 눈앞에 있는 듯하여, 읽는 자로 하여금 감탄을 절로 금할 수 없게 만드니, 백곡의 시는 아마도 다른 사람들이 미칠 수 있는 바가 아닌 듯하다.(후략)86)

우리나라의 시는 각 시대에 따라 중국의 시풍을 배웠는데, 시를 짓는 이들이 자신의 정감과 개성을 살리기보다는 前人들의 표현을 흉내내기에 급급하고, 자신의 성심을 다해 노력하기보다는 적당한 수준에서 스스로 만족하는 실태를 서계는 신랄하게 비판하였다.

---

86) "東方之詩 各隨時代 效學中國 其陋彌甚 就其能者 亦僅僅拾前人唾餘 粗成語理便已 傳誦四遠 聞者爲驚 其人亦自足於此 不復力求其工 故遂亦終於此而已 文章之得其 則也若是難哉 今論柏谷翁之爲詩 其有合於風人之旨 則吾不能以知之矣 抑心慕唐 之人 而聞乎劉賈之風 所謂不以死生窮達易慮移好用以終其世者 方其役精神苦心 脾一字千鍊 擧臂指擬 蹇驢款段 躑躅街途 雖騶道嗔喝 傍人辟易 而將亦不能自覺 是以 於境會象態 窮極摸寫者 況然髣髴乎其眞 山川道路 覊旅困窮之狀 花月朋酒 愉悅歡適之趣 披卷而莫不如在目中 使讀之者 感慨吁嗟而不能自已 柏谷之詩 其亦 非他人之所能及乎(後略)." 권7, p.140.

　　이렇게 안일하게 시를 짓는 이들과는 달리 심력을 다해 끊임없이 노력하는 백곡 김득신을 높이 평가하고 있다. 위의 일화에서 제시한 바와 같이 백곡 김득신은 정신을 쏟고 심력을 다해 한 글자도 천 번이나 단련하느라 끙끙 애를 쓰며 절룩거리는 노새에 앉아 터덜터덜 길을 갈 적에는, 비록 벽제하는 관졸들이 고함을 질러 곁에 있는 사람들이 길을 비켜도 스스로 알아차리지 못하였을 정도였다. 그리고, 이외에도 백곡은 다른 행적과 기록을 통해 여러 비평가들에 의해 魯鈍하고 苦吟하였던 시인[87]으로 정평이 나 있기도 하다. 서계는 백곡의 시작품은 부단한 노력으로 애쓰면서도 억지로 꾸미지 않아 참모습[眞]을 드러내었다고 평가한다. 그래서 백곡의 작품에 표현된 형상과 흥취는 모두 눈앞에 있는 듯하여, 읽는 이로 하여금 감탄을 하게 하는 힘이 있다고 보았다.

　　이와 같이 억지로 꾸미지 않아 眞과 情이 드러나는 작품을 높이 평가하는 견해는 서계가 遲川 崔鳴吉(1586/선조19~1647/인조25)의 작품을 대하는 태도에도 다음과 같이 연계되어 나타난다. "(전략) 전배들은 문장에 있어 모두 계곡을 추중하고, 공 또한 평소에 한 수 양보하지 않은 적이 없었지만, 나만은 계곡의 경우는 너무 문장을 꾸민 점이 없지 않으니, 외려 흉중 속에서 우러나와 넉넉한 여운이 있는 공의 문장만 못하다고 여긴다. 온축된 밝은 식견이 언어에 나타난 것은 남들이 미칠 수 있는 바가 아니요, 시 또한 高絶하여 세상에서 시 잘 짓기를 자부하는 자도 아무도 흉내낼 수 없을 정도이다. 이로써 말해 보면 앞에서 말한, 그 사업과 문장을 관찰하면 그 사람에게 보존된 덕을 볼 수 있다는 것이 문충공에 있어서 어떠한가(후략)."[88]

---

87) 김창룡(1987),「백곡 김득신의 인간과 문학(上)」,『조선조 후기 문학과 실학사상』, 정음사, p.418.

88) "(前略)前輩於文 皆推谿谷 公之平日 亦未嘗不讓 其能愚獨以爲谿谷不免爲鉛槧所役 尙不如公之流出胸中 綽有餘味 蓋蘊蓄明識 形於言語 非人所及 詩亦絶高 世之自負

　서계는 조선중기 四大家의 한 사람인 계곡 張維(1587/선조20~1638/인조16)의 문장보다도 오히려 지천 최명길의 글이 훌륭하다고 평가하고 있다. 특히 "지천의 論事는 곡진하고 명백 직절하여 당나라 德宗 때의 한림학사로 奏議를 짓는데 능란했던 陸贄에 손색이 없다"[89)고 평하기도 하였다. 서계는 자신의 마음에서 진정으로 우러나와 쓴 글이야말로 다른 사람을 감동시킬 수 있는 힘을 발휘할 수 있다고 보았고, 글은 그 사람의 식견과 인품까지도 반영하는 것이라 판단하고 있다.

　이상 살펴본 바와 같이 「시경사변록」에서 서계가 특정한 설에 치중하지 않고, 주자의 학설에 얽매이지 않으면서 '情'을 중시하는 詩觀을 표명한 것이나, 꾸밈없는 문학을 높이 평가한 태도는 현대 연구자들에게 전대에서 이루어진 논의보다 문학의 본질에 다가서는 진일보한 견해로 주목을 받아왔다.

　하지만, 당대에 농암 김창협은 박세당의 시정신에 대해 다음과 같이 부정적으로 평가하기도 하였다.

　　이 장(『論語』의 '詩三百 一言以蔽之 曰思無邪'라는 구절에 대한 사변－論者註)에서 논한 것은 특히 매우 어그러지고 잘못되었으니, 분명히 따져서 통렬하게 논척하지 않으면 안됩니다. 무릇 사람의 마음과 생각이 발동함에 있어, 그 正은 天理의 본연에서 나오는 것이고, 邪는 氣稟과 物欲의 탁하고 더러운 데서 생기는 것이니, 따라서 그 언행으로 드러나는 것에도 역시 선한 것은 正이 되고 악한 것은 邪가 되는 것입니다. 그런데 여기에서처럼 천리든지 인욕이든지, 선이든지 악이든지를 불문하고 情이 발한 바 수식이나 허위가 없는 것을 '無邪'라고 한다면, 傑이나 도척 같은 자가 정욕에

　　其工者 或莫能彷彿 由此論之 向所謂考觀其事業文章 可以見其人之所存者 在公爲何如也.(後略)" 권7 <遲川集序>, pp.140~141.
89) "公之論事 委曲明切 無愧陸宣公."

80

아무렇게나 맡겨 천리를 능멸하는 것이라 하더라도 그것이 수식, 허위만 없으면 '無邪'라고 할 수 있으며, 군자가 정욕을 절제하고 예의에 따르고자 애쓰는 것은 도리어 '邪'가 되고 말 것입니다. 그러니 그 파급될 폐해가 이르지 못할 곳이 어디 있겠습니까?(후략)[90]

윗글은 서계가 주자의 '思無邪'에 대한 해석을 비판한 부분에 대해 농암이 다시 비판한 것이다. 주자의 '思無邪'는 성정도야에 충실한 유가의 전통적 시인식이라 할 수 있다. 이에 대해 서계는 시에서 性情之眞이 아닌 情之眞을 강조하였다. 즉 그는 性으로부터 情을 떼어 논리를 전개하고, 心을 道心(=性)과 人心(=情)으로 나누고 모든 情이 다 性에서 나오는 것은 아니라고 보았다. 이러한 견해는 經緯錯綜說에 입각하여 성정을 논한 농암 김창협과는 다른 것이다. 농암은 악한 情을 철저히 경계하였기에 情이 아닌 性情을 주장하여, 기본적으로 情보다는 性이 經으로 착종되어 있는 性情을 중시하고 있다.[91] 그리하여 농암은 '情之眞'을 강조하는 서계의 입장이 자칫 윤리적으로 범할 수 있는 오류를 비판하였다.

그러나, 현대 연구자들에 의해 재평가된 서계의 시정신은 농암의 것과 유사성이 있는 것으로 밝혀진 바 있다. 즉, 性情之眞을 강조하였던 농암의 입장과 情之眞을 주장하였던 서계의 입장이 표면적으로는 차이가 있어 보이나, 서계가 주장한 情이 性으로부터 완전히 독립된 개념이 아니기 때문에 시정신에서는 일맥 상통하는 부분이 있어 보인다고 평가되었다.[92]

---

90) "此章所論 尤極悖謬 不可不明辨痛斥 夫人心思慮之動 其正者 出於天理之本然 而邪者 生於氣稟物欲之濁穢 故其發於言行也 亦善者爲正 而惡者爲邪 今也不問理欲善惡 而槩以情之所發 無修飾虛僞者爲無邪 則是雖如桀跖之任情縱欲 以滅天理者 亦將以其無修飾虛僞而謂之無邪 而君子之節情制欲 勉循夫禮義者 反爲邪矣 其流之弊 將何所不至哉(後略)." 『農巖集』권15, <與權有道尙游論思辨錄辨> '思無邪'條, p.22.

91) 진영미(1997), 「농암 김창협 시론의 연구」, 성균관대학교 박사학위논문, pp.88~91.

그리하여 서계를 포함한 김창협·김창흡 등의 학자들은 조선중기에 중시되었던 '性情之正'과 대비하여 '性情之眞[성정의 근원적 순수성]'을 강조했다[93]는 점에서 같이 설명되기도 하였다.

당대에는 농암이 서계의 시정신을 자신의 입장과 다른 것으로 인식하고 배척하였지만, 현대의 평가에서 이러한 유사성이 발견되는 사실을 통해 다음과 같은 추정을 해볼 수 있을 것이다. 당론의 차이에 따라 농암이 서계의 『사변록』을 비판하면서 서계의 본의를 곡해하거나 확대해석한 부분이 있었을 것, 서계를 사문난적으로 내몰면서 편견이 개입되었을 가능성이 있다는 점이다. 그러므로, 조선후기 문단의 평가가 문학 자체만으로 이루어지지 않고, 작가의 사상과 당론 등의 배경에 따라 좌우되었던 상황을 감안하여 서계의 문학을 재평가하는 작업이 요망된다.

본서는 서계 문학을 탐구함에 있어서 그의 문학관과 당대 상황, 사상적 특성을 감안하여 살펴보고자 한다. 특히 서계 사상의 특징적 요소를 그의 『思辨錄』·老莊주해서 저술, 佛家세력과의 共助 등을 통해 '實 지향성과 개방성'이라 추출하였고, 이를 문학적으로 상관성을 지니며 고찰할 수 있는 부분으로 범주화하였다. 우선 實 지향성과 형상화 양상과 관련해서는 '先秦 儒家 정신의 회복', '역사적 인물에 대한 재평가', '실리적 대외 인식과 내면 의식'을 설정하여 연구를 진행할 것이다. 그리고, 사상적 개방성과 연관된 것으로 서계의 道·佛에 대한 태도와 문학적 구현을 '老莊的 소재 취택과 仙趣的 경지', '佛家에 대한 입장과 超脫的 교유'로 범주화하여 고찰할 것이다.

---

92) 위의 논문, p.90. 이 논문에서는 이러한 평가의 근거로 다음과 같은 김흥규의 견해를 수용하고 있다. "서계의 심성론에서 情이 性에의 生成的 종속관계로부터는 벗어나 있으나 倫理的 종속관계는 그대로 유지하였다."(김흥규(1988), 앞의 책, p.70.)

93) 안대회(2000), 앞의 책, p.125.

III. 儒家 이념의 재해석과 형상화 양상

A. 先秦 儒家 정신의 회복 – 본질의 탐구와 강조

주지한 바와 같이 서계는 경전에 대해 기존의 절대적이고 획일적인 해석에 국한되지 않고, 원전의 본질적인 의미를 재해석하려는 시도를 하였다. 이렇게 본질을 탐구하여 선진 유가 정신을 회복하려는 서계의 학문적 태도와 견해가 여러 문학 작품에서도 산견되는데, 이에 관해 자세히 살펴볼 필요가 있다.

다음 <聖言>이라는 시작품에서 자신이 경서를 주해한 까닭을 술회하고 있다.

> 聖言無不說　성인의 말씀에 기뻐하지 않음이 없음은
> 當時一顏淵　당시에 안연 한 사람이었네
> 季路至慍見　계로는 불만을 품고 뵙기에 이르렀고
> 子迂亦有焉　선생님을 우활하다고까지 말하였네
> 不知千萬代　알지 못하겠다. 천만대에
> 人孰如回賢　안회와 같이 어진 사람 누가 있으리오.
> 甚愚只信心　어리석은 나는 단지 믿는 마음뿐이니
> 不自避狂顚　스스로 미치광이 됨을 피하지 않는다네

所欲發經旨　하고자 함은 경서의 뜻을 드러내는 것이니
意實非他然　실로 다른 뜻이 있는 것은 아니라네
明者豈枉物　밝은 이가 어찌 사물을 곡해하리오
此事當恕恓　이 일은 마땅히 너그러이 해야 한다네.

<聖言>1)

 1~2구에서는 공자의 말씀을 의심 없이 따랐던 인물이 당시에도 안연한 사람뿐이었음을 강조한다. 3~4구에서는 子路와 관련된 내용인데, 이는 각각 『論語』 <衛靈公>과 <子路>편에 나오는 것이다. 자로가 성난 얼굴로 공자를 뵙고, "군자도 궁할 때가 있습니까?" 하고 묻자, 공자께서 "군자는 진실로 궁한 것이니, 소인은 궁하면 넘친다."고 말씀하셨다.2) 또, 자로가 "衛나라 군주가 선생님을 기다려 정사를 하려고 하십니다. 선생께서는 장차 무엇을 우선하시렵니까?"라고 묻자, 공자께서 "반드시 명분을 바로잡겠다."라고 대답하였다. 그러자 자로는 "이러하십니다. 선생님의 우활하심이여. 어떻게 바로잡을 수 있겠습니까?"3)라고 하며 공자의 말씀을 제대로 이해하지 못하였다. 5~6구에서는 천만대에 안회와 같이 어진 인물이 없음을 재차 확인하고 있다.

 7구에서부터는 서계 자신의 입장으로 시상을 전환시켜 심회를 토로하고 있다. 안회와 같은 경지에 이르지는 못하지만, 狂顚할 정도로 聖言에 대한 信心이 깊다고 고백한다. 그리고, 자신이 하고자 하는 일은 다만 경서의 참뜻을 밝히고자 하는 데에 있을 뿐이지 사물을 왜곡하기 위한 것이 아님을 표명한다. 다음 작품에서도 경서를 궁구하는 자세에 대한 성찰을 보여주고

---

 1) 『西溪集』 권4, 「石泉錄 下」, p.74.
 2) "子路慍見曰 君子亦有窮乎 子曰 君子固窮 小人窮斯濫矣." 『論語』 <衛靈公>.
 3) "子路曰 衛君 待子而爲政 子將奚先 子曰 必也正名乎 子路曰 有是哉 子之迂也 奚其正." 『論語』 <子路>.

있다.

> 六籍誰能發鍵樞　누가 <육적>의 핵심을 밝히리오
> 紫陽傳註古今無　자양의 전주는 고금에 없구나
> 後賢知說鮮知助　후현들은 기뻐할 뿐 의심할 줄 모르니
> 可道如愚是不愚　어찌 어리석은 듯한 것이 어리석지 않음을 알랴.
>
> <六籍>[4]

1~2구에서는 육적에 대한 핵심을 밝히기 어려움을 토로하고, 주희의 전주가 고금에 다시 없을 만큼 뛰어나다고 평가한다. '六籍'은 여섯 가지 경서로 易經·書經·詩經·春秋·禮記·樂記를 가리킨다. 紫陽은 원래 산이름으로, 송나라 주희의 부친 朱松이 독서하던 곳이다. 이 때문에 주희가 그 서재 이름을 紫陽書室이라 이름지었다고 하며, 여기에서는 주희를 지칭한 것이다.

3~4구에서는 『論語』 <先進>·<爲政>편에 나오는 고사를 인용하며 시의를 함축적으로 표현하고 있다. 이는 공자가 자신의 말에 대해 묵묵히 알고 마음으로 통하여 질문함이 없었던 안회를 평가한 것[5]과 관련된 것이다. 안회는 공자의 말씀에 기뻐하기만 하고 의심할 줄 몰라 질문과 논란이 없었는데, 이는 겉으로는 어리석어 보이지만 안회의 사생활을 살펴보니, 일상생활하며 動靜하고 語默하는 사이에 다 족히 夫子의 도를 발명하여 평탄히 행해서 의심함이 없었던 것이다.[6]

이는 표면적으로는 안회를 높이 평가하는 것으로 볼 수 있지만, 1~2구의 내용과 연결하여 後賢의 범위를 당대 儒者라는 보다 확장된 의미로 해석하

---

4) 권4 「石泉錄 下」, p.64.
5) "子曰 回也 非助我者也 於吾言 無所不說." 『論語』 <先進>.
6) "子曰 吾與回言終日 不違如愚 退而省其私 亦足以發 回也 不愚." 『論語』 <爲政>.

면 중의적인 내용을 함축하고 있음을 알 수 있다. 주희의 해석을 절대적으로 추종하면서 안회와 같은 경지에 이르지 않았으면서도 의심할 줄 모르는 당대 유자들의 태도에 대한 비판이 내재되어 있다.

서계가 육경에 대해서 주자와 다른 견해를 제시했다는 이유로, 그는 사문난적이라 평가받고 이단으로 내몰리게 되는데, 이러한 세간의 평판에 대해 서계는 다음과 같은 태도를 취하며 대처한다.

(전략) 이따금 봄이나 겨울의 한가한 틈에 잠깐씩 예전에 보던 책을 보노라면 주석가들의 여러 설 가운데 의심스러운 부분이 열에 서너 가지나 차지하도록 늘 많습니다. 이 어찌 평소에 믿고 지키다가 만년에 소홀히 하여 이렇게 된 것이 아니겠으며, 산골짝의 띠풀이 나날이 뻗어나서 지난날 조금 트였던 길마저 모두 잃어버리고 다시 찾지 못해서 그러한 것이 아니겠습니까. 아니면 인간의 성령은 죄다 민멸되지는 않기 때문에 비록 육신이야 몹시 쇠하긴 해도 나이가 들수록 성령이 자라나 전인의 하자를 조금 엿볼 수 있어서 그러한 것입니까. (중략) 그대의 뜻은 사람이 어리석다고 하여서 홀시하지 않고 선유의 설과 다름이 있다고 해서 거부하지 않고, 먼저 할 말을 다하게 하여 이치에 맞는지의 여부를 파악한 뒤에 거취를 결정하고자 하는 것이니 참으로 세상 사람들과는 다릅니다. 저들은 선유의 학설과 조금이라도 다르다는 것을 알기만 하면 몹시 놀라서 마음속으로 중얼거리기를, '이 자가 무엇을 알길래 선유와 다른 설을 주장하고자 한단 말인가?'라고 합니다. 저와 같은 자들은 문사와 장구 같은 말단조차도 그 조리를 다스리지 못하는데, 하물며 깊이 연구하여 성현의 뜻을 조리 있게 풀이할 수 있겠습니까? 지금 그대의 식견이 이들보다 뛰어남을 알았기에 어리석은 제가 저의 생각을 다 말씀드릴 수 있는 것입니다. 혹 제 말이 이치에 벗어나지 않다고 여기시면 지난날 의심하여 감히 스스로 기필하지 못하던 것이 질정을 받아 진실로 잘못되지 않다는 것을 확신할 수 있을 것이며, 만일 그렇지 않다 하더라도 틀림없이 반복하고 지시하고 가르치어 저의 미혹함을 깨뜨려 어디로 가야할지 이끌어 주실

86

것입니다.(후략)[7]

　이 글은 서계가 약천 남구만과 十一 稅數와 관련된 논의를 전개하기에 앞서서 자신의 입장을 표명한 부분이다. 서계는 자신의 연륜이 많아질수록 경서에 대한 기존 주석가들의 해석에 의문점이 생기는 상황을 진솔하게 토로하고 있다. 그러면서 선유의 학설과 조금이라도 다르면 선입견을 가지고 무조건 배척하는 당시 세인들과는 달리, 합리적으로 이치를 따지고 거취를 결정하는 약천의 태도를 높이 평가하며 그에게 속내를 드러내고 있다.

　서계는 기존 주석에 대해 하나하나 조리를 따지고 이치를 궁구하고자 하였고, 그 사이에 자신의 생각과 다른 부분들을 찾아내어 논리적으로 분석하고, 다른 이들에게 조언을 구하여 올바른 해답을 찾고자 하였다. 이러한 태도는 학자로서 당연히 지녀야 할 것이었음에도 불구하고, 주자학만이 절대적인 진리의 표본으로 맹신되었던 당시에는 용납되지 못하고 불순한 것으로 평가받았음을 알 수 있다.

　다음 글에서도 서계의 학문적 태도와 당대 상황과의 불협화음을 엿볼 수 있다.

_____

7) "(前略)時於春冬閑隙 乍閱舊業 注家諸說可疑者常多 率十居三四 此豈非平日所嘗信守 而忽於晚暮 乃復如此 豈山谿之茅 日蔓日滋 向之介然者 亦都失去 不復可尋而然耶 抑人之性靈 不容盡泯 雖耗昏之極 而猶有隨年而增長 能略窺前人之罅漏耶 (中略) 蓋雅意 不以人之蒙陋而忽之 不以異於先儒之說而拒之 先欲令盡其說 知中於理與未而後決去取之 則誠異於世之人矣 彼一聞 稍異於先儒之說 則無不愕然以駭 內語於心曰 是夫也亦何知 乃欲與先儒異 若彼者其於文辭章句之末 亦無以理其條緒 況可以致思度之功而繹聖賢之意哉 今見雅識之有超於是 鄙愚可得以畢其所自意者 倘言而謂其未失於理 則向之疑不敢自必者 得有所正而信其不錯矣 如其未也 必將蒙反覆指誨 以破其迷惑而導其所從矣(後略)." 권7 <答南雲路書>, pp.125~126.

　　이상 두 단락에서 논한 바는 모두 자상한 가르침을 받았지만 어리석은 제 생각은 전과 같기 때문에 다시 의심스러운 점을 말씀드린 것입니다. 그러나 끝내 노형께서 독실하게 믿는 뜻에 부합되지 못할 줄은 잘 알고 있습니다. 각기 자신의 의견을 말하는 것은 성인께서도 허여하셨으니, 바라건대 광망하여 재단할 줄 모른다고 해서 외학, 이단에 비기지는 마십시오. 경솔하게 자신하고 지나치게 주장한다고 하신 말씀은 제가 감히 그러하려고 한 것이 아니라, 단지 그 의심스러운 점을 다 말씀드리고 감히 숨기지 못했기 때문입니다. 이 때문에 말하는 사이에 끝내 완곡하지 못한 점이 나타나고야 만 것이니, 이 어찌 자신하고 주장하려고 해서 그러한 것이겠습니까? 변론에 왈가왈부가 있는 것은 이치는 천지 사이에 있어 없앨 수 없는 것이기 때문에, 군신 사우도 옛날에 그러하였던 것입니다.

　　노형께서 이렇듯 보잘 것 없는 저를 위하여 뭇사람들의 비방을 면하게 해주려 하시니 어찌 고마움을 모르겠습니까. 그러나 이는 말속을 구제하는 것이 아니요, 그 스스로 자신의 마음을 호도하여, 세상에 아첨하고 자신이 옳다고 생각해서 달게 향원이 되고 마는 병통일 것이니 노형께서는 어떻게 생각하십니까?[8]

　　이 글에서는 『大學』의 주요 개념인 '格物致知, 治國平天下'와 관련하여 주자의 해석 자체에 모순되는 점[9]이 있음을 지적하고, 『論語』＜雍也＞의

<hr/>

8) "上兩段所論 皆爲雖蒙指誨之縷縷 而愚蔽猶前 更申所疑 固知終無以少槩於老兄篤信之意 然各言爾志 聖人猶許之 幸勿以其狂率而不知裁見 以爲外學異端比也 至輕於自信過自主張之誚 非敢然也 徒以盡其所疑而不敢有隱之故 言語之間 終有不得宛轉處 此豈由自信與自主張而然乎 若至辨論之有曰可曰否 此理在於天地之間 恐不可廢 君臣師友自古以然 老兄爲此區區一微物 欲免衆謗 則豈不知感 而抑非所以救末俗自塗其心 以媚世自賢 甘爲鄕愿之歸之病 未知如何." 권7 ＜答尹子仁書＞, p.129.

9) 『大學章句』의 ＜補亡章＞에서 주자는 "힘쓰기를 오래하여 하루아침에 활연히 관통함에 이르면 모든 사물의 표리와 정추가 이르지 않음이 없을 것이요, 내 마음의 전체와 대용이 밝지 않음이 없을 것이니, 이를 物格이라 이르고 이를 知之至라 이른다."라고 하였고, 經文 1장의 細註에서 "知至는 천하 사물의 이치에

23장인 '井有仁章'에 대한 자신의 해석이 주자집주와 다른 것[10]을 밝히고
있다. 서계는 두 가지 논란거리에 대해 자신의 의견이 주자의 해석과 다름을
밝히고, 주자설을 긍정하는 윤증의 수용 태도에 대해 서술하고 있다.

서계는 윤증에게 자신의 의견이 주자의 설과 다르다고 해서 당대 세인들
처럼 외학이나 이단에 비기지 말아달라는 요청을 하고 있다. 앞서 살펴본
<答南雲路書>에서는 약천 남구만이 서계의 개방적인 학문태도에 대해
어느 정도 긍정적으로 수용하는 것에 비해, 이 글에 나타나는 윤증의 태도는
다소 부정적인 것을 알 수 있다. 윤증은 주자설에 의문을 제기하는 서계의
태도를 '경솔하게 자신하고 지나치게 주장한다'고 평가하고 있는데, 이는
서계에 대한 직접적인 비판이 목적이라기보다는 반대파의 비방을 받게
될까 하는 우려에서 나온 것이라 할 수 있다. 하지만 이러한 우려와 비판에도
불구하고 서계는 변론에 이견이 존재하는 것은 예로부터 당연한 이치였고,

대해서 앎이 지극하지 않음이 없음을 이른다. 하나만 알고 둘을 알지 못하며,
큰 것만 알고 작은 것을 알지 못하며, 고원한 것만 알고 유심한 것을 알지 못하는
것은 모두 앎이 지극한 것이 아니니, 요컨대 알지 못하는 바가 없어야 지극하다고
할 수 있다."라고 하였다. 그러나 주자는 "격물에서 평천하까지는 성인께서 역시
대략 선후를 나누어 사람들에게 보여주신 것으로, 한 가지 공부를 말끔하게
남김없이 다해야 비로소 다음 공부를 할 수 있는 것은 아니다. 이와 같으면
어느 세월에 다 해낼 수 있겠는가."라고 하고 있어 앞뒤의 설에 모순되는 부분이
있다. 이에 대해서 서계는 "앎이 통철하다[知徹]"는 것은 뭇사물의 이치가 이르지
않음이 없음을 이르는 것이 아니요, 단지 하나의 사물에서 나머지를 미루어
볼 수 있음을 말하는 것이라 평가하였다.
10) 『論語』<雍也>에서 재아가 묻기를 "인자는 비록 우물에 사람이 빠졌다고 말해주더
라도 우물에 빠진 사람을 구제하기 위해 우물에 따라 들어가겠습니까?" 하니,
공자께서 "어찌 그렇게 하겠는가. 군자는 우물까지 가게 할 수는 있으나 빠지게
할 수는 없으며, 이치에 있는 말로 속일 수는 있으나 터무니없는 말로 속일
수는 없다.[宰我問曰 仁者雖告之曰 井有仁焉 其從之也 子曰 何爲其然也 君子可逝
也 不可陷也 可欺也 不可罔也]"라고 하였다. 이에 대해 주자의 논어집주에서는
劉聘君의 설을 따라 '有仁'의 '仁'을 '人'으로 보았는데, 서계는 '仁'이 옳다고 평가하
였다.

세인들의 비난이 두려워서 자신의 의견을 굽히는 것은 자신의 마음을
속여 세상에 아첨하고 영합하는 위선자가 될 뿐이라고 주장한다.

이러한 학문적 태도를 지닌 서계는 가치 판단에 있어서도 명분보다는
실상을 우선시하는 경향이 강하였다. 이러한 성향은 정치적인 논쟁에도
가치 판단의 기준으로 작용했으며, 문학 작품을 형상화하는데 있어서도
중요하게 나타난다.

서계의 <答和叔書>라는 글에서는 실상을 중시하는 태도를 잘 보여준다.
이 작품은 서계의 10대조인 박상충(1332/충숙복위1~1375/우왕1)에 대한
글을 화숙 박세채에게 부탁하여 지은 것이다. 서계는 사건의 정황을 파악하
고 평가하는 데에 핵심이 되는 사항을 다음과 같이 서술하고 있다.

　　대개 말이 귀한 것은 그 실정에 합당하냐에 있을 뿐이지 친소와는 상관이
없다네. 진실로 그 실정에 합당하다면 형제의 말이라도 다른 사람들이
의심을 하지 않는다네. 참으로 진실되지 않다면 장차 친구들에게도 믿음을
얻지 못할 것이고, 친구들이 믿지 않는다면 천하 후세야 말할 것이 있겠는
가? 남들이 인정한다면 천하 후세에 그 누가 믿지 않겠는가. 그렇다면
오늘날의 일은 오직 말이 그 실정에 합당하기를 구할 뿐이니, 친소를
물을 필요는 없네.[11]

서계의 선조인 박상충에 대한 글을 박세채에게 부탁하였을 때, 흔쾌히
승낙하지도 않았지만 그렇다고 극구 사양하는 태도를 취하지도 않았다.
서계는 그에게 거듭 글을 부탁하고 난 후 탈고하기만을 기다렸는데, 얼마
뒤에 박세채가 글을 짓지 않고 윤증에게 그 일을 맡기려 했다가 다시

---

11) "蓋言之所貴者 在當其實而已 不係親疎之間也 苟當其實 昆弟之言而人不間焉 苟爲
　　不誠 將不信於朋友 朋友之不信 如天下後世何 人不間焉 天下後世 其誰不信之哉
　　然則今日之事 惟求言當其實而已 不當問乎親疎也." 권7, p.124.

90

자신이 지으려 하는 등 결정을 못하고 고민하느라 시간만 지체되고 있다는 소식을 듣게 된다. 서계는 박세채의 심사숙고하는 태도를 이해하면서도 중요한 것은 실정에 합당하냐에 있다는 것을 위와 같이 강조하였다.

박상충은 목은 이색의 문인으로 정몽주와 함께 성리학의 보급에 절대적인 영향을 미친 학자이자 관료였다. 그러나 그의 정치적인 생애는 순탄치가 않아서 여말의 격동기에 친명노선을 견지했던 그는 친원파의 거두 李仁任 일파와 첨예하게 대립하게 되었고, 마침내 상소를 올려 이인임의 친원노선을 정면으로 공격하기에 이른다. 이 상소는 親元親明 양파 대립의 촉매가 되었고, 신진사대부가 중심을 이룬 친명파는 친원파의 공격을 받아 일망타진의 위기에 처하게 되었다. 이 과정에서 박상충은 장형을 받고 유배길에 오르던 중 청교역에서 44세의 나이로 생을 마감하게 되었다.[12]

서계는 이 글을 통해 박상충이 친명을 선택한 것은 단순히 존양의 의리 때문만이 아니라, 고려를 유지시키기 위한 충성에서 비롯된 것이었지만, 그동안 이에 대한 정당한 평가가 내려지지 않았다고 평가하였다. 또한, 포은 정몽주도 똑같이 명나라 섬기기를 주장했지만, 존양의 공보다는 고려에 대한 충성으로 높이 평가되는 예와 비교하였을 때 박상충에 대한 평가가 공정하지 못했다고 주장하였다.

이러한 박상충에 대한 글을 박세채가 저술하기를 주저하는 태도를 보이자, 서계는 "남에게 부탁하거나 자신이 짓는 문제는 자네의 뜻대로 하시게나. 그러나 主意를 천명하는 것으로 말하면 살피지 않아서는 안 될 것이니, 더욱 정밀히 생각하시기를 바라네. 요즘 세상을 보아하니 의론에 관계되는 것들은 입 밖에 내기가 매우 어렵지만, 이 일은 우리 선조의 덕에 관계되는 문제이므로 끝내 잠자코 있을 수 없네. 이 때문에 상세히 말하는 것이니 필시 깊이 이해하시어 탓하지 않으실 줄로 아네."[13]라고 말하며 글을 마무리

---

12) 김학수(2001), 앞의 논문, pp.64~65.

한다.

또한 고려말기 이달충(1309/충선1~1385/우왕11)의 작품인 <愛惡箴>[14]을 본따 지은 서계의 <效愛惡箴>에서는 원작의 묘미를 살리면서도 서계 특유의 비유적인 표현을 통해 실상을 중시하는 주제의식을 드러내고 있다.

이달충의 작품인 <愛惡箴>의 대체적인 내용은 다음과 같다. '아니다'라는 뜻을 가진 가공인물 有非子가 어느날 '없다'는 뜻을 가진 無是翁에게 "사람들이 그대를 사람답다고 말하는 사람도 있고, 사람답지 못하다고 말하는 사람도 있는데, 어찌 사람에 따라 그 평가가 다르오."라고 그 이유를 물었다. 이에 대해 무시옹은 "사람 가운데에는 사람다운 사람도 있고, 사람답지 못한 사람도 있다. 사람다운 사람으로부터 사람답다는 평가를 받고, 반면에 사람답지 못한 사람으로부터 사람답지 못하다는 말을 듣는 것은 바람직한 일이다. 그러나 이와 반대로 사람답지 못한 사람으로부터 사람답다는 평가를 받고, 또 사람다운 사람으로부터 사람답지 못하다는 말을 듣는 것은 좋지 않은 일이다. 따라서 사람들이 좋다고 하여 모두 좋은 일은 아니며, 사람들이 나쁘다고 하여 모두 나쁜 것은 아니다."고 답하며, 무시옹 자신의 소신을 피력한다.

'아니다'·'없다'라는 無常의 가공인물을 내세워 문답형식으로 자신에 대한 사람들의 평가는 결국 자신에게 달려 있다는 작가의 소신을 밝힌 글이다. 이 글을 쓴 제정 이달충은 호부상서·계림부윤 등을 지내고 계림군에 봉해진 문관으로, 신돈에게 주색을 삼가라고 공석에서 직언하였다가 파면당한 강직한 성격의 소유자였다고 한다.

서계의 <效愛惡箴>에서는 원작의 발상과 표현을 확대 심화시키면서

13) "屬人與自爲 惟雅意所欲 然若所以闡明主意 不容不審 幸加精思焉 見今世凡涉議論 爲之極難出口 而此事關於先德 終不可以自默 故縷縷及此 必能深會 不以爲罪也." 권7, p.125.
14) 『霽亭集』 권2, 『東文選』 권49.

논의를 진행하고 있다. 원작에서 '人/ 不人[사람다움/ 사람답지 못함]'의 대비가 서계의 작품에서는 '君子/ 小人'의 대립항으로 설정되고 있다. 이 작품에서는 가상의 인물로 羡門子와 浮丘公이 등장하여 문답을 진행한다. 羡門子은 옛날 仙人인 羡門子高를 말하는데, 진시황이 일찍이 동해에 노닐면서 선인 선문의 무리를 찾았다는 이야기가 『史記』 秦始皇本紀에 전해진다. 浮丘公은 周靈王 때 仙人으로 일찍이 주나라 영왕의 태자 王子喬와 함께 학을 타고 생황을 불며 嵩山에서 노닐었다고 하는 인물이다.

작품의 서두에서는 선문자가 부구공에게 기쁨과 근심의 발생 근원을 질문하면서 이야기가 전개된다. 선문자는 부구공에게 '남들이 그대를 군자라고 하면 기쁠 것이고, 남들이 그대를 소인이라고 하면 근심할 것'이라고 하자, 부구공은 다음과 같이 대답한다.

부구공이 말하기를, "그렇다. 내가 지난번에 밖에서 노닐 때에, 사람들이 나를 보고 나더러 뱀이라고 부르기에 내가 돌아보고 내가 뱀이 아닌 줄을 알고는 내가 전혀 근심하지 않았다. 사람들이 나를 보고 나더러 용이라고 부르기에 내가 돌아보고 내가 용이 아닌 줄을 알고는 내가 전혀 기뻐하지 않았다.

옳고 그름의 구분과 근심과 기쁨의 갈래에 대해 그 단서를 알지 못하는데, 내가 또 무엇을 기뻐하고 무엇을 근심하리오. 우선 내 말을 그대는 들어보라. 지금 남들이 나를 군자라 할지라도 내가 군자라고 결정할 수는 없고, 남들이 나를 소인이라 할지라도 내가 소인이라고 결정할 수는 없는 법이다. 내가 군자인지 소인인지 결정되지 않았으면, 내가 기뻐할지 근심할지도 결정할 수 없는 법이니, 그렇다면 내가 어찌 근심하고 기뻐할 것이 있겠는가.

또 남들이 나를 군자라고 하는 것은 나를 좋아하여 그렇게 말하는 것이 아니겠는가. 나를 소인이라고 하는 것은 나를 미워하여 그렇게 말하는 것이 아니겠는가. 나를 좋아하는 이가 나를 군자라고 하는 것은 그가

나를 좋아해서이기 때문이니, 그렇다면 어떻게 내가 반드시 군자라고
할 수 있겠는가. 나를 미워하는 이가 나를 소인이라고 하는 것은 그가
나를 미워해서이기 때문이니, 그렇다면 어떻게 내가 반드시 소인이라고
할 수 있겠는가.

　사람에게는 좋아함과 미워함이 있어서 옳고 그름을 서로 다투는데,
내가 또 거기에 휩쓸려 한편으로 근심하고 한편으로 기뻐한다면 지혜롭지
못한 것이다. 그러므로 기뻐하지도 근심하지도 않는 것이다."라고 하였
다.15)

　서계는 다른 사람들의 평가에 의해 군자나 소인으로 규정되는 자신의
모습은 好惡에 따른 是非 논의와 관련되는 것임을 간파하고 있다. 그리하여
남들의 평가에 따라 기뻐하고 근심하는 것은 의미가 없는 행위임을 인식하
고 있다.

　그리고, 작품의 말미에서는 "기뻐할 만하고 근심할 만한 것은 나 자신에게
있을 뿐이니, 남들이 어떻게 간여할 수 있겠는가. 그렇긴 하지만 선한
사람이 자신을 좋아하고 불선한 사람이 자신을 미워한다면 기뻐할 만한
징표가 있다는 것을 밖에서 알 수 있고, 불선한 사람이 자신을 좋아하고
선한 사람이 자신을 미워한다면 근심할 만한 징표가 있다는 것을 밖에서
알 수 있을 것이다. 근본은 나에게 있지만 징표를 아는 것은 남에게 있으니,
역시 가릴 바와 힘쓸 바를 알지 않아서야 되겠는가."16)라고 하며 주제의식을

---

15) "浮丘公曰然 吾向也游於外 人見我呼我爲蛇 吾顧而察之 見吾之非蛇也 吾亦不以爲
　　憂 人見我呼我爲龍 吾顧而察之 見吾之非龍也 吾亦不以爲喜 是非之辨 憂喜之趣
　　莫知其端 吾又何喜何憂 且吾語若女聽之 今人謂我君子 吾之爲君子者 猶未定也
　　謂吾小人 我之爲小人者 猶未定也 夫未定吾之爲君子爲小人 則亦未定吾之可喜與
　　可憂 吾其有憂喜乎哉 且人之謂吾君子也 將非好我而謂之乎 謂吾小人也 將非惡我
　　而謂之乎 好我者之謂吾君子也 以其好之 安知吾之必爲君子乎 惡我者之謂吾小人
　　也 以其惡之 又安知吾之必爲小人乎 人有好惡 是非交爭 吾且從而一爲憂一爲喜以
　　爲不智 故不爲也." 권8, p.158.

표출하고 있다. 즉, 하나의 대상에 대한 다양한 판단이 타인에 의해 좌우되는 현실적 상황을 인정하면서도, 모든 실상의 근본은 자기 자신에게 있음을 일깨워주고 있다.

또한, 부구공과의 문답을 통해 깨달음을 얻은 선문자의 노래로 주제를 응축하여 표현하고 있다.

九侯之子	구후라는 사내는
人皆以爲好	사람들이 모두 좋아하였지만
殷獨暴之	은은 홀로 그를 해쳤으며
無鹽之女	무염의 여자는
人皆以爲惡	사람들이 모두 미워하였지만
齊獨樂之	제는 홀로 그를 좋아하였네
好惡靡眞	호오는 진실이 아니니
孰知其所因	그 연유를 누가 알리오
嘻乎哉	아!
無鹽之醜	무염의 추함은
不以齊之樂而蔽其惡	제가 좋아한다 해서 그 미움을 가릴 수 없고
九侯之美	구후의 아름다움은
不以殷之暴而失其好	은이 해친다고 해서 그 좋음을 잃지 않는다오
乃知好惡之在我而不在人	호오는 나에게 있지 남에게 있지 않음을 알겠으니
請自今日書諸紳	금일부터 띠에 적어 명심하리라.

이 시에서는 구후와 종리춘의 고사를 인용하여, 타인의 평가와 실제적 진실의 관계를 표현하고 있다. 九侯는 은나라 紂 때의 제후이며, 殷은

---

16) "可喜可憂在我而已 人何力焉 然而善人好之 不善人惡之 徵可喜於外 不善人好之 善人惡之 徵可憂於外 本在我而徵在人 盍亦知所擇所勉哉." 같은 글.

은나라 紂를 가리킨다. 구후가 주의 포악한 정사를 간하자 주가 그를 죽여 육젓을 담가버렸다.17) 無鹽은 중국 산동성 동평현에 있는 지명으로 그 곳에 살았던 鍾離春을 가리키고, 齊는 齊 宣王을 가리킨다. 전국시대 무염 땅에 종리춘이라는 여자가 있었는데 나이 40이 되도록 시집을 가지 못하였다. 그러나 큰 도량이 있어, 자청하여 제 선왕을 만나보고 정치하는 도리를 진언하자 제 선왕이 크게 기뻐하여 그를 왕후로 삼았다. 그 후로 제나라는 크게 편안해졌다고 한다.18)

여러 사람들이 좋아하고 미워하는 인물에 대해 紂와 齊 宣王이 남다른 평가를 하였지만, 대중을 포함한 그들의 好惡는 진실이 아니고 그 연유도 알 수 없다고 밝히고 있다. 그리고, 상대방에 의한 평가가 실제 대상의 본질을 바꾸어 놓을 수도 없는 것이라고 판단한다. 결국 호오의 실상은 자기 자신에게 있지 타인의 평가에 의해 변화되는 것이 아님을 강조한다.

이렇게 관념적 명분보다는 실질적 논리를 지향하고 현실적인 합리성을 중시하는 서계의 태도는 역사적 인물을 당대의 입장에서 재평가하거나, 급변하는 대외 현실을 인식하는데 두드러지게 나타난다.

B. 역사적 인물에 대한 재평가

1. 時流 不合人의 功績 부각

실상을 중시하는 서계의 태도는 다른 인물들을 평가하는 데에 있어서도 주요하게 작용한다. 그리하여 실질적인 업적에 비해 과소평가된 인물의 위상을 재정립하거나, 역사적 인물에 대해 후대에 논자들이 평가하는 것과

---

17) 『史記』, <殷紀>.
18) 박양숙 편역(1994), 『列女傳』, 자유문고, pp.329~334.

는 다른 견해를 피력하기도 한다. 이러한 양상은 특정 인물과 관련된 산문이
나 영사시 계열의 작품 등에서 산견된다.

「淸江子孫譜序」에서는 淸江 李濟臣(1536/중종31~1584/선조17)을 다음
과 같이 평가하고 있다.

(전략) 청강 선생은 영특하고 위대한 재주를 지녔고 강직한 절개를
지키셔서 녹록하게 시대에 영합하지 않았고, 당대 현사대부의 상위에
처하여 또한 공을 알아주어서 공경하고 애석히 여기는 자가 한두 명
없지는 않았다. 그러나 그 힘이 오히려 시기하고 해치게 하는 자의 무리를
이기지 못하여서 몸이 하루라도 조정에서 편안하지 못하였다.

북문에 거하실 때는 오랑캐들과 접전을 하였는데, 사태의 변함이 위급하
게 되었다. 병진에 임하여 생살지권은 진실로 멀리 천 리 밖에 있는 중앙에까
지 보고할 수 없는 상황이었다. 이미 패한 장수에게 오랑캐를 죽이면
사형을 면하게 하고 형집행을 3일 늦추고서 後命을 기다리게 하니, 이는
자신은 병사들에게 믿음을 잃지 않고자 해서이고, 또한 임금께서 죄 없는
이를 함부로 죽일까 두려워하였기 때문이었다.

이러한 처신은 바로 장수된 자의 체모를 깊이 얻은 것인데, 이에 군중들이
놀라고 노하여 탄핵의 투서가 분분하여 이르기를, "교만하게 날뛰어 임금
의 명에 항거하였다."고 하면서 죽음으로 몰아넣고자 하였다. 그러나 다행
히 관대한 용서를 받아 마침내 狄江의 수졸이 되었는데, 한 사람도 임금께
힘써 논하는 자가 없었으니, 이것은 지사가 이른바 팔을 걷어붙이고 비통해
야 하는 까닭이다.

선생은 이미 오랑캐를 물리쳤고, 나라는 이미 잃었던 강토를 회복하였으
나 공적이 기록되지 않았고, 도리어 무고한 죄로 변방 수자리를 살다
돌아가셨다. 지금 그 자손이 일세에 창성하여 권문별족 중에 더불어 비견할
가문이 드무니, 여기에서 천도가 어긋나지 않음을 볼 수 있겠다.(후략)[19]

---

19) "(前略)淸江先生 負英偉之才 守亢高之節 不肯碌碌偸合於時 一時賢士大夫之處上位
亦非無一二知者 敬重而愛惜之 然其力猶不能勝忌害之者之衆 故身不能一日安於

이 글은 이제신의 증손자인 李行遜의 청에 응하여 지은 것이다. 이제신은 탁월한 재주와 강직한 절개를 지녔지만, 세상에서 제대로 자신의 능력을 평가받지 못한 전형적인 인물로 언급된다. 이 글의 서두 부분에서 서계는 "예로부터 호걸지사는 남다른 재주를 품고서 세상에서 훌륭한 일을 할 수 있어도 세상은 도리어 그 재주를 다 쓰지 못하고, 이어 그를 좌절시키고 곤경에 빠뜨려 그로 하여금 울울하게 살면서 재주를 펴지 못하게 하고, 재주를 거두어 발휘하지 못하게 하여, 자신은 영명을 누리지 못하고, 남들에게는 이익과 은택이 미치지 못한다."[20]라고 평하며 논의를 시작한다.

이제신이 함경북도 병마절도사로 있을 때 오랑캐를 물리치는 공을 세웠으나, 위급한 상황에서 피치 못할 사정으로 패전한 장수의 형집행을 3일 동안 미루고 후명을 기다리게 한 행동을 당대인들이 임금의 명을 거역했다고 매도하여 결국 그를 억울한 죽음으로 몰아넣었다고 서계는 평한다.

이제신에 대한 이러한 서계의 평가는 "홀로 절개를 지키며 당파에 가입하지 않았으므로 시론에서 제외되었다. 그리하여 州郡의 관직으로 밀려났으나 치적이 현저하고 청렴결백한 기풍이 가장 뚜렷이 드러났으므로, 장수로 등용이 되었다. 변방의 환란을 당하자 절도 있게 지휘함으로써 중한 공로를 세우고 지은 죄는 끝내 법망에 빠져들었으니, 이는 그를 도와주는 자가 적었기 때문이었다."[21]라고 평한 『조선왕조실록』 史官의 관점과도 부합하

朝廷之上 及居北門 與虜交兵 事機之變 在於呼吸 臨陣生殺之權 固非從中遙制於千里之外者 旣許敗將殺虜免死 則緩刑三日 以須後命 蓋已不欲失信於士 亦恐上枉殺無罪 此正深得爲將之體 乃群駭衆怒 白簡飛騰 謂爲驕蹇跋扈 抗君之命 欲抵之死 幸而得寬 遂有狄江之戍卒 無一人爲上力辨之者 此志士所爲扼腕而痛心者也 先生旣破强虜 爲國家還已失之疆土 而功不見錄 反以非罪 沒於謫戍 今其子孫特衆盛一世 簪纓之族 鮮與之比 則於是可以見天道之不忒也(後略)." 권8, p.144.

20) "自古豪傑之士 懷奇蘊異 足以有爲於世 世顧不能盡其用 從而挫折困阨之 使其鬱堙而不得伸 斂蓄而無所發 榮名不施於身 利澤不及於人者."

21) 선조 17년 2월 1일 (무신), <이제신졸기>.

98

는 것이다.

그리고, 賢人이었음에도 불구하고 당대인들에게 정당한 평가를 받지 못한 또 다른 인물에 관한 내용은 <書秋浦東使日記後>에 나타난다. 이는 임진왜란 중에 강화교섭을 위해 일본에 파견되었던 秋浦 黃愼(1560/명종 15~1617/광해군9)이 쓴 『日本往還日記』22)의 발문이다.

『日本往還日記』는 황신이 1596년(선조 29) 8월 초순에서 11월 23일 사이에 명나라 冊封使 양방형과 심유경을 따라 일본으로 사신 갔다 온 일을 월일 순서로 기록한 것이다.23) 이에 대한 발문에서 서계는 다음과 같이 황신을 평가하고 있다.

> 일찍이 보건대, 예로부터 현인들은 의로움을 지켜 곧게 나아가고 정도를 밟아 굽히지 아니하여 권신의 비위를 거슬러 심하게 질시를 받았다. 그리하여 권신이 그를 사지에 몰아넣어 자신의 힘으로 벗어나지 못할 듯하였지만, 결국에는 당시에 공적을 드러내고 당대에 충절을 다 바쳐 자신을 보전하고 명예를 지켜 국가에 도움이 되는 바가 많았으니, 이는 무슨 까닭인가? 선인을 돕는 하늘이 그를 부지하여 성취시켜 질시하는 자들로 하여금 그 사사로움을 마음껏 풀지 못하게 해서인가? 아니면 그 사람의 용감하고 지혜롭고 과감함이 스스로 재앙을 물리치고 成己成物의 이로움을 거두어 저 음험한 기변과 교묘한 계책이 결국 그를 어떻게 하지 못해서인가? (중략)
> 근래 황문민공이 과격한 격문으로 당시 재상들의 비위를 몹시 거슬렀는데, 時相이 밖으로는 충절을 장려하면서도 속으로는 원망하고 노여워하여 갖은 수단을 다 써서 그를 곤경에 빠뜨렸다. 일찍이 공으로 하여금 沈惟敬을 따라 왜적의 병영에 가게 하고 楊邦亨을 따라 왜구의 소굴로 가게 하여 굶주린 호랑이의 입에 밀어 넣고 주린 교룡의 입으로 떨어뜨렸는데, 보는

---

22) 이혜순(1996), 『조선통신사의 문학』, 이화여자대학교 출판부, p.15.
23) 『국역 해행총재』Ⅷ, 해제.

사람이 마음이 두렵고, 듣는 사람이 넋이 빠질 정도였다.

　그런데도 공은 편안하고 한가로와 애당초 아무 일이 없는 듯이 여기고는 전후 몇 년의 오랜 기간 동안 왜적의 소굴을 출입하며 창칼의 사이에서 온화하게 주선하여 끝내 자신의 지조를 잃지 않았다. 도리어 그 사이 양국이 다 같이 기뻐하고 노여워하는 말을 전할 적에 응대하는 사이에 털끝만큼의 실수라도 하는 날에는 국가의 안위에 관계되고 자신의 화복에 관계되는 것을 어찌 이루다 말할 수 있었겠는가. 그런데도 바꾸지도 않고 강권하지도 아니하며 매번 상황에 맞게 하였다. 또 그 충신의 힘은 짐승 같은 왜적의 마음을 누그러뜨리고 은연중에 화란의 싹을 꺾어서 사직이 공 덕분에 편안하게 되었으니 어쩌면 그리도 위대한가!(후략)24)

　추포는 선조 때의 문신으로, 한때의 表箋·敎冊이 거의 그 손에서 나왔다고 한다. 정언 때에 정여립 獄事의 鞫廳 대신들이 직언하지 않고 회피하는 과실을 논박했다가 현감으로 좌천되었고, 建儲 문제 때에 정철의 일파로 몰려 파직되기도 하였다. 윗글에서는 이러한 추포의 이력을 바탕으로 당대에 여러 정치적 알력에 의해 내몰려졌던 상황을 제시하고 있다. 권신에게 질시를 받고 결코 벗어나지 못할 것 같은 곤경에 처했으면서도 위기를 극복하고 공적을 드러낼 수 있었던 원동력이 무엇이었는지 의문을 제기하며 글을 진행하고 있다.

　추포가 전란이 진행되던 위험천만한 상황에 통신사로 가게 된 주요

---

24) "嘗觀自古賢人秉義直前 履正不回 觸忤當路 深見仇嫉 擠之死地 若不可自脫然 卒能著功一時 效節當世 全身保名而國家有賴者多矣 此其故何歟 將與善之天 扶持成就 使娼嫉者不得以快其私耶 抑其人之勇智果敢 自足以排濟厄難 收成己成物之利 而彼之陰機巧計 終莫能如之何耶(中略)近時 黃文敏公以檄文之過切 重觸時相 外獎忠節 內行怨怒 陷之墜之 極力所至 蓋嘗使之隨惟敬於賊壘 從邦亨於寇庭 推于餓虎之口而落諸饞蛟之涎 觀者膽慄 聞者魄沮 公乃安閑 初如無事 出入前後數年之久 雍容周旋於鋒刃之間 而卒不自失 顧於其間傳兩喜兩怒之辭 俯仰之際 少失毫釐 則動關安危 深係禍福者 豈可勝言 而不遷不勸 每輒中機 又其忠信所仗 豚魚知感 用能彌縫左右 潛銷桀驁之心而暗折禍亂之萌 社稷賴安 何其偉哉(後略)." 권8, p.150.

원인도 과격한 격문으로 時相의 비위를 거슬렀기 때문이라고 서계는 평가하고 있다. 하지만, 추포는 위기를 기회로 활용하여 자신의 능력을 십분 발휘하였다. 이 사행은 명나라와 그 사람들의 눈치를 살피고 비위를 맞추어야 하는 한편, 고식적인 안일을 바라는 朝臣들의 講和論 때문에 부득이 보내야 했고 가야 했던 것이었지만, 추포는 매번 상황에 맞게 대처하여 나라의 안위와 자신의 생명을 보전할 수 있었다.

서계가 추포를 높이 평가하는 요소는 대외적으로 발휘한 대담하고 지혜로운 지략에도 있지만, 대내적으로 자신을 끊임없이 방해하는 세력에 굴하지 않고 소신 있게 행동한 점에도 있다고 할 수 있다. 그리고, 이 글의 말미에서 "그러나 하늘의 도움의 없었다면 또한 어찌 이를 능히 얻을 수 있었겠는가? 저 권력의 강함을 믿고서 모진 마음으로 질시하며 착한 이를 해하려 하는 자들이 진실로 하늘을 끝내 어길 수 없고, 사람을 끝내 어떻게 할 수 없다는 이치를 안다면 나쁜 마음을 그칠 수 있을 것이다."[25]라고 한 경계가 자못 의미심장하다.

2. 大業 수행자의 요건 제시

서계는 우리나라의 인물들에 대해 평가하는 것 이외에도 중국의 역사적 인물에 대해서도 예리한 포폄을 시도하였다. 그는 전국시대 四君을 소재로 한 시를 짓기도 하였는데, 인물을 실질적으로 품평하는 시각을 통해 역사에 대한 안목과 통찰력을 엿볼 수 있다. 四君은 전국시대 중기에 소진과 장의와 같은 이른바 縱橫家의 활약 시기 이후에 출현한 이들로, 齊나라의 孟嘗君·趙나라의 平原君·魏나라의 信陵君·楚나라의 春申君을 일컫는다. 그리고,

---

25) "然向非天之扶持成就 亦安能得此哉 彼世之自恃權力之雄 不忍睚眦而欲害善人者 苟亦知天之終有不可違 而人之終有無如何 斯可以息其心矣."

이들이 활약한 기원전 300년 전후부터 춘신군의 죽음까지의 60년간을 사군시대라고 한다. 사군은 맹상군을 제외하고 모두 제후의 公子였다. 네 사람이 모두 재상이 되어 권력을 잡았거니와, 맹상군과 신릉군처럼 기탄없이 타국의 재상이 되거나 하는 점은 단순하고 권모술수만이 능한 합종·연횡가들과는 다르게 구별되어 평가된다.

　서계는 이러한 사군들의 행적에 대해 나름대로의 포폄을 하면서 역사적인 대업을 수행하는 이들이 갖추어야 할 요건이 무엇인가를 시사해주고 있다. 四君에 관한 시작품 중에서 신릉군26)과 춘신군을 평가하는 태도를 대비해보고자 한다.

四君多客世同稱	사군의 빈객 많음을 세상에선 똑같이 일컫지만
秪爲侯生重信陵	후생[侯嬴]만이 신릉군에게 중히 여겨졌구나
不受夷門久睥睨	이문에서 오랫동안 질시를 받지 않게 하고
可能函谷大憑陵	능히 함곡관에서 위세를 떨치게 했네
竊符馳去秦鋒斂	병부를 훔쳐 달려가 진나라 군대를 물리쳤고
促駕歸來魏銳增	수레 재촉하여 돌아와 다급해진 위나라를 구하였네
公子自亡無下士	다른 공자들이 망한 것은 下士之心이 없어서였나니
後車誰見弊衣升	뒷 수레에 헤진 옷 입은 이가 오름을 누가 보았는가.

<信陵君>27)

---

26) 信陵君(?~BC.244) : 魏공자 無忌는 위 소왕의 막내아들로 안희왕의 배다른 동생이었다. 소왕이 죽고 안희왕이 즉위하자 그를 신릉군에 봉했다. 신릉군은 덕이 있고 지혜가 있고 또 사람을 보는 눈이 있었다. 그는 이문을 지키는 후영이란 늙은 문지기를 스승처럼 위했고, 백정인 朱亥를 귀인처럼 받아들였다. 신릉군이 조나라의 위급함을 구하기 위해, 임금의 병부를 훔쳐내어 위나라 군사를 이끌고 진나라 군사를 물리친 사건은 유명한 이야기다.『史記列傳』上.(이하 신릉군 관련 기사, 같은 책,「魏公子列傳」, pp.182~191 참조.)

27) 권1「潛稿」, p.12.

　수련에서는 신릉군이 大梁 夷門의 문지기로 있었던 侯嬴이라는 은사를
예우한 것과 관련된 것을 표현하였다. 처음에 신릉군이 후영에 관한 소문을
듣고 초빙하려고 후하게 예물을 주려고 했으나 받기를 즐겨하지 않았다.
이에 신릉군은 드디어 술잔치를 베풀고 크게 빈객들을 모았다. 坐定되자
그는 거마를 뒤따르게 하였는데 왼쪽 자리를 비워 스스로 이문의 후영을
맞으러 갔다. 그제서야 후영이 다 떨어진 의관을 정제하고 곧 수레에 올라
공자의 上座에 타면서도 사양하지 않은 것은 공자의 마음을 살펴보려
한 것이었다고 한다.

　함련과 경련은 신릉군이 후영의 계책으로 조나라를 구원하고, 후에
위나라를 구한 것과 관련된 내용이다. 魏나라 安釐王 20년에 趙나라를
위협하던 秦軍을 물리친 것은 魏王의 병부를 훔쳐 일을 도모하라는 후영의
계책을 수용했기 때문이었고, 이 일을 빌미로 자신을 배척한 위나라로
10년 후에 다시 돌아가게 된 것은 조나라의 處士인 毛公과 薛公의 조언을
받아들였기 때문이었다. 즉 신릉군의 위대한 행적을 추적하다 보면 그
배후에서 자신에게 계책을 세워주고 충고해 준 이들의 의견을 적극 수용하
였다는 공통점을 발견하게 된다. 이러한 특징은 미련에서 다시 신릉군이
후영을 맞아들였을 때의 자세를 환기하며 詩意를 강화하며 마무리하고
있는 것과도 연관된다.

　이렇게 신릉군이 은사들을 예우하며 자신의 조언자로 받아들인 것을
높이 평가한 서계의 견해는 사마천의 입장과도 일치한다. 사마천은 「魏公子
列傳」에서 "당대에 선비들을 좋아하는 이가 있었지만, 신릉군만이 산림에
숨어 사는 현사와 접촉하고 신분이 낮은 자와 사귀기를 부끄러워하지
않았다. 다 이유가 있는 것이다. 이름이 제후 중에 으뜸이었다는 사실은
헛소문만은 아니었다."28)라고 하였다.

---

28) 「魏公子列傳」, p.190.

이에 비해 春申君29)에 대한 평가에서 서계는 비판적인 시각을 드러내고 있다.

다음 두 작품에서 이러한 경향을 살펴볼 수 있다.

上書當日獨留秦	글을 올린 그 날에 홀로 진나라에 머문 것은
似爲君王不爲身	군왕 위한 것이지 자신을 위함은 아닌 것 같네
便遣玳簪誇美服	대잠을 문득 보내어 미복을 과시하였으나
何妨珠履鬪芳塵	구슬 신발로 명예 다툼이 어찌 혐의로우랴
應緣妄計無强楚	망령된 계획이 초나라를 강하게 하지 못하여서
未覺潛圖有弱人	몰래 도모한 약인이 있음을 미처 몰랐구나
讀向傳中增感慨	옛 전을 읽는 중에 더욱 감개하니
故吳宮室尙千春	옛날 오나라 궁실에는 오랜 세월 흘렀구나.

<春申君>30)

이 작품의 전반부는 춘신군의 치적과 위세를 위주로 형상화되어 있다. 수련은 태자 完과 함께 진나라의 인질로 있었던 일과 관련된 것이다. 秦나라 昭王이 楚나라를 치려 하자, 춘신군이 두 나라의 親善을 설득하기 위해 소왕에게 글을 올렸다. 이에 소왕은 出征을 중지시키고 초나라에 선물을 주고 與國이 되기를 약속하였다. 그가 우호의 약속을 받고 초나라에 돌아오

---

29) 春申君(?~BC. 238) : 전국시대 말 楚나라의 정치가. 전국시대 4君 중 한 사람. 성은 黃, 이름은 歇. 초나라 襄王에게 발탁되어 관계에 진출, 秦나라의 소양왕을 설득하여 그의 공격을 막았으며, 그 후 초나라 태자 完과 더불어 볼모가 되어 진나라에 있다가 꾀를 내어 탈출하였다. 완이 즉위[考烈王]하자 헐은 재상에 올라 춘신군이라 칭했으며, 그 후 20여 년간 권세를 휘두르며, 내치 외교로 강적 진과 대항했다. 식객 3천 명을 모았다는 말이 있을 정도의 문화보호자로서 그가 살아 있을 때 荀子도 초나라에 갔었다. 고열왕이 죽자, 권신 李園에 의해 그 일족과 함께 살해되었다. 『史記列傳』上.(이하 춘신군 관련 기사, 같은 책, 「春申君列傳」, pp.191~201 참조.)

30) 권1 「潛稿」, p.12.

니 초나라에서는 그를 태자 完과 함께 진나라에 들어가 인질이 되게 하였다. 진나라에서 그들을 수년 동안 머물러 있게 하였다. 초나라의 頃襄王이 병들자 춘신군은 태자 완을 초나라에 보내줄 것을 진나라에 요청한다. 하지만 이것이 받아들여지지 않자 그는 죽음을 각오하고 태자를 몰래 탈출시켰다.

함련은 趙나라의 평원군이 사람을 춘신군에게 보냈던 일과 관련된 것이다. 조나라의 使者는 초나라에 자랑하고자 하여 玳瑁로 簪을 만들었으며, 칼집을 주옥으로 장식하였다. 그리고는 춘신군의 식객에게 면회를 청하였다. 춘신군의 식객은 3천여 명인데 그 上客은 다 구슬로 꾸민 신을 신고 조나라의 사자를 맞이하였다. 이에 조나라의 사자가 매우 부끄러워하였다고 한다.

이러한 지략과 위세를 떨치던 춘신군도 후에 자신의 식객이었던 朱英의 충고를 받아들이지 않아서 쇠망하게 되는데, 이와 관련된 내용이 경련에 나타난다. 초나라 考烈王은 후계가 없어 춘신군이 걱정하자 趙나라 李園이란 자가 누이를 춘신군에게 바쳐 잉태케 한 후에 누이와 일을 꾸며 춘신군이 왕에게 이원 누이를 추천토록 하였다. 몇 달 후 그녀가 아들을 낳아 태자가 되고 이원 누이는 왕후가 되어 이원이 정사에 관여하게 되자, 이원은 춘신군과의 비밀이 새어나갈까 두려워 춘신군을 죽이려 하였다. 이를 눈치챈 신하 주영이란 자가 춘신군에게 이원을 죽일 것을 간언했으나 춘신군은 자신이 이원을 그토록 잘 대접해 주었는데 그럴 리가 없다며 받아주질 않았다. 결국 고열왕이 죽어 춘신군이 궁안으로 들어서자 미리 숨어있던 이원의 병사들이 춘신군의 목을 베고 그 집안 사람들을 모조리 죽였다.

대사를 도모하면서 공모자를 지나치게 믿고 자신의 측근의 충고를 귀담아 듣지 않은 것은 춘신군이 저지른 최대의 실책이었던 것이다. 이러한 면모는 주지한 바와 같이 조언자의 의견을 적극적으로 수용했던 신릉군의 태도와는 대비된다.

춘신군을 소재로 한 또 다른 작품인 <又詠春申君>[31]에서 서계는 더욱 적극적으로 춘신군을 비판하면서 두목이나 사마천과는 다른 평가를 내리고 있어 주목된다. 이 작품의 서문에서 서계는 다음과 같이 자신의 입장을 밝히고 있다.

   두사훈[두목]이 춘신군을 두고 읊은 일절에, "열사는 국사의 은혜를 갚기를 생각하였으니, 춘신은 누구와 더불어 쾌히 원혼을 달래겠는가? 삼천 빈객이 모두 구슬신을 신었으니 어떤 사람으로 하여금 이원을 죽이게 하겠는가?"라고 하였다.
   대개 춘신군이 죽은 것을 원통히 여겨서이다. 평소에 빈객을 많이 길렀어도 마침내 한 사람만이 李園을 죽여서 원수를 갚으려 하였음을 한스러워하였다. 내가 생각건대 원이 헐을 죽인 것은 초나라를 전단하고자 함이었고, 헐이 원을 따른 것은 초나라를 넘겨주고자 함이었다. 헐은 이익을 탐하여 화를 자초하였으니 죽어도 원통할 것이 없다. 내가 일찍이 시를 지어, "망령된 계획이 초나라를 강하게 하지 못하여서, 몰래 도모한 약인이 있음을 미처 몰랐구나."라고 하였다. 이에 바야흐로 그 정황을 얻은 것이다. 주영의 말을 듣지 않아서 마침내 극문의 일이 있었던 것이니, 객이 춘신군을 저버린 것이 아니라 춘신군이 객을 저버린 것이다. 그러므로 지금 절구 2수를 지어 두사훈의 뜻을 뒤집는다.[32]

서계의 시에서는 주영 한 사람의 충고도 수용하지 않고 자신의 앞일을

---

31) 권3 「石泉錄 中」.
32) "杜司勳 有詠春申君一絶云 烈士思酬國士恩 春申誰與快寃魂 三千賓客摁珠履 欲使 何人殺李園 蓋以春申之死爲寃 而平日素養賓客之多 卒夫有一人殺園報仇爲可恨 也 余謂園之殺歇 欲專楚 歇之聽園 欲移楚 歇貪利自召禍 死不得爲寃 余嘗有詩 應緣妄計無强楚 未覺潛圖有弱人 此方爲得其情況 不用朱英之言 卒有棘門之事 則 非客負春申 乃春申負客也 故今復爲二絶 以反杜意云." 권3, p.45.

106

예견하지 못한 춘신군의 우매함을 질타한다. 즉, 실질적으로 평가하자면 정권을 탐하는 마음에 춘신군을 죽이려 한 이원이나, 자신에게 충심을 보인 주영의 말을 듣지 않은 춘신군이나 다를 것이 없다는 입장이다. 이런 면에서 보면 빈객이 춘신군을 저버린 것이 아니라 오히려 춘신군이 빈객에게 부끄러워해야 하는 것이 타당할 것[33])이라고 파악한다.

이러한 서계의 견해는 사마천이 "처음에 춘신군이 秦나라의 昭王을 설득한 것이라든지, 자신의 목숨을 걸고 태자를 빼내 돌아가게 한 일들은 그 얼마나 총명한 지혜였던가? 뒷날 이원에게 제압된 것은 늙었기 때문이리라. 옛날에 말하기를, '당연히 결단을 내려야 할 때에 결단하지 않으면 그 亂을 받는다'고 하였다. 춘신군이 주영의 진언을 받아들이지 않아 실패한 것을 두고 한 말일까?"[34)라고 하며 다소 미온적으로 춘신군의 잘못을 지적한 것보다 더욱 적극적으로 비판적인 태도를 견지했다고 할 수 있겠다. 이 밖에 <張良>·<李陵>·<蘇武>·<項羽>·<蔡琰>[35)] 등과 같은 일련의 시에서도 역사적 인물에 대해 서계 나름의 평가를 하고 있다.

한편, <荀·揚·王·韓優劣論>[36)]에서는 유자의 네 가지 병통을 논하면서 揚雄(BC. 53~AD. 18)·王通(584~617)·荀子(BC. 298?~BC. 238?)·韓愈(768~824)

---

33) 眛心俱自背深恩 탐하는 마음에 모두 스스로 깊은 은혜를 저버렸으니
   不見春申異李園 춘신군이 이원과 다름을 볼 수가 없네
   若道歇冤仇可復 만약 헐이 억울한 원수를 갚겠다고 말한다면
   亦愁園死作冤魂 또한 원이 죽어 원혼이 될까 근심스럽네.

   但看禍福皆無望 단지 화복은 다 무망한 것임을 보았으니
   無望安知更有人 어찌 무망을 아는 자가 다시 있으리오
   畢竟春申愧賓客 필경 춘신군은 빈객에게 부끄러울 것이니
   不曾賓客負春申 일찍이 빈객이 춘신군을 저버린 것이 아니라네.
34) 「春申君列傳」, pp.200~201.
35) 권2 「石泉錄 上」.
36) 권7, pp.134~135.

의 예를 들어 자신의 논지를 전개하고 있다. 서계는 먼저 유자의 병통 네 가지가 '僞'와 '僭'과 '粗'와 '疎'라고 언급하고, 이것의 우열은 변론할 것도 없이 환히 알 수 있을 것37)이라고 상정한다. 그리고 네 명의 인물에 대해 다음과 같이 평한다.

揚雄은 '僞'에 병통이 있다. 안으로 실상이 없으면서 밖으로 이름만 꾸몄으니, 또한 왕망이 걸핏하면 주공으로 자처한 것과 같다. 그가 지은 『太玄經』, 『法言』은 왕망이 謙恭으로 선비들에게 자신을 낮춘 것과 무엇이 다르겠으며, <美新>은 왕망이 漢나라를 찬탈한 것과 무엇이 다르겠으며, 天錄閣에서 뛰어내린 것은 왕망이 漸臺에서 죽은 것과 무엇이 다르겠는가. 이것이 양웅이 유자이면서 유자 중의 '僞'가 되는 것이다.

王通은 '僭'에 병통이 있다. 자질이 비루하고 식견이 천근하면서도 자신을 孔子에 비겼으니, 또한 吳와 楚가 王號를 훔쳐 쓰면서도 스스로 두려워할 줄 모른 것과 같다. 楊堅이 나라를 소유한 것은 왕망과 차이가 없다. 그런데도 왕통이 십이책을 가지고 벼슬을 구함에 자신을 팔아먹는 것을 수치로 여기지 않았으니, 유자라면 이러한 행실이 없다. 그가 글을 지음에 과장하고 높인 것이 또 문정의 추악함과 무엇이 다르겠는가. 이것이 왕통이 유자이면서 유자 중의 '僭'이 되는 까닭이다.

荀卿은 '粗'에 병통이 있다. 한갓 禮가 잘못을 바로잡는 것만 알았지 性이 본래 善하다는 것을 알지 못했으며, 공자와 中弓을 스승 삼을 줄만 알았지 子思와 맹자를 높여야 함을 알지 못하였으니, 어찌 이른바 "선택은 하였으나 정밀하지 못하였다."는 것이 아니겠는가. 이것이 순경이 유자이면서 '粗'가 되는 까닭이다.

韓愈는 '疎'에 병통이 있다. 한갓 '愛物'이 仁이라는 것만 알았지, '成己'가 인의 실질이라는 것을 보지 못하였으며, '誠意正心'이 학문이라는 것만 알았지 '格物致知'가 근본이라는 것을 보지 못하였으니, 어찌 이른바 "말은

---

37) "儒者之患有四 曰僞曰僭曰粗曰疎 知此四者之爲患也 則四子之優劣 不待辨而可明矣."

108

하였으나 상세하지 못하였다.”는 것이 아니겠는가. 이것이 한유가 유자이
면서 그 중 ‘疎’가 되는 까닭이다.[38]

양웅은 전한 말의 학자 겸 문인으로 漢나라를 대표하는 식견을 지녔다고
평가되는 인물이다. 그러나, 王莽[39]이 정권을 찬탈한 뒤 새 정권을 찬미하는
문장을 썼고 괴뢰 정권에 협조하였기 때문에, 지조가 없는 사람으로 宋學
이후에는 비난의 대상이 되기도 하였다. 특히, 서계는 ‘안으로 실상이 없으면
서 밖으로 이름만 꾸민 것’을 비판하면서, 양웅의 행적과 왕망의 행태를
일일이 대응시키며 동일시하고 있다. 양웅이 『주역』과 『논어』를 본따서
『太玄經』과 『法言』을 지은 것은 왕망이 거짓으로 겸손한 채 한 것과 다름이
없고, 왕망이 세운 新나라를 칭송하는 글인 <美新>은 왕망이 한나라를
찬탈한 것과 같이 간악한 행동이었다고 폄하한다.

그리고, 양웅이 천록각에서 校書할 때, 劉棻이 양웅에게 古文, 奇字를
배웠는데, 뒤에 유분이 왕망에게 체포되어 治罪를 받을 적에 양웅 또한
여기에 연루되었다. 이때 옥리가 그를 체포하러 가자 그는 마침 천록각에서
교서를 하고 있다가 결국 죽음을 면치 못할까 염려한 나머지 여기서 그대로

---

38) “揚患於僞 內無其實而外飾其名 亦猶王莽之動以周公自爲也 其太玄法言 何異莽之
謙恭下士 而及至美新 何異莽之篡漢 及至投閣 何異莽之漸臺 此揚雄氏之爲儒而儒
之僞也 王患於僭 資陋識淺而侔擬夫子 亦猶吳楚之擴尊竊號而不自知懼也 夫楊堅
之有國 無分於王莽 挾策以干 不以自鬻爲恥 則儒者無是矣 彼其爲書之夸高 又何異
於問鼎之醜 此王通氏之爲儒而儒之僭也 荀患於粗 徒知禮之矯非 而不識性之本善
徒識子弓之可師 而不知思孟之當尊 豈非所謂擇焉而不精者耶 此荀卿氏之爲儒而
其粗者也 韓患於疎 徒見愛物之爲仁 而不覩成己之是實 徒覩誠正之爲學 而不見格
致之爲本 豈非所謂語焉而不詳者耶 此韓愈氏之爲儒而其疎者也.”
39) 王莽(BC. 45~AD. 23) : 중국 前漢 말의 정치가이며 ‘新’왕조(8~24)의 건국자.
갖가지 권모술수를 써서 최초로 禪讓革命에 의하여 전한의 황제권력을 빼앗았다.
개혁정책과 대외정책에 실패하고 호족 유수가 군대를 일으켜 건국 15년 만에
멸망하고 후한이 뒤를 이었다.

뛰어내려 거의 죽게 되었던 일40)과 한나라 말엽 劉玄의 군대가 宣平門으로 들어가자 왕망이 도망하여 점대 위에 있다가 마침내 군사들에게 죽음을 당한 일41)이 흡사하다고 평가하였다.

왕통은 중국 隋나라의 사상가로 어려서부터 詩·書·禮·易에 통달하여 스스로 儒者임을 자부했던 인물이다. 서계는 왕통이 자질이 비루하고 식견이 천근하면서도 공자에 비긴 것을 吳와 楚가 王號를 훔쳐 쓰면서도 스스로 두려워할 줄 모른 것에 비유하여 비판하고 있다. 그리고, 왕망의 경우와 같이 왕위를 찬탈하여 隋나라를 세운 文帝 楊堅42)에게『太平十策』을 상주하며 벼슬을 구한 행위는 진정한 유자라면 해서는 안될 수치스러운 것이라 논평한다. 또한 글을 지음에 진솔하지 못하고, 자신의 목적을 수행하기 위해 과장하고 높인 일은 '問鼎'의 추악함에 비견하였다. '問鼎'은 남의 나라를 침략하여 빼앗는다는 뜻으로, 춘추시대 楚나라가 陸渾을 치면서 周나라의 국경에서 사열식을 하였는데, 그 때 주나라를 취할 뜻이 있어서 禹임금이 제작했다는 九鼎에 대해 물었다는 데서 유래한 말이다.43)

순자는 중국 전국시대 말기의 사상가로 '性惡說'을 주창한 인물이다. 서계는 그의 사상이 예로써 수양을 권하여 도덕적 완성을 이루고자 하는 것만 알고, 인간의 본성이 원래 선하다는 것을 간과했다고 지적하였다. 그리고 韓愈가 <原道>에서 "요임금은 이것[道]을 순임금에게 전하시고, 순임금은 이것을 우왕에게 전하시고 우왕은 이것을 탕왕에게 전하시고 탕왕은 이것을 문왕·무왕과 주공에게 전하시고 문왕·무왕과 주공은 이것을

---

40) 『漢書』「揚雄傳」.

41) 『漢書』「王莽傳」下.

42) 楊堅(541~604) : 南北朝 말엽, 北周의 宣帝가 죽자 외척이자 漢族이었던 재상 양견이 국사를 총괄하여 한족의 천하를 회복하겠다는 큰 뜻을 품고 모반을 꾀하였다. 그리하여 마침내 선제의 뒤를 이어 즉위한 나이 어린 靜帝를 폐하고 스스로 제위에 올라 최후의 남조 왕조인 陳나라마저 멸하고 천하를 통일하였다.

43) 『春秋左氏傳』宣公 三年條.

공자에게 전하시고 공자는 이것을 맹자에게 전하셨는데, 맹자가 죽자 그 전함이 끊어졌다. 순자와 양자는 선택은 하였으나 정밀하지 못하였고 말은 하였으나 상세하지 못하였다."44)고 한 말을 인용하며 순자 사상의 허점을 부각시키고 있다.

당나라의 사상가이자 문학가였던 한유에 대해서는 '愛物'이 仁이라는 것만 알고, '成己'가 인의 실질이라는 것을 보지 못한 점과, '誠意正心'이 학문이라는 것만 알았지 '格物致知'가 근본이라는 것을 보지 못한 점을 지적하였다. '成己'는『中庸』25장에서 "誠은 스스로 자기만을 이룰 뿐만이 아니요 남을 이루어주니, 자기를 이룸은 仁이요 남을 이루어줌은 智이다."45) 라고 한 것에서 유래한 말이다. 한유에 대한 논평을 통해 서계가 유가 이념에 있어서 보다 실질적이고 근본적인 개념을 강조하고 있음을 확인할 수 있다.

그리고 이 작품의 마지막에서는 "아, '僞'와 '僭'이 같지만 '僭'의 죄가 '僞'보다 심하고, '疎'와 '粗'가 같지만 '粗'의 잘못이 '疎'보다 크다. 이러한 기준으로 살펴보면 이 네 사람의 우열을 과연 변론하기 어려울 것이 있겠는 가."46)라고 총결하고 있다.

이와 같이 서계는 여러 역사적 인물들의 행적과 사상 등에 대해 실질과 근본을 중시하는 나름의 기준을 잣대로 포폄을 시도하고 있으며, 이는 그가 지녔던 역사의식과 현실에 대응하는 자세가 긴밀하게 연계되어 있음 을 시사한다.

---

44)『古文眞寶』後集 권2, <原道>.
45) "誠者非自成己而已也 所以成物也 成己仁也 成物知也."
46) "嗚呼 僞與僭 班矣 而僭之罪 間於僞 疎與粗 等矣 而粗之失 大於疎 執是而觀之 四子之優劣 其果有難辨者乎."

C. 實利的 대외 인식과 내면 의식

1. 대외 관계에 대한 공식적 입장

서계가 생존했던 시기는 1629년(明 毅宗 崇禎6/後金 太宗 天聰3)부터 1703년(淸 聖祖 康熙42)으로 명·청 교체기를 거쳐 청나라가 위세를 떨치던 격변기였다. 이 시기는 명·청에 대한 조선의 명분과 실제적인 입장으로 많은 정계 인사들이 논의를 진행하였던 때이기도 하다. 명나라에 대한 小中華論적 명분론을 중심으로 북벌론이 대두되기도 하였고, 이와 대비되어 뒤바뀐 정세를 현실적으로 인정하려는 견해가 팽팽하게 맞서기도 하였다.

서계의 對中國觀은 새로 일어난 청에 대하여 온건한 태도를 취함으로써 일종의 親淸정책을 쓰자는 것이었다. 이와 같이 청에 대한 온건책을 강구한 것으로 말미암아 그는 당시의 적극적인 崇明排淸論者들에게 '五邪' 중의 하나라고 폄칭 당한 것으로 알려지고 있다.[47)]

서계의 대외 관계에 대한 공식적인 입장은 <辯和叔論紀年示兒姪>[48)]에서 살펴볼 수 있다. 이 글에는 패망한 나라와 새로 창건된 나라의 연호 사용과 관련된 서계의 인식이 확연하게 드러난다. 글의 서두에서 서계는 화숙 박세채가 비석을 세울 때의 연월의 표기에 대해 논한 것은 대단히 잘못되었다고 지적하였다. 즉, 先儒의 설로 경전에 근거가 전혀 없는 '洪範의 義'를 화숙이 원용한 것에 대해 비판하였다. 그리고, 箕子가 商나라를 존숭하여 商나라의 年紀인 '祀'를 사용하고, 周나라의 年紀인 '年'을 쓰지 않았다는 것은 실제적인 근거가 없다고 주장하였다. 그리고, 이것을 서계 당대의 문제와 연결시켜 다음과 같은 의견을 피력하였다.

---

47) 윤사순(1980), 「박세당의 실학사상에 관한 연구」, 『한국유학논구』, p.229.
48) 권7, pp.131~134.

　설령 지금 崇禎이나 康熙 같은 연호가 없는 상태에서 年·祀의 명칭을
옛날처럼 바꾼다고 한다면 오늘날 사람들이 장차 홍범의 의에 의거하여
淸나라 사람의 세수에다 明나라의 명칭을 빌려 쓰겠는가. 그 숭정과 강희
또한 오히려 年·祀의 이칭이라 하여 숭정의 명칭에다 강희의 연수를 연결하
겠는가. 이는 義에 있어 어긋나므로 결코 해서는 안됨을 알 수 있으니,
그렇다면 오늘날 사람들이 하지 않는 것을 유독 옛사람이 하였다고 이를
수 있겠는가.[49)]

　이렇게 서계는 패망한 명나라의 연호인 崇禎이 아니라, 현존하는 청나라
의 연호인 康熙를 써야 하는 역사적 당위성을 역설하였다. 그리고, 글의
후반부에서는 송나라가 망하고 원나라가 들어섰을 때의 경우를 명나라가
망하고 청나라가 들어선 현실과 대응시켰다. 이는 모두 漢族의 나라가
오랑캐에게 패한 것으로 동일한 상황이라고 할 수 있다. 元나라가 있을
때에 서계의 선조인 박상충이 생존하였는데, 박상충도 망한 송나라의 연호
를 쓰지는 않았을 것이라고 서술하였다.

　이 밖에도 서계는 자기 주장의 타당성을 확보하기 위해 연호 사용과
관련된 두 가지의 선례를 더 제시하였다. 첫 번째는 당나라가 망한 뒤에도
晉王 李克用과 岐王 李茂貞이 당나라의 연호인 '天祐'를 사용했지만, 列國과
똑같이 낮추어서 쓴 점을 주목하였다. 晉王과 岐王이 각각 한 지방을 차지한
군주로서 당나라의 연호인 '天祐'를 사용했기 때문에, 후대에 주자가 『綱目』
을 편찬할 때 分注한 것은 列國의 例로써 의례상 한 것이지, 특별한 의미가
있는 것은 아니라고 하였다.

　두 번째는 晉나라의 충신이자 隱士였던 도연명의 예를 들었다. 도연명은

---

49) "設令而今無崇禎康熙之稱 而年祀之名 相易如古 爲今人者 且將據洪範之義 以淸人
　　歲數而借明之名乎 其謂崇禎與康熙 亦猶年祀之異稱 而以崇禎之名而係康熙之年
　　數乎 知此於義悖繆 決不可爲 則以今人所不爲 而乃謂古人爲之乎." 권7, p.132.

동진 義熙 전에는 前代의 연호를 쓰고 송나라 永初 후에는 연호를 쓰지
않고 甲子만을 적었지만, 망한 진나라의 연호를 사용하지는 않았다고 하였
다. 또한, 주자가 三國이 병립한 뒤에도 漢나라의 전통이 남아 있었기
때문에 위나라의 연호인 黃初를 척출하고 蜀나라의 연호인 章武를 써서
천하의 대법을 바로잡았다고 평가하였다.

　이러한 근거를 바탕으로 서계는 갑자만 쓰거나 本朝의 연월만 기록하는
것이 곧 청나라의 연호인 강희를 쓰지 않는 뜻에서 나온 것이고, 도잠과
주자를 본받는 것만으로도 그 예가 뚜렷하다고 보았다. 그런데 이에 대해
화숙이 선대에 세운 의리를 쓸모없는 것으로 취급한 것이라고 한 발언을
서계는 비판하였다. 그리고 서계는 명나라가 망한 후에도 명나라의 연호를
여전히 쓰는 것을 잘못으로 여기지 않는 것은 터무니없는 주장이라고
역설하였다. 그는 군자가 해야 할 바는 이치의 극진한 바를 다할 뿐이고,
이치가 이미 극진한데도 오히려 미진하게 여겨 다시 이치에 벗어나는
지나친 행위를 하고자 하는 것을 경계하였다.

　또한, 서계는 唐나라 蘇定方이 백제를 평정한 공을 비석에 새긴 평제탑비
의 발문인 <平濟塔碑跋>을 쓰면서 고구려와 백제가 신라보다 먼저 멸망한
이유를 다음과 같이 분석하고 있다.

　(전략) 삼국을 위한 계책으로는 안으로 백성을 친애하고 밖으로 이웃나라
와 우호하는 한편, 중국을 잘 섬겨 감히 잘못하지 않는 것이 최선일 것이다.
만약 능히 그렇게 한다면 비록 수백 년 동안 자손이 이어지는 것도 불가능하
지 않을 것이다. 그런데 도리어 이렇게 하지 않고 이익을 다투어 걸핏하면
이웃나라와 싸우는데다, 험고한 지형을 믿고 번번이 중국에 대항하였다.
그리하여 나라 안의 백성들이 몹시 피폐하여 기운을 떨치지 못한 나머지
날로 홀로 흩어지고 말았으니, 그렇다면 그 망하지 않고자 한들 될 법이나
하겠는가.50)

114

윗글에서는 나라의 안위를 유지하기 위한 방책을 제시하고 있는데, 상대방이 거대한 위력을 지닌 존재라면 그에 대항하기보다는 복종하는 자세를 취할 필요도 있다는 것을 역설하였다. 그리고, 고구려-백제-신라의 흥망을 좌우한 것은 중국과의 거리와 지형, 자국의 역량에 대한 평가와 상대국에 대한 태도였음을 강조하였다. 이러한 논리를 발전시켜 서계는 "가까운데 있으면 침공을 받기가 쉽고 강대함을 믿으면 不恭하기 마련이니, 불공하면 화를 부르고 화를 부르면 나라가 망하는 법이다. 그러나 먼 곳에 있으면 침공 받을 일이 드물고 약소함을 근심하면 공손하기 마련이니, 공손하면 스스로 편안할 수 있고 스스로 편안하면 망하지 않을 수 있는 것이다."51)라고 하여 자국의 강대함만을 믿고 不恭하면 화를 부르게 되고 이는 나라가 망하게 되는 주요 원인임을 밝혔다.

아울러 南蠻과 北狄, 東夷와 西戎이 제아무리 힘의 차이가 있다고 하더라도, 중국에 견주어 보면 일개 州, 縣, 鄕에 불과할 따름이요, 중국에 대항할 만한 형세가 있는 것은 아니라고 평가하였다. 그런데도 자기 나라의 험고함과 강성함만 믿고 복종하려 들지 않아 멸망을 초래한 것을 미친개가 사람을 물다가 몽둥이에 맞아 죽고 약한 개미가 제방을 뚫다가 급류에 휩쓸리는 것과 같다고 비유하였다. 이러한 상황은 고조선의 마지막 왕인 右渠가 漢나라에, 燕나라의 왕인 公孫이 魏나라에, 고구려와 백제가 당나라에 멸망당한 것에 각각 적용될 수 있는 것으로, 藩國에 처하여 중국을 섬기는 나라는 의당 경계해야 한다고 피력하였다.

이러한 견해는 지나치게 중국을 事大하는 것으로 보일 수도 있지만,

---

50) "(前略) 爲三國之計者 莫若內親百姓 外善乎隣 而謹事中國 不敢有失 夫苟能然 則雖 子孫綿綿 又數百年 未爲不可 顧乃不出於此 爭利而數鬪其隣 恃險則累抗中國 其內 之百姓 固已疲敝不振而日以離散矣 其欲不亡 得乎." 권8, p.148.

51) "處近則勢逼 恃强大則不恭 不恭則速禍 速禍則國亡 居遠則勢疏 憂小弱則恭 恭足以 自安 自安足以不亡." p.149.

힘의 역학 관계에 의해 국가의 존폐가 좌우되는 국제적 실상을 인식한다면 지당한 이치라고 할 수 있다. 그리고, 이것은 서계가 생존했던 시기에도 적용될 수 있는 문제였다. 이는 당대에 명분론자들에 의해 대두되던 북벌론의 허상에 일침을 가하는 것으로도 파악된다.

2. 燕行을 통한 내면 토로

서계가 공식적으로 대외 인식을 표명한 것 이외에 직접적인 사행 체험을 통해 드러내는 인식은 차이가 있어 비교 고찰할 필요가 있다. 서계의 작품 중 청나라 사행 체험과 관련된 자료는 그가 1668년(현종9)~1669년(현종10)에 冬至使 서장관으로 李慶億·鄭鑰 등과 함께 청나라에 갔을 때의 일을 일록체로 기록한 「西溪燕錄」52)과 이때 지은 시작품을 수록한 「使燕錄」이 있다. 「西溪燕錄」에는 1668년 11월 21일에 義州城을 출발하여 1669년 2월 19일에 다시 돌아올 때까지 거의 매일의 기록이 남아 있다.

두 작품집을 통해 서계의 연행 경로와 사행 체험에 관한 것을 확인할 수 있는데, 이 시기에는 1645년(인조23) 청나라가 入關한 뒤에 두 번째로 바뀐 육로 연행 노정을 택한 것으로 파악된다. 즉, 1665년(현종6)~1678년(숙종4) 청나라가 심양에 盛京府를 설치한 뒤에 성경을 거쳐 우가장→ 광녕→ 산해관으로 내려오는 길53)을 택했다. 「西溪燕錄」에서 서계는 비교적 객관적인 시선을 유지하며 매일 도착한 곳의 특색이나 유래, 그 곳에서 목격한 사건이나 만난 이들에 대해 간결하게 서술하는 방식으로 사행록을 작성하였다. 또한, 서계는 地誌를 활용하여 도착한 지역의 명칭이나 위치에 관해 관심을 보이고, 세간의 일설이 잘못된 경우에는 수정하기도 하였다.54)

---

52) 임기중(2001), 『연행록전집』 23권, 동국대학교 출판부, pp.339~395.
53) 김태준(2004), 「연행노정, 그 세계와 향한 길」, 『연행노정, 그 고난과 깨달음의 길』, 박이정, pp.62~63.

116

그의 使行 관련 작품에서는 공식적인 입장에서 표명했던 청에 대한 현실주의적 정책과는 변별되는 의식이 나타나고 있어 주목을 요한다. 燕行을 통해서 서계는 이미 청나라가 중국을 평정한 후에도 백성들은 流落하여 생계를 이어가기 힘겨운 상황55)임을 알게 되고, 관리들의 학정에 백성들은 반란을 일으키지도 못하고 수모를 당할 수밖에 없는 처지라는 것56)을 확인하게 되며, 곳곳에서 여러 가지 일로 잡혀가는 이들을 목도하게57) 된다. 이러한 상황을 서술하면서 서계는 직접적으로 자신의 견해를 표명하고 있지는 않지만, 현지인들과의 대화나 목격한 장면들을 객관적으로 보여주는 방식으로 상황의 심각성을 깨닫게 해주고 있다.

이러한 인식은 사행 후에 돌아와서 조정에 보고하는 기사를 통해 보면 구체적으로 드러난다.

동지정사 이경억, 부사 정륭, 서장관 박세당이 연경에서 돌아왔다. 상이 인견하고 저들의 사정을 하문하니 이경억 등이 모두 듣고 본 것으로 대답하기를, "우리나라 사람들은 매번 저들의 사치가 이미 극에 달하였으니, 반드시 패망할 것이라고 말하는데 이는 그렇지 않았습니다. 저들은 이미 전쟁도 없고 땅을 남쪽 끝까지 얻어서 物貨가 집중되어 편안히

54) 일례로 1668년 12월 11일(乙亥)조에서 山海關 성의 누각에 '天下第一關'이라 쓰여 있는 것이 李斯의 글씨라는 속설은 시대가 맞지 않아 잘못된 것이라고 지적하였다. 또한 같은 해 12월 18일(壬午)조에서는 漁陽橋의 명칭이 비석에 永濟橋로 되어 있는데, 명명에 오류가 있다고 하였다. 「西溪燕錄」, p.360, p.368.(이하 페이지만 표기)
55) 通遠堡에서 마을 아이들의 훈장인 金啓正이라는 사람과의 문답을 통해 백성들의 매우 빈곤한 실태를 듣게 된다. 1668년 11월 25일(辛酉)조, pp.342~343.
56) 1668년 12월 16일(庚辰)조, p.366.
57) 1668년 12월 9일(癸酉)에는 東關驛에서 잡혀온 남녀 두 명을 만나 물건을 주었고, 12월 16일(庚辰)에는 榛子店에서 잡혀온 부인 2명을 목격하였다. 1669년 2월 8일(辛未)에는 連山驛에서 藏匿逃人의 아내를 수레에 태워 끌고 가는 것을 목격하였고, 2월 12일(乙亥)에는 착개하에서 포로가 된 邊人의 호소를 듣게 된다.

부귀를 누리고 있었습니다. 正朝 때에 그들을 보니 비록 하급 관리라도 모두 흑초구를 입었고, 사용하는 기물은 화려하여 눈이 어지러울 정도였습니다. 우리나라의 가난하고 검소한 눈으로 보았기 때문에 과도하다고 여기는 것이지 이것은 결코 망할 조짐이 아닙니다. 가장 위험한 것은 漢人을 침학함이 끝이 없어서 모두 언제나 망할꼬 하는 탄식을 하고 있으니, 만일 뛰어난 사람이 한번 외친다면 장차 반드시 흙덩이가 무너지는 듯 기와가 깨지는 듯하는 형세가 있을 것입니다." 하였다. 정태화가 말하기를, "지난번에 걱정되었던 것은 몽고에서 변란을 일으켜 조공의 길이 막히는 것이었는데, 이번에는 그렇지 않았습니까?"

하니, 이경억이 답하기를

"희봉구 부락이 매우 ㄱ✦정하므로 ✦人들이 두려워하고 있으나 모반하는 실상까지는 있지 않✦, 서달 역시 당장 난을 일으키는 일은 없을 것입니다. 염려되는 것이✦면 임금의 政✦이 혹독하여 漢人의 원망과 노여움이 깊이 쌓였다는 ✦입니다." 하✦✦.58)

✦✦ ✦해 보면 淸人들✦ ✦✦든 권력과 물화를 장악하여 부귀영화를 누리는 반면에 漢✦✦✦ 생활상은 매우 피폐하였고, 당장 변란이 일어나지는 않지만 다분히 그럴 여지가 남아 있는 주변 정세를 짐작해볼 수 있다.

한편, 「西溪燕錄」에서 서계가 淸에 대한 개인적인 입장을 확연하게 드러내지 않은 것에 비해 서계의 사행시에서는 이미 변화된 정세에 대한 안타까움과 오랑캐 땅으로 변해 버린 중국 본토에 대한 미련이 나타난다.

다음 <상사가 두공부시 '구객의선패' 一句의 각 글자를 운자로 사용해서 5수를 지었는데, 문득 차운하다.[上使用杜工部詩久客宜旋旆一句爲韻 分作五首 輒次]>라는 작품에서는 변화된 중국 정세에 대한 서계의 의식이 잘 나타나 있다.

---

58) 현종 10년 3월 4일(丁酉)조, <동지사 이경억·정륜·박세당이 돌아와 청국의 정세를 보고하다>.

118

余本東海客　나는 원래 동해의 나그네로
游燕歲月積　북경에 들어와 세월이 흘렀구나
側望滄洲日　옆으로 창주의 해를 바라보니
朝霞昇紫赤　아침 햇살이 붉게 올라오네
幽都旺氣盡　유도에 성한 기운 다하여
風景不如昔　풍경은 옛날과 같지 않네
倏忽三百載　어느덧 삼백 년
往事空撫跡　지난일 자취만 헛되이 어루만지네
云何唐虞人　어찌하여 당우 사람들이
遽化爲夷貊　갑자기 오랑캐가 되었는가?
九鼎或輕錐　구정이 어쩌다 송곳처럼 가벼워졌으니
連城詎重璧　연성벽을 그 누가 귀중한 구슬이라 하겠는가?
楚宮日未晏　초궁엔 해가 아직 저물지 않았고
秦關夜不隔　진관엔 밤이 깊지 않았네
鞭笞恥無力　채찍이 무력함이 부끄러우니
有箠不盈尺　채찍이 있어도 한 자도 되지 않네.
　　　　　　　　－其二

西來固多幸　서쪽으로 온 것이 진실로 다행스러움은
幸與公周旋　그대와 함께 주선함이네
此地不勝悲　여기서 슬픔을 이기지 못하겠으니
悲見舊鼎遷　옛 왕조가 바뀐 것을 보니 슬프구나
喟彼萬丈隄　아! 저 만 길 제방이
潰非一蟻穿　한 마리의 개미가 뚫어 무너진 것이 아니로구나
朝宗迷巨壑　바다로 흐르는 강물이 큰 골짜기에 막혀 있고
歲暮沸百川　세모에 백천은 들끓는구나
哀余病心人　슬프구나! 나는 마음이 병든 사람으로
有淚如傾泉　눈물이 샘솟듯 하는구나
感傷且奚爲　슬퍼해본들 무슨 소용 있으리오

天地數自然　천지의 운수가 그러한 것을
故國滄溟東　고국은 바다 동쪽에 있는데
何事日留連　무슨 일로 날마다 머뭇거리고 있는가
但應及早歸　응당 일찍 돌아가야 할 것이니
前路有三千　앞길이 삼천리로구나.

-其四59)

　총 5수로 구성되어 있는 이 작품은 두보의 시 <散愁>의 한 구인 '久客宜旋
旆'의 각 글자를 운자로 사용해서 지은 것이다. 이 시에서는 명·청 교체라는
역사적인 대변환이 천지의 운수와 그 밖에 복합적인 요인에 의해 일어난
것임을 인정하지만, 하루아침에 오랑캐땅이 되어버린 중국 본토에 대한
안타까움과 미련이 나타나고 있다.
　구체적으로 작품을 살펴보면, 2수의 1~4구에서는 연행을 온 서계 자신의
처지를 밝히고, 붉게 아침 햇살이 떠오르는 시간적 배경을 제시하고 있다.
5~8구에서는 북경을 뜻하는 '幽都'의 성한 기운이 다했다고 하면서, 풍경이
예와 다른 현재의 상황을 나타내고 있다. 삼백 년이라는 시간은 명나라의
존속 기간을 떠올리게 하며 이제는 과거의 역사 속으로 편입된 지난 자취에
불과하다는 것을 새삼 느끼게 한다. 9~12구에서는 보다 직접적으로 명·청
교체 사실을 드러내면서 시상을 전개하고 있다. 堯·舜임금의 후예인 漢人들
이 만주족이 세운 나라에 복속된 현실을 개탄하고 있다. 明의 패망으로
인하여 그들이 가치 있게 여기던 '九鼎'과 '連城璧' 마저도 의미를 잃은
현실을 안타까워하고 있다. 13~16구에서는 한 자도 되지 않는 채찍의
무력함을 통해서 오랑캐를 제압하지 못한 상황과 그 이후에도 별다른
해결책이 없는 것을 표현하고 있다.

---

59) 권1「使燕錄」, p.18.

4수의 1~4구에서는 보다 직접적으로 명·청 교체를 비통해하는 심정을 드러내고 있다. 5~8구에서는 '한 마리의 개미가 제방을 뚫어 무너뜨린 것이 아니다.'라는 비유적 표현을 통하여 명나라의 패망이 어느 한 가지의 이유로 이루어진 것이 아니라 여러 복합적인 요소가 빚어낸 결과임을 암시하고 있다. 그리고, 왕조 교체를 겪으면서 일어난 혼란된 상황을 흐르는 물이 갈 길을 헤매고, 百川이 들끓는 모습으로 형상화하였다. 9~12구에서는 진솔하게 자신의 심경을 밝히면서도 이미 벌어진 상황에 대해 어느 정도 인정하고 체념하는 모습을 보이고 있다.

거대한 역사의 흐름을 인력으로 어찌할 수 없는 '天地數'로 인식하는 태도는 이 시 <1수>의 7~10구에서 "시운이 마침내 이미 가버렸으니, 마치 고기점을 호랑이 입에 넣어준 꼴이네/ 비록 만국의 힘이 있더라도, 하루도 지킬 수 없구나."60)라고 한 것이나, <5수>의 7~10구에서 "천운에는 정도가 변함이 있으니, 인력으로 어찌할 수 없구나/ 뭇창생들 불쌍히 여겨지니, 앉아서 끓는 물의 해를 받았구나."61)라고 표현한 것에서도 공통적으로 나타난다.

이러한 명·청 교체에 대한 안타까움은 다음 작품에서도 일관되게 나타난다.

長城初起處　만리장성이 처음 시작한 곳이니
天下此關頭　천하에 이 관문이 첫머리로구나
不雨雲霾堞　비가 내리지 않아도 성가퀴엔 황사 내리고
先明日射樓　먼저 밝은 햇살이 누각을 비추는구나
防屯通萬里　방어벽은 만 리에 통하고
控制壯千秋　제압함은 천추에 웅장하여라

---

60) "時運適已去 如肉落饞口 雖有萬國力 不能一日守."
61) "天運有變正 人力不可奈 憼伊衆蒼生 坐受沸鼎害."

鎖鑰終虛設　관문은 마침내 헛되이 설치하여서
腥塵滿九州　비린 티끌이 구주에 가득하구나.

<山海關>[62]

위 작품은 서계가 산해관에 들어서면서 쓴 것이다. 수련에서 경련까지는 만리장성이 시작되는 관문의 첫머리인 산해관에 의미를 부여하면서 그 규모의 웅장함에 감탄하는 태도를 보인다. 이와 같은 제재를 다루고 있는 「西溪燕錄」에서는 만리장성을 바라보며 천하의 장관이라 감탄하는 것[63]만 나타나지만, 위 시에서는 미련에서 억양법이 사용되면서 시상이 반전되고 있다. 즉, 철옹성 같은 방비벽이 있음에도 불구하고 결국 '비린 티끌'만 가득한 오랑캐 세상이 되어버린 것을 개탄하고 있다. 전반부에서 진행되던 찬탄은 오히려 후반부의 상황에 의해 더욱 무색해진다.

같은 詩題를 쓰고 있는 또다른 작품에서는 "군사가 쳐들어오니 말로만 관문을 지킨다고 하고, 적이 왔을 때는 닭이 울지 않았음을 어찌 알았으랴?/ 만고에 옥관이 길이 대치하고 있으나, 동서 문이 열리고 닫힘에 세상이 변했구나."[64]라고 하며 적의 침입에 제대로 대처하지 못해 세상이 변하게 된 것을 더욱 구체적으로 드러내고 있다.

서계가 실제적인 사행 체험을 통해 느낀 이러한 감회는 교유 인물들이 연행을 가게 되었을 때 준 글에서도 연계되어 나타난다. 연경으로 사신 가는 최석정을 전송하며 지은 <送崔參判錫鼎赴燕序>라는 글에서는 "(전략) 그러나 정작 또 불행하게도 세상은 성쇠가 있기 때문에, 그 유적과 땅을 밟고 그 사람과 풍속을 봄에 의관이 오래 전에 바뀌어버렸고 문물이

---

62)　권1 「使燕錄」, p.17.
63)　「西溪燕錄」 1668년 12월 11일(乙亥)조, p.358.
64)　"兵來謾說欲封泥 敵到那知未報鷄 萬古玉關長對峙 乾坤開閉戶東西." 권1 <又>, p.17.

122

모두 사라져버려 구국과 고도에서 그저 서글프기만 할 뿐이라면 이 또한 족히 슬프지 않겠는가. 지금 그대의 사행이 장차 요동을 지나고 薊丘를 거칠 터이니, 軒后를 상상하고 幼安을 생각할 것이다. 그러나 저 난리를 피해 뜻을 온전히 한 유안의 유풍이 이미 사라지고, 짐승을 몰아내고 문자를 창제한 헌후의 유적이 벌써 민멸되었을 것이니, 그렇다면 어찌 깊은 사모와 감회를 일으키며 울울하게 고인을 생각하는 한이 있지 않겠는가. 그대가 이번 사행에 얻는 것이 장차 이에 불과할 터이므로 애오라지 이를 말하여 전별의 말을 삼으니, 그대가 중국에 가면 필시 내 말을 생각할 것이다."[65]라 고 하여 변화된 중국 정세에 대한 인식을 드러내고 있다.

이와 유사한 인식은 <送雲路相國使燕>[66] 2수의 1~2구에서 "화이가 오랫동안 풍속이 섞이어 구분하기 어려우니, 헤아려 생각하면 말한 바와 다름을 응당 알 것이네."[67]라고 한 것이나, 6수의 5~7구에서 "산천은 눈에 가득 일마다 예와 다르고, 착치와 오랑캐가 온 세상에 설쳐대니, 훤원 황제는 어디에 계신가."[68]라고 한 표현에서도 찾아볼 수 있다.

그리고, 참판 최규서(1650/효종1~1735/영조11)가 북경으로 가는 것을 보내며 지은 <送崔參判奎瑞赴燕>[69]의 1수에서도 "망망한 우임금 자취 어느 변방에 속했던가? 한번 취한지 오래되니 하늘이 어찌하리오/ 수레는 자주 북경 변방길로 향하고, 일은 비록 치욕스러우나 어쩔 수 없다네."[70]라

---

65) "(前略) 而乃又不幸 世有汚隆 涉其域履其土 見其人觀其俗 衣冠而變易久矣 文物而 掃除盡矣 舊國故都 悵然而已 妓又不足悲歟 今子之行 將過遼東歷薊丘 想軒后而思 幼安 彼逃難全志 遺風旣遠 驅獸肇錄 聖跡逐泯 則詎不有以起遙慕激深感 悒悒而懷 不可作之恨耶 子之所得於是行者 將不過此 聊道之 以爲子之贈 子至彼也 其必念余 言哉." 권7, pp.139~140.
66) 권3「石泉錄 中」, p.48.
67) "華夷久混俗難分 準擬應知異所云."
68) "山川滿目事異昔 鑿齒銅頭馳宇內 軒轅皇帝復安在."
69) 권4「石泉錄 下」, p.72.

고 하며, 청나라가 중국을 지배하게 된 현실에 대한 안타까움을 체념에
가까운 어조로 표출하고 있다.

　또한, 명나라 마지막 황제의 친필을 제재로 한 다음 작품에서는 서계의
명·청에 대한 인식이 더욱 선명하게 드러난다.

　　宸翰誰將到海外　천자의 친필을 누가 해외로 가지고 왔는가?
　　也應造物不無心　응당 조물주가 무심하지는 않았으리
　　回看天地腥塵滿　천지를 둘러보면 비린 티끌만 가득하니
　　可合漂流歲月深　오랜 세월 떠다님이 당연하겠네.

　　曾於孔訓却留神　일찍이 공자님 말씀을 마음에 두었으니
　　卷裏煌煌寶墨新　빛나는 책 속에 필적이 새롭구나
　　一日歸仁寧不信　일일 귀인을 어찌 불신하리오
　　乾坤何事墮胡塵　건곤이 어인 일로 오랑캐 세상에 떨어졌는가?

　　四字堪基萬世安　네 글자가 만세 안녕의 근본이 될 만하니
　　豈如花鳥弄毫端　어찌 붓끝으로 희롱하는 화조도에 비하리오
　　更疑天意非人事　하늘의 뜻이지 인사가 아님을 다시금 의심하니
　　莫把宣和比例看　선화의 전례로 보지 말게나.
　　　　＜崇禎皇帝手書克己復禮四字 有使者得之燕市 今在宋相國家云＞[71]

　이 시는 명나라의 마지막 황제인 崇禎帝(1610~1644)가 손수 '克己復禮'
네 글자를 쓴 것을 사신이 북경 저자에서 얻었는데, 지금 송상국 집에
있다고 하여 지은 것이다. 이 작품은 '명나라 마지막 왕의 친필'이라는
제재와, 中華의 중심을 이루었던 유가 사상을 표상하는 '克己復禮'라는

---

70) "茫茫禹跡屬誰邊 一醉年多不奈天 冠蓋數趨燕塞路 事雖堪恥也須然."
71) 권3「石泉錄 中」, pp.50~51.

124

두 개의 키워드가 결합되어 범상치 않은 詩意를 형성하고 있다.

1수에서는 천자의 글씨가 저자 거리에 돌아다니다가 발견되어 조선에 이르게 된 것에 대한 감회를 술회하고 있다. 오랑캐 땅으로 변해 버린 중국 본토에서는 명나라 마지막 황제의 글씨는 더 이상 아무 의미가 없게 되었고, 그나마 이것을 조선 사신이 가지고 오게 된 것에 위안을 삼고 있다.

2수에서는 공자 사상의 주요 핵심어인 '克己復禮'에 관해 의미를 부여하면서, 이제는 유가 사상이 통용되기 힘든 야만의 세계로 변화된 중국의 현실을 비통해하고 있다. '一日歸仁'은 『論語』顔淵 第十二에 나오는 말로, 안연이 仁을 묻자 "자기의 사욕을 이겨 예에 돌아감에 인을 하는 것이니, 하루 동안이라도 사욕을 이겨 예에 돌아가면 천하가 인을 허여하는 것이다. 인을 하는 것은 자기 몸에 달려 있는 것이니, 남에게 달려 있는 것이겠는가?"[72] 라고 대답한 공자의 말씀에서 유래한 것이다.

3수에서는 '萬世安'에 근본이 되는 仁·禮의 사상을 강조하면서, 천자가 쓴 이 네 글자의 의미는 단순한 화조도에 비할 수 없이 높은 가치가 있는 것으로 평가하고 있다. 3구의 의미는 중의적으로 해석될 여지가 있는데, 먼저 이렇게 의미심장한 글씨를 얻게 된 것이 하늘의 뜻이라는 의미와, 중국이 오랑캐의 소굴로 변해 버린 것도 인사로는 어쩔 수 없는 일이라는 의미로 새겨질 수 있겠다. 4구의 '宣和'는 宋나라 徽宗의 연호이며, 여기에서는 송나라 휘종 때 御府에 있던 古來의 墨蹟을 모은 것인 '宣和書譜'를 일컫는 것으로 파악된다. 즉, 천자의 '극기복례' 친필은 단순히 묵적을 모은 글 이상의 의미를 전해주는데, 명·청이 교체된 당시의 상황에서 무언의 정치적·역사적 메시지를 전달해준다.

서계가 오랑캐 땅으로 변해 버린 중국 본토를 바라보는 시각은 명나라의

---

72) "顔淵問仁 子曰 克己復禮爲仁 一日克己復禮 天下歸仁焉 爲仁由己而由人乎哉."

遺民인 康世爵을 바라보는 관점에서도 어느 정도 감지된다. 강세작은 조선 후기 사대부들에게 알려져 주목을 받았던 인물이었던 것으로 추정되는데, 『조선왕조실록』에 강세작 이름이 숙종조로부터 정조 때까지 10번 정도 거론되고 있는 것 외에 약천 남구만의 <康世爵傳>과 연암 박지원의 『熱河日記·渡江錄』에 소개된 강세작 삽화에도 관련된 기록이 남아 있다.

이러한 산문 기록은 작가의 관심사에 따라 조금씩 부각된 바가 다르긴 하지만, 주로 강세작이 조선으로 오게 된 경위와 그의 인품, 요동 땅에서 벌인 행적 등을 위주로 서술하고 있다. 구체적으로 살펴보면, 약천은 세작의 우수한 인품 혹은 인격에 유발되어 쓸 만하다 했고, 연암은 금석산을 지나며 마부들의 말을 계기로 퍽 재미있어 들을 만하다고 했다. 그러므로 양자는 집필 계기가 다르고 치중점도 다르다. 약천은 입국 후의 인품에 초점을 두었다면, 연암은 연행 행차에 금석산을 비롯하여 요동 땅에서 벌어진 사건과 현실적인 화제에 주목하고 있다.[73]

이에 비해, 서계의 <康世爵傳>에서는 강세작의 범상치 않은 인품을 보여주는 일화를 소개해 주는 것 외에도 명나라 遺民으로서의 이미지를 강조하고 있다. 작품의 말미에서는 서계가 함경북도 병마평사로 군대를 따라가 북쪽에서 머물 때에 60여 세가 된 세작을 만나 나눈 이야기를 다음과 같이 직접 인용하며 서술하고 있다. "나는 명이 망하여 朱氏가 다시 일어나지 못할 것을 아오. 한나라는 400년 만에 망하였는데 비록 昭烈의 어짊으로도 부흥시키지 못하였으며, 당나라와 송나라는 모두 300년 만에 망하였소. 명은 洪武로부터 崇禎에 이르기까지가 또한 300년이니 하늘의 큰 운수를 누가 능히 거스를 수 있겠소. 오랑캐가 끝내 천하를 차지할 것이오. 저 오랑캐가 바야흐로 강성하고, 중국 사람은 곤궁하고

---

73) 정일남(2006), 「『熱河日記·渡江錄』의 康世爵 삽화와 『藥泉集』의 「康世爵傳」 비교」, 조규익 외편, 『연행록연구총서』 4, 학고방, pp.170~172.

피폐함이 이미 극에 달해 부자형제가 목숨을 부지하기에도 급급한 실정이니, 비록 영웅호걸이 있더라도 능히 막을 수 없을 것이오. 그러나 50~70년 정도나 100년 정도 지나면 오랑캐의 기세가 조금 쇠퇴하고 중국 사람들도 안정을 되찾을 것이오. 오래도록 치욕을 받은 뒤에 떨쳐 일어나 오랑캐를 쫓아내기를 원나라가 망할 때처럼 할 것이오. 이것이 이미 그러한 증거이니 여기에서 가히 알 수 있는 것이오."라고 하였다. 또 탄식하여 이르기를, "내 나이 13~14세 때부터 이미 집안에서는 효도하고 나라에서는 충성함에 뜻을 품어서 세운 바가 있는 듯하였는데, 지금 나는 나라에서는 충성을 이루지 못하고 집안에서는 효도를 이루지 못하여 불효불충한 사람이 되고 말았소."라고 하였다.[74]

이 밖에 서계가 강세작을 제재로 쓴 시작품에서도 나라를 잃고 타국에서 평생을 살게 된 그의 운명을 애처롭게 여기고 있다.

流落年多不憶歸　떠돈 세월 오래되어 돌아갈 생각을 못하고
餘生慣着異鄕衣　남은 생에 타향 옷 입는 것이 익숙해졌네
千愁萬恨從誰說　온갖 시름과 한을 누구에게 얘기하리오
故國如今事事非　고국은 지금도 일마다 잘못되는구나.

路遠西歸意已迷　길이 멀어 서쪽으로 돌아갈 뜻은 이미 아득해졌는데
羈禽得木且安棲　나그네 새는 나무를 얻어 편히 깃들었구나
春來幾度淮南夢　봄이 오면 몇 번이나 회남의 꿈을 꾸었던가

---

74) "吾知明之亡 朱氏不能復興也 漢四百年而亡 雖以昭烈之賢 不能復 唐與宋 皆三百年 而亡 明自洪武至崇禎 亦三百年 天之大數 誰能違之 虜其終有天下乎 夫虜方强 而中 國之人 困敝已極 父子兄弟 救死不給 雖有英雄豪傑 莫能抗也 竢五七十年或百年 虜勢少衰 中國之人 且得休逸 奮於積恥之餘 起而逐之 如元氏之亡 此其已然之跡 可知也 又嘆曰 自吾年十三四時 已有志在家爲孝 在國而忠 如有所樹立 今吾忠不成 於國 孝不成於家 爲不孝不忠之人." 권8 <康世爵傳>, p.155.

白板扉空野草齊　판옥에 사립문은 쓸쓸한데 들풀만 가지런하구나.

笙歌綺穀江淮土　피리 소리 아름다운 회수 땅이요
花柳樓臺吳楚鄉　화류누대는 오·초의 마을이구나
棲泊一身安異俗　한 몸으로 깃들어 다른 풍속에 편해지니
四隣知舊隔存亡　사방 이웃 오랜 친구의 존망 소식이 막혔구나.
<贈康生世爵>[75]

　1수에서는 강세작이 타국에서 떠돌게 된 사연을 언급하면서 일마다
잘못되어 고국에 돌아갈 꿈이 묘연해진 현실을 인식하고 있다. 나라를
잃고 고향에 돌아가지 못하는 그의 시름과 한에 초점을 맞추고 있다. 2수에서
는 '羈禽'나 '野草'와 같은 객관적 상관물을 통하여 고향에 돌아가고픈
강세작의 간절한 염원을 담담하게 표현해내고 있다. 3수에서는 아름다운
고국의 이미지를 떠올리면서도 이미 다른 나라의 풍속에 익숙해져 살아가
고 있어, 옛 친구들의 소식마저 막혀 버린 현실적 상황에 대해 안타까워하고
있다.
　이렇게 서계가 遺民인 강세작에 대해 연민하는 태도는 <再贈康生>에서
도 다음과 같이 나타나고 있다. "재앙과 복은 한 번 날리는 티끌이요, 슬픔과
기쁨이 쌍으로 윤회하는 듯/ 누가 알았으랴. 강북의 나그네가, 늙어서 해동인
이 될 줄을/ 취한 후에 변새의 꽃 떨어지고, 꿈속에 회남 봄풀은 푸르구나/
소쩍새는 저녁이 되어 우니, 너 촉왕의 몸이 불쌍하구나."[76] 이 작품에서는
패망한 나라의 유민으로 타국에서 한평생을 살게 된 강세작의 운명을 나라를
잃고 소쩍새가 되었다는 蜀나라 望帝에 비유하여 안타까운 심회를 표출하였

---

75) 권1「北征錄」, p.15.
76) "禍福一吹塵 悲歡雙轉輪 誰知江北客 老作海東人 醉後塞花落 夢中淮草春 寃禽哭向
　　夕 憐汝蜀王身." 권1「北征錄」, p.16.

다.

　서계는 강세작이라는 인물을 포착하여 오랑캐가 언젠가는 망할 날이 올 것이라는 믿음을 전언하였다. 그리고, 나라를 잃고 타국에서 떠도는 한 개인의 운명을 통해 중국 본토의 실상을 대변해 주고 있다. 이상과 같이 서계는 공식적으로는 실리 외교를 표방했지만, 내면적으로는 본원적인 가치의 중심을 여전히 '中華'에 두고 있었음을 유추해 볼 수 있다.

Ⅳ. 道·佛에 대한 태도와 문학적 구현

A. 老莊的 소재 취택과 仙趣的 경지

1. 유가적 입장에서 수용한 老莊

서계의 사상에서 주요하게 수용되고 있는 것으로 老莊思想을 들 수 있다. 그러나, 그의 노장 해석은 유가적 관점을 완전히 탈피한 것은 아니었다. 그는 老莊思想이 탈속적이고 역설적인 경향을 가진 것이지만, 유가의 禮와 크게 다른 것으로 보지 않는다. 그의 노장철학의 수용은 유가적 가치의 거부를 위해서가 아니라, 당시의 주자학적 유학의 가치관이 절대적 우상화를 벗어나려는 의미로 볼 수 있고 그 밑바닥에는 본래 유학의 정신을 회복하려는 뜻이 있었다고 평가된다. 상대적 진리관은 유학에서 볼 수 없는 老莊的 사유인 것이기도 하고 이미 혼란한 정계를 떠나 石泉洞에 은거하던 그가 無爲自然하면서 삶의 위안을 老莊에서 얻었다고 할 수 있다.[1] 서계는 피상적으로 노장 사상을 수용한 것이 아니라,『新註道德經』,『南華經註解刪補』를 저술할 만큼 전문적이고 독자적인 차원에서 연구하였다. 이러한 그의 태도는 당대 반대파에 의해 비판을 받고 이단으로 배척당하

---

1) 이희재(1994),「박세당 사상 연구」, 원광대학교 박사학위논문, pp.34~37.

130

는 요인으로 작용하였다.

서계가 노장주해서를 낸 시기는 그가 관직에서 물러나 『사변록』과 「石泉錄 中」을 저술한 때인 1680년(숙종6)~1687년(숙종13)과 일치하는 것으로 파악되는데, 이는 道家 관련 시작품이 주로 서계의 은거 시기인 「石泉錄上」·「石泉錄 中」에 집중되는 것과도 연관된다. 그의 은거 시기는 儒·道의 사상에 대해 천착하고 연구하며, 문학 작품을 창작하는 주요한 계기로 작용하였다고 할 수 있다.

다음 「答尹子仁書」라는 글에서 서계가 노장 사상의 주해서를 쓰게 된 연유가 구체적으로 나타난다.

생각건대, 옛 사람이 책을 지을 때에는 모두 부지런히 힘써서 후대 사람들이 그 뜻을 환히 알게 하고자 하였습니다. 노장의 설로 말하면 비록 성인의 대법에 어긋나기는 하지만 그렇다고 전혀 취할 만한 것이 없는 것은 아닙니다. 그런데 마침내 주석가들에 의해 본의가 흐려져서 그 뜻이 드러나지 않게 되고 말았습니다. 그리하여 이미 그것이 왜 성인의 대법에 어긋나는지 알 수 없게 되었고, 또 그 취할 만한 것까지 아울러 민멸되어 버렸습니다. 노자와 장자에 있어서는 옥석이 모두 묻히고 후인에 있어서는 거취가 모두 혼란스럽게 되었으니, 참으로 슬프고 안타깝습니다. 이 때문에 식견이 천루함을 헤아리지 않고 한가한 겨를에 애써서 간략하게 주해를 달아 그 뜻이 조금이나마 통하도록 하였습니다.

사사로이 적이 생각건대, 노장을 읽는 사람이 제 주석의 뜻을 안다면 거의 노장이 노장이 된 소이연을 알 수 있을 것입니다. 따라서 吾道에 위배되는 내용은 사람을 그르치지 못하게 되고 노장의 이치에서 좋은 점은 또한 그대로 보존될 수 있을 것입니다. 그렇게 되면 공과 죄가 모두 드러나 그 이치를 환히 밝히는 사이에 吾道에 보탬이 적지 않을 것입니다. 실로 제가 감히 저 노장의 無事한 도를 즐겨 그 속에 빠져서 스스로 돌이킬 줄 모르는 것은 아닙니다.[2]

윗글을 통해서 서계는 노장에 대한 주해를 통해 좀더 그 뜻을 분명히
하고자 하였고, 노장 사상의 장점을 성리학을 보완해줄 수 있는 요소로
인식하였음을 알 수 있다. 서계는 그동안 이루어진 노장에 대한 여러 주석가
들의 분분한 해석이 오히려 노장 사상의 본질을 흐리고 혼란만 가중시킨
것을 비판하였다. 그리고 자신의 주석 작업이 노장의 본의를 찾아내어
그 장단점을 가리고, '吾道'를 기준으로 취사선택할 수 있게 하는 계기가
될 것이라고 의미를 부여하였다.

그리고 글 말미에 자신이 노장 사상을 연구한 것이 '노장의 無事한
도를 즐겨 그 속에 빠진 것'이 아님을 역설하고 있다. 이는 서계가 노장주해서
를 저술한 것에 대해 당대 반대파 인물들이 한 비판을 의식한 발언으로도
볼 수 있다.

또한, 서계는 「新註道德經序」에서도 다음과 같이 老子에 대한 자신의
입장을 분명하게 밝히고 있다.

노자가 衰周시대를 당하여 守藏에서 늙어 세상에 쓰이지 않았고, 그가
장차 은둔하려고 할 때에 이르러 또한 책을 써서 그의 지키고 있는 道의
用을 밝히어 그의 뜻을 나타냈다. 그의 도가 비록 성인의 법에 맞지 않으나
그의 뜻은 또한 몸을 닦고 사람을 다스리려고 하였다. 대개 그 말은 간략하
고, 그 뜻은 심오하다.

漢代 이전부터 그의 도술을 높이 써서 위로 임금된 이는 恭黙의 덕화를
행할 수 있었고, 아래로 신하가 된 이는 淸靜의 정치를 할 수 있었다.

---

2) "蓋謂古人之著書也 莫不勤渠用力 欲後人明其意 如老莊之說 雖非聖人大法 又不至
都無可採 乃爲說者所亂 使其意不明 旣不得其所以非於聖法者 又倂與其可採而泯
之 在二子則醇疵俱掩 在後人則去取皆迷 有足悼嘆 所以不揆淺陋 作苦暇時 略爲箋
解 使其義粗通 私竊以爲讀老莊者有契於區區之指 則庶見老莊之所以爲老莊 其倍
於道者 旣不能以誤人 而一察之明 亦有所不當廢者 功罪兩彰 公嚴並立 開發之間
吾道猶非少助 實不敢樂夫無事 因而流湎於此而不知自反也." 권7, p.123.

晋代에 이르러서는 狂誕한 선비들이 玄虛한 無實의 談과 眇茫하여 한정할 수 없는 설에 가탁하여 그 거짓을 꾸미고 一世를 속이니 천하가 흡족히 步趣를 같이하여 풍속이 크게 어지러워지고 晋室이 마침내 기울어졌다. 노자의 도가 어찌 그러하겠느냐. 그의 遺風은 힘차게 남아 있어 세대가 지나도 오히려 그대로 머물러 있다. 이러므로 후세에 노자를 말하는 이의 종파가 많아졌다. 晋人들은 그것을 심오한 말과 오묘한 뜻이라고 생각하여 와전의 와전을 하였으니 더욱 슬픈 일이다.

내가 명대의 陳深이 지은 諸子品節에서 도덕경 81장을 보았는데, 그 箋解에 성명을 쓰지 않은 것은 역시 自作한 것을 깊이가 있게 하기 위한 것이라 생각한다. 林希逸이 주석한 것은 다 그릇되어 십분의 일도 心得하지 못하였다. 노자는 비록 성인의 도가 아니지만, 그 책이 이미 세상에 간행되었으니 그 뜻을 밝히지 못하여서 거듭 후세를 그릇되게 하여서는 안되겠다. 그러므로 틈을 타서 주석을 할 뿐이다.[3]

이 글에서 서계는 노자의 사상이 '道의 用을 밝히었다'고 평가하고, 비록 성인의 법에 맞지 않으나 儒家의 '修身治人'의 도와 상통한다고 보았다. 이러한 노자 사상을 제대로 수용한 漢代 이전에는 恭默의 덕화와 淸靜의 정치가 가능했지만, 晋代 이후에는 여러 주석가들에 의해 노자 사상이 와전·곡해되어 세상을 혼란하게 하였다고 논평하였다. 즉, 서계는 노자의 사상 자체가 잘못된 것이 아니라 그것으로 曲學阿世한 이들의 행태가

---

3) "老子當衰周之時 老於守藏 不用於世 至其將隱 猶著書以明其所守之道 用見其志 其道雖不合聖人之法 其意亦欲修身治人 盖其言約 其旨深 自漢以前 翕用其術 上而 爲君 能行恭默之化 下而爲臣 能爲淸靜之治 及晋之世 士之狂誕者 託爲玄虛無實之 談 眇茫不可涯之說 以飾其僞以欺一世 天下翕然同趣 而風俗大亂 晋室遂傾 老子之 道夫豈然哉 其遺風餘烈 歷世猶存 是以後之說老子者 多宗晋人以爲微言妙義 訛而 又訛 益可悲也 今觀明陳深所爲諸子品節 載道德經八十一章 其箋解不著姓氏 疑亦 是深所自爲者 及林希逸所註 皆舛謬 不足以得其十一 老子雖非聖人之道 其書旣行 於世 要不可使其意不明 重誤後世 故輒於假日 略爲疏釋云爾." 『新註道德經』, p.457.(민족문화연구소(1972), 『國譯 新註道德經』, p.167.)

문제라고 파악하였다. 다음 <老子>라는 시에서도 서계의 노자에 대한
인식을 엿볼 수 있다.

書就五千窮數術	책 오천언을 읽고 내용을 검토해보니
孰云玄默誚多談	현묵이 말 많음을 꾸짖는다고 누가 말했던가
半生不識東家子	반평생 동안 동가자를 알지 못했듯이
只恐西隣是老聃	단지 서쪽 마을의 노담이라 할까 두렵구나.[4]

1~2구에서는 '五千言'이라고 일컬어지는 노자의 내용을 검토한 후에
소감을 술회하면서, 조용히 침묵을 지키는 '玄默'이 오히려 많은 말보다
나을 수 있음을 인식하고 있다. 3~4구에서는 일반 사람들이 노자에 대한
가치를 인식하지 못할까 하는 우려가 나타나 있다. '東家子'는 '東家丘'와
동일한 용어인데, 공자의 서쪽 이웃에 사는 사람이 공자가 성인임을 잊지
못하고 단지 동가구라고 불렀다는 고사에서 유래한 것이다. 이는 大人物도
同鄕 사람에게는 평범해 보임을 이르는 말인데, 여기에서는 공자의 예를
들어서 노자의 가치를 재인식하려 하고 있다.

일반 사람들이 노자의 사상에 관해 잘 알지 못하면서 무조건 이단시하고
배척하려한 당대의 상황을 감안하면, 서계의 이러한 인식은 단순한 우려라
고만 할 수 없다. 즉, 이는 노자의 가치를 부정하는 이들에 대한 우회적인
비판으로도 볼 수 있겠다. 다음 작품에서도 이와 유사한 인식이 나타난다.

始識不爭眞玉液	다투지 않는 것이 진짜 옥액임을 비로소 알겠고
卽知無欲是金丹	무욕이 바로 금단임을 알겠도다
老君鍊後爐閑在	노군이 연단을 만든 뒤에 화로가 한가해지니
誰肯如今再試看	누가 이제 와서 다시 시험해 보려 하겠는가

---

4) 권3「石泉錄 中」, p.49.

<讀老子>[5]

1~2구에서는 노자가 주장한 '不爭'과 '無欲'이 장생불사를 하기 위해 단련하는 '玉液'과 '金丹'의 참된 의미임을 깨닫고 있다. 3~4구에서는 노자의 연단 이후에 그를 이을 만한 사람이 없음을 지적하고 있다. 이는 결국 세상 사람들이 노자의 사상에 대해 무관심하거나, 그 가치를 부정하는 현실을 암시하고 있는 것으로 파악된다.

서계는 도가주해서와 관련된 序文에서 직접적으로 자신의 견해와 입장을 밝힌 것과 달리, 이러한 시작품에서는 노자의 가치에 대해 직접적으로 언급하기보다는 가치를 인식하지 못하는 반대 상황을 제시하여 간접적으로 그 의미를 환기시키고 있다. 이러한 표현은 함축적으로 의미를 전달하는 시 장르상의 특징에 기인한 것일 수도 있지만, 당대 서계가 노장주해서를 낸 것에 대해 비판을 받고, 이단 논쟁에 휘말렸던 정황을 감안하면 의도적인 장치라고도 할 수 있겠다.

또한, 『장자』에 대한 서계의 입장은 다음 글을 통해서 알 수 있다.

장자가 비록 제자를 꾸짖으면서 아울러 유가·묵가와 논변하였지만, 그가 『장자』라는 책을 짓게 된 근본 동기는 혜시의 무리들과 논변하기 위한 것이었다. 그래서 「소요유」와 「천하」 두 편에서는 혜자와의 대화로 내용이 끝을 맺는다. 「소요유」에서는 혜시와의 대화를 제시하여 장주 자신의 의도를 밝혔고 「천하」에서는 혜시의 입장을 근본적으로 비판하여 그의 학문 방법의 문제점을 밝혔다. 이처럼 남화경은 앞뒤 내용의 흐름이 분명한 책이다. 이 두 편 외에도 다른 편에서도 중간 중간 혜시를 인용한 부분은 모두 반복하여 논변하고 힐난한 것들로서, 우화로 비유한 내용이 아니건만 세상에는 이에 대해 지적한 사람이 없다. 그래서 내가 지금

---

5) 권2 「石泉錄 上」, p.31.

이러한 내용을 밝힌다.6)

이 글에서 서계는 『장자』가 단순한 우화가 아니라, 장자가 혜시와 논변하기 위한 목적으로 쓴 것이라 파악하고 있다. 그리고, 책의 제일 앞과 뒤에 있는 「소요유」와 「천하」 두 편을 통해 앞뒤의 흐름이 분명한 논리정연한 글이라고 평가한다. 세상 사람들이 우화로만 평가하는 『장자』의 의미를 서계는 자기 나름의 주관을 가지고 독자적으로 재해석하려는 태도를 견지하고 있다.

한편, 서계와 약천(1629~1711)이 '知樂亭'이란 동일한 시제를 가지고 쓴 두 작품을 비교해보면 장자의 설을 바라보는 상반된 입장을 발견할 수 있어 주목할 만하다.

以樂名亭有所思	'락'으로 정자 이름을 지으니 생각한 바가 있어
還留一語示登斯	한 말씀 남겨 이 정자에 오르는 이에게 보였네
言同孟氏眞宜誦	함께 즐기라는 맹씨의 말씀 참으로 외워야 하고
志後希文是可師	뒤에 즐기려고 한 희문의 뜻 진실로 본받아야 하리
莫遣哀情生極處	즐거움이 지극한 곳에 슬픔이 생겨나지 않게 하여야 하니
敢忘良士戒荒時	어진 선비가 노는 것을 경계하는 때 어찌 잊으랴
蒙莊謬說元無取	몽장의 그릇된 설은 원래 취할 것이 없으니
濠上遊魚我不知	호량 위에서 노니는 물고기를 나는 알지 못하겠네.

<知樂亭>7)

6) "莊子雖多譏斥諸子 幷論儒墨 其著書 本爲與惠施之流辨 故逍遙及天下二篇 皆以惠子終之 首篇則假惠施之語 以明己意之所存 終篇則深斥惠施 以辨其術之非 其書意首尾甚明 若其中間所引惠施 亦皆相與反覆辨難者 非如寓言之比 而世未有言之者 故今特發之."≪西溪全書≫ 上, 『南華經註解』 권1, p.501.(조한석(2005), 「박세당의 『장자』<제물론> 사상 연구」, 성균관대 박사학위논문, p.152, 재인용.)

7) 『藥泉集』 권1, p.430. (『國譯 藥泉集』, p.58.)

이 작품은 약천 남구만이 '知樂亭'이란 곳에서 정자의 命名과 관련하여 지은 시이다. '知樂'이라는 이름 중에 '樂'자와 관련된 고사를 인용하여 시상을 전개하고 있다. 수련에서는 '락'으로 정자 이름을 지은 것이 후대 이 정자에 오르는 이에게 의도적으로 나타내기 위한 뜻이 있었다고 간파한 다. 수련에서는 맹자와 范仲淹과 관련된 이야기를 하고 있다. 3구에서는 맹자가 일찍이 '與民同樂'을 강조하여 군주가 백성들과 함께 즐거워함을 역설하였는데, 그의 말씀을 마땅히 외워야 함을 말한 것이다. 그리고, 4구에서의 '希文'은 北宋의 명재상인 范仲淹의 字인데, 범중엄은 항상 말하기를, "선비는 마땅히 천하의 근심을 먼저 근심하고 천하의 즐거움은 뒤에 즐거워해야 한다." 하였는데, 뒤에 즐거워해야 한다는 그의 말이 참으로 본받을 만함을 강조한 것이다.

경련에서도 고사가 인용되고 있는데, 5구의 내용은 옛말에 樂極生哀라 하여 즐거움이 지나치면 슬픈 일이 생긴다 하였으므로, 너무 지나치게 즐거워하지 말아야 함을 말한 것이다. 또한, 6구의 내용은 『詩經』 唐風 蟋蟀에, "즐거움을 좋아하되 너무 지나침이 없게 함이, 어진 선비가 돌아보고 돌아보는 바이다.[好樂無荒 良士瞿瞿]"라고 하였으므로 이 경계를 한시도 잊지 말아야 함을 말한 것이다.

그러나, 앞에서 유가적인 전고들을 통해 '樂'자의 의미를 되새기던 화자의 시각은 미련에서 장자의 '濠梁'8) 고사를 인용하면서 전환되고 있다. '蒙莊'은

8) 濠梁 : 濠水에 건너지른 다리. 장자가 혜자와 함께 호수의 다리 위에서 거니는데, 장자가 말했다. "피라미가 나와서 유유히 헤엄치고 있군. 이것이 바로 피라미의 즐거움인 게지." 혜자가 말했다. "자네는 물고기도 아니면서 어찌 물고기의 즐거움을 아는가?" "자네는 내가 아닌데 어떻게 내가 물고기의 즐거움을 모를 것이라는 것을 아는가?" "내가 자네가 아니니 자네를 알지 못한다면, 자네도 물고기가 아니니 자네가 물고기의 즐거움을 알지 못한다는 것은 틀림없는 일이 아닌가!" "이야기를 처음으로 돌려 보세. 자네가 내가 어떻게 물고기의 즐거움을 알겠나 하고 물은 것은 이미 자네는 내가 물고기의 즐거움을 알고 있다는 사실을 알았기

장자가 蒙縣 사람이라서 붙은 명칭이다. 여기에서 약천은『莊子』의 추수편에 나오는 '知樂'에 관한 장자와 혜자의 선문답 같은 이야기를 자신은 이해할 수 없다고 단정하고 있다. 장자의 견해를 '謬說'이라고 직접적으로 비판함으로써 장자의 언설을 부정하는 견해를 표명하고 있다.

다음으로 이 시에 차운한 서계의 작품을 살펴보도록 하겠다.

南華仙史語堪思　남화 선리의 말을 생각해보니
上下濠梁卽若斯　호량 위아래에서 노닒이 이와 같았네
但得善推能默契　잘 미루어 보면 은연중에 서로 뜻이 통하니
唯應强恕是眞師　응당 강서만이 참으로 본받을 만하구나
試論今日知知處　시험삼아 오늘날 '지지처'를 논하니
亦看當年樂樂時　당년에 '낙락시'를 알겠구나
樂果不知知不樂　즐거움을 과연 모른다면 즐겁지 않음을 알겠는가
謂誰爲樂謂誰知　어느 것이 '락'이고 어느 것이 '지'이리오.

<知樂亭 次宜寧相國韻>[9]

이 시는 말미에서 "누정기와 시에서 모두 '樂'을 말하고 '知'를 말하지 않았다. 그러므로 애오라지 이와 같이 말한 것이다."[10]라고 하여 시를 짓게 된 동기를 밝히고 있다. 앞서 살펴본 작품에서 약천이 장자의 설에 대해 가치를 부정하는 입장을 드러낸데 비해, 서계는 장자의 견해를 수용하면서 시상을 전개하고 있다. 수련에서는 장자의 말을 생각해보니 호량에서의 노닒이 이와 같았을 것으로 추측한다. 함련에서는 자기의 마음으로

때문이지. 그래서 나에게 그런 질문을 했던 것이니, 나는 호수가에서 물고기와 일체가 되었기에 그들의 즐거움을 알고 있었던 것이네." 이민수 역해(2002),『莊子』, 外篇「秋水」, 혜원출판사, pp.275~276.

9) 권3「後北征錄」, p.53.

10) "亭記與詩 皆言樂不言知 故聊爲說之如此."

미루어보아 상대방의 마음을 알 수 있다는 의견을 수용하면서 忠恕의 도리를 힘써 행하는 '强恕'의 의미를 부각시키고 있다. 이는 『孟子』 盡心章에 나오는 말11)로 유가적인 가치를 본받을 만하다고 표현하였다. 경련에서는 자신이 '知'의 의미를 되새김으로써 '樂'의 의미를 깨달을 수 있다고 하고 있다.

미련에서는 '樂/不樂'·'知/不知'의 의미상의 대립항을 설정하면서 두 개의 개념이 상호대립적이기만 한 것이 아니라, 待對的인 관계에 놓여있음을 간파하고 있다. 그리고, 맹자의 '推己以及人'이라는 개념과 장자의 '호량' 고사의 유사성을 제시하고 있다. 시의 중간 부분에서는 맹자의 견해에 대해 가치를 부여하고 있지만, 시의 首尾 부분에서는 장자와 惠子 사이에 있었던 일종의 선문답 같은 이야기를 떠올리면서 참다운 '知樂'의 의미를 환기시키고 있다. 전체적인 詩意를 통해 볼 때, 서계는 장자의 설에 대해서 나름대로 가치를 부여하고 있는 것으로 파악된다.

'濠梁' 고사에서 장자와 혜자 사이는 심리적으로 유통되지 않아 서로의 마음을 알 수가 없었지만, 장자는 절대적 경지에 서면 만물은 일치가 되어 심리적으로 상통하기 때문에 자기의 마음으로 미루어 남의 마음을 살펴 알 수가 있다고 주장하였다. 곧 형식상의 논리에 구애되어서는 참된 인식을 얻지 못한다는 것12)인데, 이러한 견해에 대해 서계는 가치를 인정하고 있다. 유가의 설과 장자의 고사를 절묘하게 접합시켜 복합적인 의미를 추출해내는 시적 표현이 돋보이는 작품이다.

다음 작품에서는 도가적 소재를 사용하여 유가적 주제의식을 표현하고 있다.

---

11) "反身而誠 樂莫大焉 强恕而行 求仁莫近焉(强恕而行 求仁莫近焉 强勉强也 恕推己以及人也 反身而誠則仁矣 其有未誠 則是猶有私意之隔而理未純也 故當凡事勉强 推己及人 庶幾心公理得而仁不遠也)." 『孟子』 盡心 上.

12) 오강남 역(1995), 『道德經』, 현암사, p.276.

<2수>

紅鸞翠鳳日飛鳴　붉은 난새와 푸른 봉황은 날마다 울며 날고
玄圃東看是赤城　현포에서 동쪽을 보니 바로 적성이로구나
莫要橘中耽對局　귤중에서 대국을 탐함을 구하지 마시오
風雲長得上界淸　풍운은 길이 상계의 맑음을 얻었구나.

<4수>

飛符崑閬牒蓬瀛　곤륜산에서 봉영산으로 통지를 보내고
大劑金丹聚百精　금단을 크게 조제하려고 백정을 모으네
急就爐中成九轉　서둘러 화로 중에 구전 단약을 이루어
刀圭下救萬蒼生　도규로 아래에 사는 만백성을 구하였네.

　　　　　　　　　　　　　　　　　　<古神仙曲>[13]

이 작품은 총 4수로 구성되어 있다. <古神仙曲>이라는 제목에 나타난
바와 같이 옛날 신선들의 이야기를 읊은 것으로, 이는 신선 전설을 제재로
선계의 노넒이나 鍊丹服藥을 통해 불로장생의 염원을 노래한 유선시에
해당한다. <2수>에서는 선계의 정취를 상상하여 묘사하고 있다. '紅鸞·翠
鳳'은 모두 상상 속에 등장하는 상서로운 동물이며, '玄圃'는 곤륜산에
있다는 신선이 사는 곳이고, '赤城'은 帝王의 宮城을 말한다. 3구에서는
'橘中之樂' 고사를 인용하여 詩意를 전개하고 있다. 이는 바둑 또는 장기를
두는 즐거움을 뜻하는데, 巴邛 사람이 뜰에 있는 큰 귤나무의 열매를 쪼개니
그 안에서 두 노인이 장기를 두며 즐거워하고 있었다는 것으로 『幽冥錄』의
고사에서 유래한 말이다. 전체적으로 화려한 선계의 이미지를 형상화하면
서 한가롭고 깨끗한 세계를 그려내고 있다.

전체 시상을 마무리하는 <4수>에서는 연단법을 통해 불로장생을 성취

---

13) 권2 「石泉錄 上」, p.40.

140

하려는 의지를 드러내고 있다. 하지만, 여기에서는 개인적인 차원에서가 아니라 '萬蒼生'으로 범위가 확대되어 언급되고 있다는 것이 주목할 만하다. 유선시의 내용이 결국 '만백성을 구한다'는 유가적인 주제의식으로 수렴된다. 서계의 유선시는 양적으로 많은 비중을 차지하지는 않지만, 이처럼 유가적 입장에서 도가적 소재를 취택하고 있는 양상을 드러내고 있다.

2. 出處 의식과 도가적 사유

서계의 작품에서 도가적 소재를 수용하거나 仙的 풍취를 드러내는 시는 대체적으로 遊仙詩나 仙趣詩 계열로 평가할 수 있다. 유선시는 신선 전설을 제재로 선계의 노닒이나 鍊丹服藥을 통해 불로장생의 염원을 노래한다. 황홀한 신선 세계를 묘사함으로써 강렬한 求仙의 흥취를 노래하거나, 현실 삶의 굴레를 벗어나 인생의 번뇌를 털어버리는 자유와 초월을 칭송하는 것이 주된 내용이다. 그리고, 선취시는 隱士를 노래하며 은일 사상을 고취한다. 취락을 즐기며 산수간을 노니는 선적 흥취를 표방하기도 한다.[14] 서계의 시작품에서 <人間嫦娥>·<嫦娥謝羿>·<古神仙曲>[15] 등과 같은 것은 유선시 계열이라 할 수 있고, 石泉洞에 은거하면서 저술한 다수의 작품이 선취시 계열에 속한다고 할 수 있다.

16·17세기에 유선시의 출현 동인은 학당풍의 진작이라는 문예사조의 측면, 도교 사상, 특히 내단학에 대한 관심이 높아져간 사상적 측면, 몰락한 서인의 시세불우와 전쟁의 재앙이 맞물린 작가의식의 측면 등에서 이루어졌다고 평가된다.[16] 서계는 석천이라는 은거의 공간을 조성했고, 노장

---

14) 정민(2002), 『초월의 상상』, 휴머니스트, p.29.
15) 권2 「石泉錄 上」, pp.39~40.
16) 정민, 앞의 책, p.164.

사상의 주해서를 저술했으며, 이후 사상 논쟁에 휘말렸던 인물이었기에 선취적 문학 작품을 산출한 것은 자연스런 결과라고도 할 수 있다.

　서계의 작품에는 유선시보다 선취시의 비중이 더 많다. 그리고 도가적 소재를 수용한 작품의 경향은 크게 두 가지 양상으로 변별할 수 있다. 첫째, 자신의 현실적인 거취 문제와 자의식과 결부시켜 노장적 소재를 취택한 경우이다. 둘째는 자신의 은거 공간을 비롯한 여타의 자연 인식과 관련된 부분이다.

　다음 작품에서는 현실적인 거취와 관련된 인식을 드러내고 있다.

風雨街頭走	비바람 치는 거리를 내달리다
煙霞谷口居	안개 낀 골짜기에 거처하였네
閑忙前後異	한가로움과 분주함이 전후가 다르지만
身世古今如	신세는 예나 지금이나 같구나
未欲爲名誤	명예 때문에 그릇되지 않으려 함이지
非緣與俗疏	세속과 멀리 하려는 것은 아니네
勤心相問訊	마음을 써서 안부를 물어주니
遠枉故人書	고인의 편지가 멀리서 왔네.

䵷愜持頤樂	개구리는 턱을 내미는 즐거움을 지녔고
鳧懷續脛憂	오리는 다리를 이어줄까봐 근심할 것이네
短長誠異趣	짧고 긺은 진실로 취향이 다르고
小大不兼遊	작고 큼은 함께 노닐 수 없네
性牾嫌難合	성품이 어긋나 화합하기 어려움이 걱정이고
才疏懼未周	재주 성글어 두루하지 못할까 두렵구나
寧從蟲鳥計	차라리 벌레와 새의 계책을 따르리니
是處便埋頭	여기가 편히 정신 쏟을 곳이구나.

<尹子仁拯 見寄詩 三首 次韻酬謝>[17]

142

이 시는 시제에서 밝힌 바와 같이 자인 윤증이 부친 시 3수를 보고서
그 시에 차운하여 답한 것이다. 전체적인 시의 정황과 시가 수록되어 있는
「石泉錄 上」이 저술된 시기(1668년/현종9~1680년/숙종6)로 추정해보면
서계가 세파에 휘말려 정계에서 물러나 있을 때 그와 절친했던 윤증이
안부를 묻는 편지를 보내왔음을 알 수 있다. 이 작품은 서계가 40세인
1668년(현종9)에 관직에서 물러나 석천으로 돌아온 이후에 지은 것이다.

1수의 수련에서 '風雨街頭'는 암담한 정치적 현실을, '煙霞谷口'는 평온한
석천동을 비유한 것으로 파악된다. 함련에서는 세사에 시달려 바쁘게 지냈
던 과거와 한가롭게 지내게 된 지금의 상황은 다르지만 본질적으로 자신의
처지는 크게 달라지지 않았음을 밝히고 있다. 경련에서 서계는 윤증에게
자신이 세속을 떠나온 이유가 단지 절대적으로 탈속적인 삶을 영위하기
위해서가 아니라, 자신의 명예를 그르치지 않기 위해서였음을 직접적으로
언급하고 있다. 여러 가지 복잡다난한 정세와 상황 때문에 서로 갈등 반목하
는 당대 정계의 실상을 감안할 때, 그 곳에 계속 남아 있는 것은 서계
자신이 용납하기 어려운 것이었음을 감지할 수 있다. 그의 물러남은 시의적
절한 용퇴의 성격을 지닌다고 할 수 있겠다. 미련에서는 멀리 떠나온 자신에
게 변함없는 우의를 보여주며 안부 편지를 보내준 윤증에 대한 반가움과
고마움이 묻어난다.

2수에서는 장자의 표현을 빌어서 우의적으로 자신의 상황을 빗대고
있다. 수련에 나온 고사는 『장자』外篇「秋水」와「騈拇」에서 각각 유래한
것이다. 1구는 공자 牟가 공손룡에게 비유하여 한 말로 井底之蛙의 유래이기
도 하다. 여기에서 우물 안의 개구리는 그 지혜가 지극히 오묘한 말을
할 줄 모르면서 궤변으로 한때의 名利에 만족하고 있는 자를 비유한 것으로,
좁은 소견을 가지고 전문지식을 가진 사람을 헐뜯거나 비방하는 예[18]가

17) 권2「石泉錄 上」, p.26.

이에 해당할 것이다. 2구는 「騈拇」에서 나온 말로 가장 올바른 길을 가는 사람은 본성과 天命의 참모습을 잃지 않는다는 것을 비유한 것이다. 장자는 본성이 긴 것을 잘라서는 아니되며, 본성이 짧은 것을 이어주어서도 아니되며, 근심하고 두려워할 것이 없다고 하였다. 그러므로 물오리의 다리가 비록 짧지만 그것을 이어주면 걱정할 것이고, 학의 다리가 비록 길지만 그것을 잘라주면 슬퍼할 것[19]이라고 표현한 것이다. 함련에서는 '長短과 大小'의 차이가 장자적 사유방식으로는 단지 상대적인 차이에 지나지 않겠지만, 실질적인 현실 상황에서는 취향이 달라서 같이 노닐 수 없는 지경에까지 이르게 되는 것임을 재확인한다.

경련에서는 앞서의 비유적인 표현이 결국 자신의 처지를 우회적으로 드러낸 것임을 간취할 수 있게 한다. 성품이 어긋나 화합하기 어렵고 재주가 성글어 두루하지 못하는 자신의 성품이 문제가 됨을 인식하고 있다. 이는 표면적으로 단순히 자신의 결점을 드러내고 있는 것으로 파악할 수도 있지만, 역으로 보면 자신의 소신대로 행동하고 표현할 수 없게 하는 현실적인 정황을 파악할 수 있게 한다. 이렇게 서계 자신이 감당할 수 없을 만큼 힘들게 여겨지는 현실에 대한 괴로움을 3수의 경련에서는 "이 세상을 그대야 어찌 버릴까만, 오늘날 나는 감당할 수 없구나."[20]라고 보다 직접적으로 토로한다. 미련에서는 이러한 여러 가지 어려움을 극복할 수 있는

---

18) 어느날 개구리가 동해에 있는 자라에게 가서 "나는 즐겁다. 나는 우물의 난간 위에까지 뛰어오르기도 하고 우물 속으로 들어가서는 깨진 벽돌 가에서 쉬기도 하며, 물 속에서는 양쪽 겨드랑이로 수면에 떠서 턱을 물 위로 내밀기도 하고, 진흙을 차면 발이 파묻혀 발등까지 흙에 파묻히기도 한다. 저 장구벌레나 게나 올챙이 따위가 나를 따를 수 있겠는가? 더구나 나는 한 우물의 물을 독차지해서 내 멋대로 노는 즐거움이 지극한데, 그대는 왜 때때로 와서 내가 노는 것을 구경하지 않는가?"라고 한 데서 온 말이다.(이민수, 앞의 책, 外篇 「秋水」, pp.267~271.)

19) "是故 鳧脛雖短 續之則憂 鶴脛雖長 斷之則悲." 위의 책, 外篇 「騈拇」, pp.10~12.

20) 其三 "斯世君何棄 今時我不堪."

144

방법으로 자연의 순리를 따르며 살 것을 선택했음을 밝히고 있다.

이러한 견해는 서계가 반대파 세력에 의해 이단으로 내몰리고 첨예하게 갈등적인 관계에 처해 있었던 상황에도 적용될 수 있는 것이다. 그러므로 서로 다른 주장은 화합하기 어렵고, 그 속에서 은거는 자신이 선택할 수 있는 하나의 방편이었던 것으로 파악된다.

자신의 상황이나 선택에 만족할 줄 아는 삶의 추구는 서계의 『老子』 인식에도 일관되게 나타난다. 서계는 『老子』 제72장의 해석에서도, "만족할 줄 아는 자는 항상 만족한다. 그러므로 성인은 다만 모든 이치를 통달하는 앎이 있지만 스스로 나타내어 출세하기를 구하는 일이 없으며, 다만 자기 한 몸을 아끼지만 스스로 고귀하게 여겨 사치스럽기를 구하는 일이 없다"고 하여, 죄를 두려워하지 않아서 죽음의 형벌에 이르게 되는 백성의 어리석음과 달리, 성인은 출세나 사치를 추구하는 욕심을 버려 스스로 '만족할 줄 아는' 인격임을 확인하고 있다.[21] 그리고, 이러한 인식은 <新屋>, <村居>,[22] <隱居>[23] 등과 같은 시작품 세계에서 자족적인 삶을 노래하는 방식으로 구현되고 있다.

한편, 서계의 다른 작품에서는 자신을 신선으로 형상화하였다.

聊把奇蹤混俗人　기이한 종적으로 속인과 어울리니
神仙還復暫風塵　신선이 잠시 세속으로 되돌아왔네
當時倉卒君應恨　그 당시 갑자기 돌아와, 그대 응당 섭섭했을 것이나
谷客元來是洞賓　골짜기 나그네는 원래 동빈이었다네.
<偶題>[24]

21) 금장태, 앞의 책, pp.133~134.
22) 권2 「石泉錄 上」, p.25.
23) 권2 「石泉錄 上」, p.32.
24) 권3 「石泉錄 中」, p.44.

　<偶題>라는 시제에 나타난 것처럼 시적 정황이 다소 모호해 보이는 작품인데, 시적 화자의 모습이 직접 드러나지 않고, 제3자로 객관화되어 나타나기 때문에 더욱 이해하기가 쉽지 않다. 하지만, 이 시가 「석천록 중」에 수록되어 있다는 것을 감안하면, 서계가 1680년 10월에 재출사했다가 곧바로 체차된 뒤 석천동에 돌아왔을 무렵의 정황과 일치한다는 것을 알 수 있다.

　1~2구에서는 서계가 재출사해서 정치현실에 있을 때를 신선이 세속으로 되돌아와서 속인들과 어울린 상황으로 비유하고 있다. '奇蹤·神仙'이 '俗人·風塵'과 의미상 대립항을 이루고 있다.

　3~4구는 서계가 다시 석천동으로 돌아왔을 때를 암시하는 것이다. '그대'라고 지칭되고 있는 상대방과 '谷客'으로 객관화된 화자 자신의 관계가 드러나고 있지만, 구체적인 상황은 나타나 있지 않다. 詩意를 통해 유추할 수 있는 것은 속세에 머물고 있는 상대방과, 잠시 속세에 들린 謫仙과의 짧은 해후를 떠올릴 수 있다. '洞賓'은 '여동빈'으로 신선 전설에 등장하는 '崑崙八仙' 가운데 한 인물이다. 그는 본래 당나라 사람으로 당시 대대로 명문가의 집안에서 태어났으나 수려한 용모에 탁월한 글재능에도 과거에 세 번이나 낙방하고서 47세 때 실의 속에 각지를 떠돌며 방랑 생활을 하던 중 팔선 중 한 사람인 鐘離權이라는 도인을 만나 도와 인연을 맺게 되었다고 한다. 그후 여동빈은 68세 때에 도의 수련을 끝내고 득도하며 천하를 주유하며 경이로운 행적을 남겼다고 한다.[25]

　서계는 '谷客'으로 객관화된 자신을 여동빈과 동일시하고 있다. 이러한 표현은 서계 시에서 주종을 이루고 있지는 않지만, 현실에서 자신의 뜻을 펼치지 못하는 상황을 엿볼 수 있게 한다.

---

25) 趙翼, 『陔餘叢考』.

146

다음 작품에서는 백이숙제와 동봉 김시습을 仙的인 인물로 비유하고
있다.

<1수>

薇眞靈藥我云然　고사리가 영약임을 나도 그렇게 알고 있나니
見有西山不死仙　서산에서 죽지 않는 신선을 보았네
傳授東峯服煉法　동봉에게 복련법을 전수하여
相携游戲碧雲天　서로 이끌고 푸른 하늘에서 노닐고 있네.

<2수>

氣高莘渭獨超然　신위보다 높은 기상 홀로 초연하니
君與夷齊一等仙　그대는 백이숙제와 같은 신선이네
遺像來瞻人幾許　유상을 보러오는 사람 얼마인가
還須各認寸心天　도리어 각자 마음 속에 하늘을 알 것이네.
　　<自去歲 經始東峯影堂于此 湖南徐處士聞而喜之 次前輩詠東峯事詩韻
　　及自占韻 長短絶句律古詩凡七首 旣以抒其深感 而兼寓奬歎之意 三復歆
　　聳 隨之愧恧 輒此攀和 處士素不識余 而余之獲和其詩者 今再矣 自以爲過
　　當之幸云 八首>[26]

　이 시의 제목은 다음과 같이 다소 길지만, 시적 정황을 구체적으로
알 수 있게 하여 살펴볼 필요가 있다.
　<지난해부터 이곳에 동봉 영당을 짓기를 시작하였는데, 호남 서처사가
그것을 듣고서 기뻐하였다. 전배들이 동봉의 일에 대해 읊은 시에 차운한
것과, 스스로 운을 달아 쓴 시가 장단 절구와 율시, 고시로 모두 7수이다.
이미 깊은 감회를 토로하였는데, 겸하여 화답하는 뜻을 부쳤다. 여러 번
되풀이하며 흠모하고 따름이 부끄럽지만 문득 받들어 화답하였다. 처사가

　26) 권3「石泉錄 中」, p.48.

본디 나를 알지 못하였으나 내가 그 시에 화답할 수 있는 것이 지금 두 번째이니 스스로 과분한 다행으로 여긴다.>

<1수>에서는 백이숙제가 절의를 지키기 위해 수양산에서 고사리를 캐먹다 죽은 고사를 인용하고 있다. 1~2구에서는 그들이 먹었던 고사리를 '靈藥'에, 백이숙제를 '不死仙'에 비유하고 있다. 3~4구에서는 백이숙제의 절의에 비견되는 동봉을 형상화함에 있어서 '服煉法'을 전수받았다고 표현하고 있다. 이렇게 절의로 칭송받는 이들을 신선으로 표현한 것은 세월이 흘러도 변함없이 칭송받는 그들의 절의의 가치에 대한 의미부여를 나름대로 한 것으로 보여진다. 여기에서의 '不死仙'이란 단순히 '장생불사'의 의미에 그치는 것이 아니라, 그들의 행적과 절의를 영원하고 숭고한 것으로 신격화 내지는 신비화시켜 표현한 것으로 파악된다.

<2수>에서는 동봉의 기상이 '莘渭'보다 높다고 평가하고 있다. '莘渭'는 莘野와 渭水를 가리키는데, 莘野는 伊尹이 은거할 때에 농사짓던 곳으로 이윤은 신야에 은거하고 있다가 湯王의 세 번에 걸친 초빙에 따라 出仕하여, 탕을 도와 夏의 傑王을 토벌하였다. 그리고, 渭水는 위수가에서 낚시질하다가 文王에게 발탁되어 將相이 된 太公望 呂尙과 관련이 있다.

이러한 적선의식은 세상과 불협화음을 이루었던 서계 자신에 대한 하나의 표상으로 볼 수 있겠다. 그리고, 백이숙제나 김시습과 같은 인물을 추모하며 그들을 신선으로 형상화하면서 자신의 동일시 대상으로 삼고 있는 태도 역시 이러한 의식과 관련이 있는 것으로 파악된다.

3. 俗中仙의 境界 지향과 모색

서계가 부인 남씨 死後에 들어가 생활한 楊州 水落山 石泉洞은 그에게는 은거지이면서 동시에 취락과 연구의 공간이었다[27]고 평가된다. 이곳에서

148

그는 수려한 자연과 벗하며 '俗中仙'의 경지에 이르는 삶을 영위했음을
여러 작품을 통해 확인할 수 있다. 「石泉洞記」에는 이러한 상황이 다음과
같이 구체적으로 나타난다.

　석천동은 잠수가 사는 곳이다. 잠수가 조정에 시종신으로 벼슬한 지
10년이 되었는데, 어느 날 병이 들어 仙鬼峯 아래에 물러나게 되었으니,
거취하게 된 곳의 샘물을 이름하여 석천이라 하고, 인하여 그것으로 동을
이름하였다. 그곳은 都門의 동쪽에 있기 때문에 또 그 산봉우리를 동강이라
고 하고 시내를 동계라고 하였다. 또 잠수가 살기 때문에 그 물과 언덕을
潛水·潛丘라 하였다. (중략) 잠수가 매일 지팡이를 짚고 짚신을 질질 끌며
아침저녁으로 물과 바위 사이로 소요하는데, 질병과 우환이 있지 않으면
일찍이 이곳에 있지 않은 적이 없었으니, 이는 즐거워 늙음이 닥쳐오는
줄도 모르는 자라 하겠다.
　시내에서 북쪽으로 8, 9보쯤 가니 집이 있는데 곧 잠수가 사는 집이요,
집에서 동쪽으로 수백 보를 가면 언덕이 있는데 곧 잠수의 무덤자리이다.
언덕을 이름하기를 樂丘라 하고 집을 이름하기를 精舍라고 하였으니,
잠수는 장차 살아서는 이곳에 머물고 죽어서는 이곳에 묻힐 것이니, 비록
삽을 매고 (하인으로 하여금) 스스로 따르게 한 자와 다를 법하지만, 잠수와
같은 경우는 또한 스스로 잘 도모하였다고 할 만하다.
　회일봉·영월봉·백학봉·채운봉·선부봉 등 여러 봉우리의 기이함과, 선
유·도장·토운·서하곡 등 여러 골짜기의 아름다움과, 취선대·초학대와 수
옥정·난가정과 객성기·음우담, 그리고 크고 작은 여러 아름다운 폭포와
샘물에 이르러서는 도성 근처에는 없는 것들인데, 잠수가 가려 뽑아 이름한
것들을 합하면 이루 다 적을 수가 없으니, 이제 우선 그 한두 가지를
기록하여 후인들이 잠수가 이곳에서 즐거워한 바를 알게 하노라.[28]

27) 김학수(2001), 앞의 논문, p.82.
28) "石泉洞者 潛叟所居也 潛叟仕于朝列侍從且十年矣 一日負疾退居于仙鬼峯下 名所
　　居泉曰石泉因以名洞也 爲其在都門之東也 又名其岡曰東岡 溪曰東溪 又以潛叟居

　　이 글에서 서계는 자신이 은거하고 있는 공간인 석천동에 대해 서정적이
면서도 선취적으로 묘사하고 있다. 특히, 서계가 '白鶴·彩雲·仙鳧峯', '仙游·
道藏谷', '聚仙·招鶴臺', '爛柯亭·客星磯·飮牛潭'이라고 명명한 수락산의 봉
우리와 골짜기, 정자와 샘물 등의 이름들은 도가적인 용어이다. 특히, '仙鳧'
는 王喬와 관련된 것이고, '爛柯'는 도끼 자루가 썩는다는 뜻으로, 바둑
두는 재미 또는 시간 가는 줄도 모르고 바둑에 열중함을 이른다. 晉나라의
王質이라는 樵夫가 信安의 石室山에서 두 동자가 바둑 두는 것을 만나
이것을 보고 있는 동안에 도끼 자루가 썩어버리고, 마을에 돌아가 보니
아는 사람은 다 죽었더라는 『述異記』[29]에 나오는 고사에서 유래한 말이
다.[30] 또한, '客星'과 '飮牛'는 晉나라 張華의 『博物志』[31]에 나오는 것으로

　　之也 名其水丘 潛水潛丘 (中略) 潛叟日 負杖曳屨 朝暮逍遙乎水石之間 自非有疾病憂
　　患 未嘗不在是焉 蓋樂而不知老之將至者也 自溪而北八九步 有屋焉卽潛叟居宅 自
　　宅而東數百步 有丘焉卽潛叟幽宮 名丘曰樂丘 名屋曰精舍 潛叟將生而居於此 死則
　　埋於是 雖其與荷鍤自隨者 若不同焉 若潛叟者 亦可謂善自爲謀矣 至其回日 迎月白
　　鶴彩雲仙鳧諸峯之奇 仙游道藏吐雲棲霞諸谷之勝 與夫聚仙招鶴之臺 漱玉爛柯之
　　亭 客星之磯 飮牛之潭 大小瀑泉諸奇勝 近都所無而並潛叟之所選名者 多不可盡述
　　今姑記其一二 但後人知潛叟之所樂於此也." 권8, pp.145~146.
29) 述異記 : 양나라의 任昉이 지은 소설. 신, 신선, 요괴 등 신비롭고 괴이한 존재들의
　　행적과 이상한 동식물, 광물, 기이한 장소 등에 대해 서술했다. 특히 신화 자료를
　　많이 담고 있다.
30) 이 고사와 내용이 직접적으로 관련된 작품으로는 <正月三日大雪 村叟數人 到草堂
　　圍棋 日暮乃罷>가 있다. 서계는 석천동에서의 자신의 생활을 다음과 같이 선취적
　　으로 표현하였다.
　　珠樹琪花滿洞天　구슬 나무 구슬 꽃이 온 골짜기에 가득한데
　　山中半日會群仙　산 속 한나절에 신선들이 모였구나
　　回頭笑謂看棋客　바둑 두는 사람을 보며 머리 돌려 웃으며 말하기를
　　歸到君家已幾年　그대 집 돌아가면 이미 몇 년 후일걸세.(권2 「石泉錄 上」, p.29.)
31) 博物志 : 西晉의 학자 張華가 저술한 중국의 기문·전설집. 신선과 이상한 인간,
　　동식물에 관한 기록을 주로 하고 거기에 민간전설 등이 곁들여 있다. 당초에는
　　400권으로 만들어졌으나 문장이 길고 기괴한 부분이 너무 많다는 당시의 황제
　　의견에 따라 10권으로 줄였다고 한다.

뗏목을 타고 은하수를 건너온 '槎客'과 관련된 용어이다.

이처럼 서계가 자신이 살게 된 석천 부근의 경물에 대해 일일이 명명한 행위는 조선중기 유산기에서 사대부들이 대상에 대한 올바른 이름을 갖게 해주는 '命名' 작업을 행했던 것[32]과 상통하는 면이 있다. 하지만, 조선중기 사림파 문인들이 주된 담당층으로 활약한 유산기에는 일차적으로 성리학에 입각한 합리적인 태도가 강하게 나타난다. 이들 유산기의 작자들은 산 곳곳에 산재해 있는 불교적 이름과 비현실적 설화, 도교의 자취, 토속적 신앙의 흔적을 지적하고 이를 논리적으로 비판하고 있다.[33]

이와 달리 서계는 자신의 은거 공간을 도가적인 용어로 대치하여 초탈적인 분위기를 강화하고 다소 신비로운 이미지를 연출해내고 있다고 할 수 있겠다. 즉, 자신이 은거하고 있는 곳의 기이하고 아름다운 자연 풍광을 선취적인 요소를 가미하여 형상화하고 있다. 수락산에 대한 이러한 인식은 다음과 같은 작품에서도 드러난다.

<1수>

兩手爬崖兩膝前	양 손으로 벼랑을 집고 양 무릎으로 나아가니
日斜辛苦到層顚	해가 저물어서야 고생하며 꼭대기에 이르렀네
回看雲海相呑吐	운해를 돌아보니 서로 삼켰다 토하는 듯하고
却指岑巒互接連	봉우리들 가리키니 서로 연이어 있구나
自覺胸中無芥滯	가슴 속에 티끌 없음을 스스로 깨달으니
豈知天外有攀緣	하늘 밖에 반연이 있음을 어찌 알리오
渴來更酌鼎池水	목 말라 부지의 물을 또 마시며
喚取王喬問列仙	왕교를 불러서 열선에 대해 물어보리.

---

32) 호승희(1995), 「조선전기 유산록 연구」, 『한국한문학연구』 18집, 한국한문학회, p.125.
33) 이혜순 외(1997), 『조선 중기의 유산기 문학』, 집문당, p.123.

<3수>

孤峯拔地勢嵬嵬	땅에 치솟은 봉우리가 우뚝하니
乍似芙蓉掌上開	손바닥 위에 연꽃이 핀 듯하구나
高士二今留隱跡	두 명의 고사는 지금 숨은 자취를 남기고
游人罕得到仙臺	노니는 사람이 선대에 이르기는 드물구나
瀑流朝見銀河落	아침에 은하수 떨어지는 듯한 폭포를 보고
鳧影宵從葉縣回	밤에 물오리 그림자 따라 섭현으로 돌아오네
年少登山應不厭	젊은날 산에 오르기를 꺼리지 않았지만
衰遲敢望異時來	늙어서 다른 때에 올 것을 감히 바라리오.

<與諸人登水落山> 三首[34]

이 작품은 여러 사람들과 수락산에 오르면서 느낀 감회를 생동감 있게 표현하고 있는데, 인용한 1수와 3수에서는 선취적인 경향이 나타난다. 1수의 수련에서는 수락산에 오르는 과정을 사실적으로 보여주고 있고, 함련에서는 산 정상에서 바라본 운해와 봉우리의 모습을 묘사하고 있다. 경련에서 인식된 초탈적인 정취는 미련에서 '鳧池·王喬·列仙'과 같은 도가적인 소재로 강조되고 있다. 왕교는 河東사람으로 漢나라 顯宗 재위 때 南陽郡 葉縣의 현령을 지냈고, 선인의 술법을 가지고 있었다[35]고 한다.

3수의 함련과 경련에서도 이러한 도가적인 풍취가 연장되어 나타나고 있다. 두 명의 고사의 자취는 지금 남아 있지 않고, '仙臺'에 이르러 노니는 사람이 드물다고 하여 신비로운 분위기를 조성한다. 그리고, 銀河가 하늘에서 떨어지듯이 쏜살같이 떨어지는 폭포수의 역동성과 밤에 고요히 움직이는 물오리 그림자의 정적인 이미지가 대비되면서 여운을 남긴다. '葉縣'은 왕교와 관련된 지명이어서 1수의 내용과 연계된다.

---

34) 권2 「石泉錄 上」, p.33.
35) 김장환 外譯(2000), 『태평광기 Ⅰ』, 학고방, p.184.

152

수락산을 오른 당시의 정황과 흥취는 <遊水落山詩後序>에서 "일찍이 몇몇 사람들과 수락산 정상에 올랐었는데, 초입에서는 구불구불 깊숙이 들어가 마치 우물에 앉아 무덤으로 떨어지는 듯하고, 정상에 오르자 온 사방이 훤하게 트여 마치 바람을 타고 신선이 된 듯하였으니, 그야말로 인간사 또 하나의 즐거움이었다. 성곽은 아련하고 집집마다 저녁 연기 피어나며 강물은 구불구불 천리를 달려 바다로 흐르며, 서남쪽으로는 운해 가 자욱하고 동북쪽으로는 이내가 아득하여, 눈앞에 펼쳐지는 기묘하고 아름다운 경광이 발길을 따라 다른 것으로 말하면, 심목으로 그 요체를 잡을 수 없고 그림으로 그 절경을 그려낼 수 없으니, 또 어찌 우내의 아름다운 볼거리가 아니겠는가."36)라고 하여 구체적으로 나타난다.

또한, <天柱峯>37)이라는 작품에서는 '萬丈'이라는 도봉산의 제일 높은 봉우리의 이름을 '天柱'라고 개명하면서 詩序38)와 절구 4수를 지었는데,

---

36) "嘗與數子 登于絶頂 初則崎嶇入深 若坐井而墮冢 終而軒豁無憑 似御風而登仙 固亦
人間之一快也 至其城郭隱映 萬戶夕煙 江流曲折 千里朝宗 西南則雲海瀰洞 東北則
嵐嶂杳冥 獻奇效媚 隨步而異 心目不能領其要 丹靑不能寫其狀 又豈非寰內之瓊觀
也." 권7, p.137.

37) 권2「石泉錄 上」, p.34.

38) 도봉산은 땅에서 치솟아 하늘까지 닿아 있으니 많은 산봉우리에 칼이 서 있는
것 같고, 기교한 조화가 유독 여기에 치우쳐 있다. 대개 고인이 이르기를, "이
산은 신선이 사는 곳이니 마땅히 봉호의 우두머리로 삼아야 한다."라고 하여
이 이름을 지었다. 또 그 용이 날고 봉황이 춤추며 상서로움을 기르고 신령한
기운을 모아서, 끝이 없는 기를 공고히 하였다. 대저 임안에 천목산이 있음을
보았는데, 상하가 서로 차이가 크고, 산의 여러 봉우리들이 본래 이름이 없는
것이 자못 이상하였다. 그 제일 높은 한 봉우리가 썩 가까운데 이때에 만장이라고
이름하였다. 비루함을 면하지 못하여 내가 매우 한스럽게 여겼는데, 지금 천주라고
이름을 지으려하니 대개 그 형상을 상징한 것이다. 인하여 절구 4수를 지었다.
("道峯拔地干霄 劍立千嶂 造化奇巧 獨偏於此 蓋古人謂是山乃神仙所宅 當爲蓬壺之
長 故立此名 且其龍飛鳳舞 毓祥鍾靈 鞏固無疆之基者 視夫臨安之有天目 上下相萬
而山之諸峯 率無名號 殊可怪也 其最高一峯至近 時乃名萬丈 不免俚陋 余甚恨之
今欲名以天柱 蓋象其狀也 因爲四絶云.")

도가적인 색채가 한층 짙게 드러난다.

<2수>
便化共工身百億　공공의 몸을 백억 개로 만들어
一身還着一頭來　몸통 하나에 머리 하나씩 붙였구나
頭頭觸碎頭頭觸　머리마다 떠받아 깨져도 계속해서 떠받지만
看見孤撐詎忽推　우뚝한 이 봉우리 어찌 갑자기 꺾이겠는가.

<3수>
天柱由來近帝庭　천주는 본래 제정과 가까우니
東西萬里俯重溟　동서 만리에 있는 바다를 굽어보네
鸞驂虬駕常來往　난새 곁말과 규룡 수레가 항상 오가고
夜夜星壇會百靈　밤마다 성단에는 모든 신령들이 모이네.

2수에서는 뾰족뾰족 높이 솟은 봉우리의 형상을 고대 제왕인 '顓頊'과 다투었던 天神 '共工'의 고사를 인용하여 역동적으로 표현하고 있다. 그 아무리 힘센 '공공'이 있다고 하여도 높은 봉우리에 부딪힐 것이라는 상상력이 묘미가 있다. 3수에서는 '天柱'가 본래 帝庭과 가깝다고 하여 세계의 중심인 '세계산'적 이미지를 원용하고 있다. 그리고 밤마다 성단에는 모든 신령들이 모인다고 하여 도봉산의 천주봉을 신령스런 공간으로 형상화하고 있다.

이 밖에 1수와 4수에서도 우뚝하게 높이 솟은 천주봉의 위상은 "문득 기둥 없는 하늘이 기둥을 얻게 되었으니, 높이 떠받듦을 어느 봉이 이 봉과 다투랴."[39] "형악의 천주봉이 높다고 일찍이 들었는데, 오봉과 높이를 다투면 어느 것이 뛰어나리오."[40]와 같은 표현에서도 드러난다.

---

39) "却遣天無柱亦得　擎高誰與此峯爭."

154

한편, 서계가 이상향으로 생각하고 있는 공간의 모습은 다음과 같은
작품에서 엿볼 수 있다.

板屋柴籬聞語音　너와집 울타리에선 말소리 들리고
村村煙火傍溪陰　마을마다 밥 짓는 연기로 시냇가 어둑하네
此間猶自羲皇俗　이 사이에 오히려 절로 희황의 풍속이 있으니
始覺桃源不大深　무릉도원도 그리 깊지 않음을 비로소 깨닫네.
　　　　　　　<自花川轉入楓岳 行數十里 溪谷深邃 人煙不絶>[41]

이 작품은 시제에서 밝힌 바와 같이 서계가 화천으로부터 풍악산으로
돌아들었을 때, 수십 리를 가다가 계곡이 더욱 깊어졌는데도 인가가 끊이지
않은 모습을 보고 읊은 것이다.

1~2구에서는 산 속 깊숙한 곳에 있는 마을에서 사람들의 이야기 소리가
들려오고 밥짓는 연기가 낀 풍경을 묘사하고 있다. 계곡이 깊어서 사람이
살지 않을 것 같은 곳이나 여전히 생생하게 사람들이 살아가는 공간임을
목격하고 있다.

3~4구에서는 이곳이야말로 '俗中仙'의 경계임을 깨닫고 있다. '羲皇'은
곧 伏羲[羲皇上人]인데 복희씨 시대인 태곳적의 사람이라는 뜻으로, 속세
를 떠나 한가히 지내는 사람을 이르는 말이다. 태곳적 사람들이 살았던
모습이 아마도 이와 유사했을 것이라는 상상력을 발휘하여 도가적 이상향
인 '桃源'이 그리 멀지 않은 곳에 있다고 깨닫는다. 이 작품을 통해 서계가
지향하는 이상 세계는 세속과 완전히 단절된 공간이 아니라 사람들이
평화롭고 조화롭게 살아가는 곳임을 알 수 있다.

이러한 사회의 모습은『新註道德經』에서 서계가 도가적 이상 사회로

40) "衡嶽曾聞天柱高 五峯爭長孰推豪."
41) 권3「後北征錄」, p.55.

일컬어지는 '小國寡民'의 세계를 다음과 같이 풀이한 것과 유사하다.

　　백성들이 작은 조그만 나라에서 편안히 살 수 있으면 토지를 고쳐 개척할
것이 없고, 백성들도 다시 모을 것이 없다. 什伯人의 병기가 있어도 쓰지
않게 하면 知者가 감히 하지 못한다. 백성들에게 죽음을 중히 여겨 멀리
이사가지 않게 하면 사람들이 다 제 몸을 사랑하여 가볍게 죄를 범하지
않으므로 도망하는 자를 잡는 일과 다른 데로 이사 가려는 걱정이 없어진다.
배와 수레가 있을지라도 그것을 타는 사람이 없으면 멀리 가서 이익을
구하는 일이 없다. 갑옷과 병장기가 있더라도 이것을 진열할 데가 없으면
힘을 믿고 다투는 일이 없다.

　　백성들이 다시 結繩하여 이것을 쓰게 하면 사람들이 다 질박하고 교묘한
거짓이 용납되지 않으니 비록 상고의 풍속으로 돌아가더라도 좋다. 자기가
지은 밥을 달게 먹고, 자기가 지은 옷을 아름답게 여기면 蔬食이라도
고기국보다 낫고, 베옷이라도 갖옷과 비길 수 있다.

　　자기가 사는 데를 편안히 여기고, 자기네의 풍속을 즐겁게 여기면 스스로
편안하고 스스로 즐거워하여 바깥 것을 사모하는 마음이 끊어지고, 이것을
싫어하고 저것을 부러워하는 마음이 싹트지 않아, 비옥한 토지와 요염한
볼거리가 있을지라도 다 그들의 생각을 바꿀 수 없다.42)

　이는 노자가 유토피아로 설정하고 있는 '小國寡民'에 대해 서계가 구체적
으로 주해한 것이다. 이곳은 '無爲而治'의 도리에 따라 인간의 역사 진행이
거부된 폐쇄된 시간과 공간 위에 건설된 유토피아이다. 이곳에서도 존중되

---

42) "能安於小國寡民 則地不改闢民不改聚矣 使有什伯人之器而不用 則知者不敢爲矣
　　使民重死而不遠徙 則人皆自愛其身不輕犯罪而無逋逃遷徙之患矣 雖有舟輿無所
　　乘之 則不致遠以求利矣 雖有甲兵無所陳之 則不恃力以爭矣 使民復結繩而用之 則
　　人皆醇質 巧僞不容 雖還上古之風可矣 甘其食 美其服 則藜藿勝於芻豢 布褐敵於狐
　　貂矣 安其居樂其俗 則自安自樂絶於外慕 厭此欣彼之心不萌於中 雖有便沃土侈艶
　　之觀 皆不足以易其慮."『新註道德經』下經 제43장.

는 것은 태초의 원리, 미분화된 자연의 질서이지만, 산해경형 유토피아가
천연적으로 이러한 원리를 부여받은 데 비해 이곳에서는 인위적으로 추구
되고 있다는 점이 커다란 차이가 있다고 평가된다.[43]

이와 같이 서계는 자신이 머무르고 있는 주변 공간을 仙的인 모티프를
수용하여 형상화하는 경향을 보여주고 있다. 특히 「石泉錄 上·中」에 수록된
작품이 압도적으로 많은 비중을 차지하고 있다. 이는 전체 작품수가 많아서
이기도 하겠지만, 서계가 석천동에 은거하면서 지은 시라는 창작 배경의
특징과도 연계될 수 있을 것이다. 「石泉錄 上」은 1668년(현종9) 서계 나이
40세에 파직되어 석천으로 돌아온 뒤 1680년 10월 도성에 들어가기 전까지
楊州 석천에서 지은 시이고, 「石泉錄 中」은 1680년(숙종6) 10월 도성에
들어갔다가 곧 체차되어 석천으로 돌아온 뒤부터 1687년(숙종13)까지 석천
에서 지내면서 지은 시들이다. 당시 서계가 처한 상황과 주변의 정황이
선취적 작품을 창작할 수 있게 한 주요 요인으로 작용하였다고 파악할
수 있다.

B. 佛家에 대한 입장과 超脫的 교유

서계는 불교 이념 자체에 대해서는 부정적인 입장을 드러냈지만, 실질적
으로 불가의 인물들을 평가하거나 그들과 교유하는데 있어서는 현실적이고
융통성 있는 태도를 견지하였다. 그리하여 그는 일생 동안 승려들과 지속적
으로 교유하였고, 이와 관련된 시작품만도 전체 교유시 281제 410수 중에서
44제 55수로 적지 않은 비중을 차지하고 있다. 이 가운데 妙察, 豊悅,
海眼 등과 같은 승려들과는 오랫동안 교분을 유지하며 개인적인 심회를

---

43) 정재서(2000), 『도교와 문학 그리고 상상력』, 푸른숲, p.255.

털어놓거나 禪的 탈속의 경지를 공유하기도 하였다.

　서계의 詩文에는 불교에 대한 나름의 평가가 나타나고, 여러 승려들과의 문학적 교유를 통해 俗·禪의 交感과 超脫的 이미지를 구현해내고 있다. 본장에서는 서계의 작품을 통해 불교에 대한 평가와 태도를 살펴보고, 佛僧들과의 관계를 통해 성취한 문학적 성과를 살펴보고자 한다.

1. 부정적 불교관과 이단에 대한 태도

　서계는 주자의 학설에 얽매이지 않으면서 六經에 대해 재해석을 하였고, 노장 사상에 대해서도 의미를 부여하며 다소 개방적이고 유연한 태도를 견지한 것에 비해 불교 사상에 대해서는 강경하게 배척하는 입장을 취하였다. 이러한 태도는 한유와 구양수가 불교를 배척한 것에 대해 논한 글인 <論韓歐排浮屠>에 잘 나타난다.

　　세상 사람들은 한유와 구양수가 불교를 배척하였으나 거친 점만 논하고 깊은 뜻을 다하지 못하였다고 문제삼으며, "그들의 식견이 지극하지 못하여 이를 변론하기에 부족하였다."라고 하는데, 나는 그렇게 생각하지 않는다. (중략)

　　이단이 천하에 있음은 또한 저 악취와 같은 경우인데 그 중에 불교가 특히 심하다. 불교를 좋아하는 자는 또한 악취를 좋아하여 좇는 자와 같은 부류이니, 더불어 끝까지 논쟁할 가치조차 없는 것이 분명하다. 맹자께서 양주·묵적을 배척하시되, 또한 "아비를 무시하고 임금을 무시하는 것이다."라고만 하셨지, 진실로 끝까지 논하여 정밀한 의리를 다툰 적이 없었다. 그런데도 그 공명정대함은 절로 저들을 복종시킬 수 있었으니, 또 어찌 깊이 따질 것이 있겠는가. 나는 이 때문에 "깊이 따지는 것은 곧 천근하여 미혹을 없애지 못하는 것이다."라고 하는 것이다.44)

이 글에서 서계는 불교를 이단으로 규명함에 있어 구구하게 그 교리의 타당성을 논하지 않고, 맹자의 간단명료한 논리를 원용하여 자신의 견해를 밝히고 있다. 맹자는 양주의 爲我주의는 유교의 기본 규범인 군신의 의를 부정하는 無君의 논리이며, 묵적의 겸애는 그 사랑의 무차별성으로 인해 부모를 도외시하는 無父의 논리라고 단정하며, 그들의 이론은 사람들로 하여금 인륜을 저버리게 하고 금수의 세계로 이끄는 이단사설이라고 비판하였다.45)

서계는 불교 사상이나 교리에 대해 깊이 따지는 것은 오히려 미혹됨을 없애지 못하고 더욱 혼란을 가중시킬 뿐이라고 판단하고, 유가적인 입장에서 불교 교리의 큰 허점이라 할 수 있는 '無父無君'이라는 맥락을 통해 여타의 논란을 일축해버리고 있다. 이러한 견해는 조선전기 이래 儒者들이 '벽이단'으로써 표방한 불교관과 크게 다르지 않다고 할 수 있다. 이와 같이 불교를 배척하는 태도는 다음 <쁘敎>라는 작품에서도 나타난다.

쁘敎初來無許巧　불교가 처음 전해졌을 때엔 공교로움이 없었고
唯談地獄與天堂　오직 지옥과 천당만을 말하였네
穿窬大道名禪寂　대도를 훔쳐다가 선적이라 이름 붙여
盡誤英雄墮渺茫　영웅을 모두 그르쳐 묘망에 빠뜨렸구나.46)

---

44) "世病韓歐力排佛氏 然只論其粗而未盡其深 謂其識之未至而不足以辨之 余獨以爲不然 (中略) 異端之在天下 其亦猶夫臭也 而佛其甚者也 其好之者 亦逐臭之類也 不足與爲究論也明矣 孟子闢楊墨 亦不過曰無父曰無君 固未嘗爲甚究之論以爭 夫精微毫忽 而其正大自足以服彼 則又何事於深也 吾故曰深之者 乃所以爲淺而未能去夫惑者也." 권7, p.134.
45) 송갑준(2002), 「異端-우리 도를 어지럽히는 자들」, 『조선 유학의 개념들』, 한국사상사연구회, 예문서원, p.437.
46) 권4 「石泉錄 下」, p.65.

이 작품에서는 불교의 교리나 사상이 정교해질수록 오히려 그 폐해가
심해짐을 비판하고 있다. 釋家는 寂滅을 宗旨로 삼아서 思慮寂靜을 '禪寂'이
라고 하였는데, 불교에서 표방하는 '禪寂'이 결과적으로 많은 이들을 혼란스
럽게 하는 요인이 되었음을 직접적으로 언급하고 있다. 이렇게 유자의
입장에서 불교를 평가하는 입장은 다음 몇몇 작품을 통해 찾아볼 수 있다.

　　從渠萬劫繞須彌　　만 겁 동안 수미산에 둘러싸여
　　秪成枯槁猿鶴姿　　고고한 원학의 자태만 이루었네
　　若道空無是妙道　　만약 공무만이 묘한 도라고 말한다면
　　生香嗅取一庭梨　　한 정원에서 배나무 향내만을 취하는 격이라네.
　　　　<山人萬英入妙香 學道藥泉 有詩 其師守源持示 走筆次其韻>[47]

이 작품은 제목에서 밝힌 바와 같이 산인 만영이 묘향산에 들어가 약천에
게 도를 배우며 지은 시가 있었는데, 그 스승인 수원이 가져와 보여줌으로
그 시에 차운한 것이다.
　1~2구에서는 개인 수양에 힘쓰는 승려의 모습을 형상화하였다. 수미산
은 고대 인도의 우주관에서 세계의 중심에 있다는 상상의 산으로 불교에
도입되어 오랫동안 佛說로서 신봉되어 온 공간이고, 猿鶴은 은일지사를
뜻한다.
　3~4구에서는 불교에서 표방하고 있는 사상에 대해서 서계의 개인적인
견해를 비유적으로 표현하고 있다. '空無' 사상은 불교 이념의 핵심이라고도
할 수 있는데, 이것만이 절대적인 '妙道'라고 주장하는 것은 마치 여러
나무들과 꽃과 풀이 어우러진 한 정원에서 배나무 향내만을 맡는 것과
다름이 없다고 하였다.

---

47) 권4 「石泉錄 下」, p.70.

160

여기에서 서계는 佛道만이 옳다고 주장하는 것은 자칫 독선에 빠질 수 있음을 경계하였는데, 이는 우회적으로 儒道의 존재와 가치에 대한 복선을 깔고 있다고 할 수 있다.

다음 작품에서도 儒者의 입장에서 바라본 佛道에 대한 평가가 나타난다.

共生天地中　천지 가운데 함께 태어나서
同爲含識人　다 같은 중생이 되었구나
良緣所習遠　진실로 속세를 멀리한 습관 때문이지
豈異性情眞　어찌 성정의 참됨이 다르겠는가?
爲人盡人道　사람됨은 인도를 다하였고
立法由聖神　입법은 성신으로 말미암았네
胡爲墮隱怪　어찌 괴이한 세계로 떨어져
輒自背常倫　문득 상륜을 저버렸는가?
咄咄送爾歸　아! 돌아가는 그대를 보내니
我意獨悽辛　내 마음은 홀로 처량하구나.

<贈竺還>48)

이 시를 짓게 된 내력은 詩序에 다음과 같이 구체적으로 제시되어 있다. "축환이라는 사람은 그 부모의 집안이 본래 진천이다. 축환은 어려서 승려가 되어 죽산 칠장사에 살다가 근래에 용화의 학수사로 이주한 지가 몇 년 되었다. 축환의 스승은 해운이고, 해운의 스승은 청휘이다. 해운이 죽자 축환이 올봄에 이곳에 청휘를 찾아와 석림에서 5일을 머무르다가 장차 다시 돌아가려 하였다. 그 목적은 그의 법사인 정원을 용문으로 찾아가기 위해서이다. 축환은 글씨를 잘 쓰고 범음을 잘했다. 그 책을 편찬하여 『어산집』이라고 하였는데, 그 서를 청하였다. 내가 본디 이를 쓰지 않으려

48) 권4「石泉錄 下」, p.64.

하였으나, 마침 암자에 와서 축환과 함께 생활한 지가 2·3일뿐만이 아니었다. 돌아감에 정리상 어쩔 수가 없어서 이 시를 지어 이별을 고한다."[49]

석림사에서 며칠 동안 함께 머물게 된 축환이라는 승려에게 서계는 儒者·俗人의 입장에서 자신의 감회를 술회하고 있다. 작품의 전반부에서는 상대방인 승려와 자신의 공통점을 먼저 제시하였다. 모두 세상에 같은 중생으로 태어났으니, 속세를 떠나 있는 佛僧이나 세속에 파묻혀 지내는 자신이나 '性情眞'은 같을 것이라고 인식한다.

그러나, 이러한 인간적인 동질 인식이 작품의 후반부에서는 전환되는 양상을 보인다. 승려가 된 상대방을 바라보는 서계의 관점은 '常倫을 저버리고 괴이한 세계로 떨어졌다.'는 직접적인 표현으로 나타난다. 유자의 입장에서 보았을 때, 出家하는 승려의 삶은 인간적인 도리인 '五常·五倫'을 저버리는 또 다른 세계를 선택하는 것으로 인지되고 있다.

이렇듯 서계는 儒家에서 표방하는 '常道'의 의미를 중시하고, 이것을 기준으로 佛家의 가치를 판단하는 양상을 보이는데, 다음 작품에서도 이러한 면모가 드러난다.

石林諸禪客　　석림사 여러 선객들
相知歲月久　　서로 알고 지낸 세월이 오래되었네
比有倫上人　　가까이 천륜 상인이 있었는데
識面爲最後　　얼굴을 안 것은 맨 나중이었네
海眼渠本師　　해안은 그의 본래 스승이니
其來意良厚　　그가 온 뜻은 진실로 두터웠다네

---

49) "竺還者 其父家本鎭川 還少爲僧 居竹山七長寺 近移住龍華之鶴樹寺 且數年矣 還之師曰海雲 雲之師淸暉 雲死 而還以今春訪暉于此 留石林五日將復歸 往從其法師淨源于龍門 還能書善梵音 纂其書曰 魚山集 請作序 余固不欲爲此 適來菴中 與還處不止信宿 則於其歸而獨不能無情 贈此詩爲別云爾."

162

因知債家錢	집에 돈을 빚짐을 알아서
子去終返母	아들이 가서 어머니를 돌아오게 하였네
長老年髮衰	장로는 머리털이 셀 나이니
閱臘踰七九	설을 지나면 육십삼 세가 넘는구나
幻泡浮生促	덧없는 뜬 세상이 재촉하니
畢世念相守	세상 다하도록 서로 지킬 것을 생각하네
誰云寂空體	누가 말했는가 적공의 체에
常道不可有	일상적인 도가 있을 수 없다고
佛猶同人性	부처도 다 같은 인성인데
恩豈爲身垢	부모의 은혜를 어찌 몸의 때라고 여기겠는가
此理定難誣	이 이치는 속이기 어려우니
如來試往叩	여래에게 시험삼아 가서 물어보리.

<天倫索題卷首>50)

1~6구에서는 서계와 석림사의 여러 선객들과의 인연이 오래되었음을 언급하면서, 스승과 제자 사이인 천륜과 해안의 관계를 서술하고 있다.

7~8구에서는 천륜의 가세가 기울어 어려움에 봉착하자 스승인 해안이 그 어머니를 모셔오도록 한 정황을 설명해주고 있다. 이러한 행동이 가능했던 것은 비록 속세를 버리고 출가한 승려의 신분이지만 빚에 시달리는 상황에 어머니만 남겨두게 하는 것은 도리에 어긋난다고 판단해서일 것이다.

13~18구에서 서계는 '佛道'에서의 '常道'의 의미에 대해 되묻고 있다. 부처도 결국은 인간이었는데 '孝'의 의미를 부정할 수 있겠느냐는 것이 논의의 핵심이다. 설사 불교적 이념을 지향한다 하더라도 인간 관계의 기본을 이루는 부모—자식 간의 도리에서 어느 누구도 완전히 자유로울

50) 권4「石泉錄 下」, p.74.

수 없을 것이라고 인식하고 있다. 즉, 이념적으로는 儒·佛의 지향점에 차이가 있는 것 같지만, 인간의 내면적인 속성까지 다를 수는 없다고 평가한다.

한편, 다음 작품에서는 태조가 대장경을 釋王寺로 옮긴 것과 잠룡 때의 일을 승려가 기록하여 전한 것에 대한 의견을 피력하고 있다.

> 當日藏經意　그 때의 장경의 뜻이
> 非緣竺敎尊　불교를 높인 때문은 아니었네
> 應存一切法　응당 일체법을 보존하여
> 聊絶禍源根　재앙의 근원을 끊기 위함이었네.
>
> 聖祖潛龍跡　성조의 잠룡 때의 자취
> 流傳妄說多　전해 내려옴에 헛된 말이 많구나
> 空餘雪峯窟　설봉굴만 쓸쓸히 남아 있는데
> 誰見黑頭陀　누가 젊은 승려를 보았다 하는가.
>
> <寺有太祖藏經記及緇徒所傳錄潛龍時事>[51]

석왕사는 함경남도 안변군 석왕사면 雪峯山에 있는 사찰로, 休靜의 <雪峯山釋王寺記>에 따르면 고려 말 自超[無學大師]가 이 절 근처의 토굴에서 지내다가 태조 이성계의 꿈을 해석해 준 것을 인연으로, 이성계가 크게 절을 창건하도록 하였다[52]고 기록하고 있다. 이 절은 태조 이성계와 깊은 인연이 있었던 곳으로 조선시대 왕실로부터 상당한 보호를 받았다고 한다.

무학대사와 태조 이성계와의 관련 이야기는 야사와 정사에 혼재되어

---

51) 권3「石泉錄 中」, p.53.
52)『한글대장경』151,「청허당집」.

나타나고 있는데,[53] 이 시에서 서계는 불교계에서 통용되던 설화에 대해 현실적이고 유가적인 기준으로 논평하고 있다. 1수에서는 태조가 불가와 관련된 일련의 행동을 한 것은 불교를 높이기 위해서가 아니라 재앙의 근원을 제거하기 위함이었다고 옹호하고 있다. 그리고, 2수에서는 태조의 즉위 이전에 무학대사와의 인연 등과 관련된 이러한 이야기들이 진실이 아니라고 평가한다. 이러한 견해는 태조의 개인적인 불교관이나 행위들을 고려한 것이라기보다는 서계가 유자의 입장에서 떠도는 낭설에 대한 주관적인 논의를 한 것으로 파악된다.

태조는 공식적으로는 숭유억불책을 표방했으면서도 개인적으로는 끊임없이 반대를 무릅쓰고 불교행사를 벌이려 노력하였다. 무엇보다 태조의 불교관을 알 수 있는 가장 주목되는 행동은 無學을 왕사로 추대한 일이었다. 태조는 임금이 국사, 왕사를 추대하는 고려의 관례를 그대로 고수하여 이 시책만은 꺾지 않았다고 한다. 釋王寺와 관련된 일화는 조작일 테지만 이를 통해 대중의 정서를 만들어내는 데 한 역할을 하였을 것이고 그 대중 조작이 무학의 이름을 빌어 이루어졌다는 데 의미가 있다[54]고 평가된다.

이와 같이 서계는 불교 사상이나 교리 자체에 대해서 부정적인 입장을 표명하고 儒者의 입장에서 평가하고 있지만, 이러한 이단 세력에 대해 실제적으로 어떠한 태도를 취해야 할지에 대해서는 포용적인 자세를 견지한다. 이러한 태도는 <答申監司翼相書>에 나타나는데, 이 글에서 서계는 당시 서인계 인사들에 의해 정신적 표상으로 추숭되던 김시습[55]의 영당을

---

53) 두 인물에 관한 이야기는 『오산설림』・『연려실기술』과 같은 야사와 『고려사』・『태조실록』・『정종실록』・『태종실록』에 산견되는데, 구체적인 논의는 황인규(2003), 『고려후기・조선초 불교사 연구』에서 진행된 바 있다.

54) 이이화(2002), 『역사 속의 한국불교』, 역사비평사, pp.255~258.

55) 이승수(2001), 「17세기 후반 사대부의 김시습 수용 양상과 그 의미」, 『한국한문학연

마련하는 것과 관련된 문제를 다음과 같이 지적하였다.

　　근래에 듣자하니 사대부들 사이에 이를 그르다 하는 자들이 많다고
하니, 필시 이 때문에 세상에 비난을 받게 되지 싶습니다. 아무리 후회하고
두려워한들 이제와 어찌하겠습니까. 그렇지만 한 가지 말씀 드릴 점이
있습니다. 太白과 仲雍이 형만으로 도망하여 그 곳의 풍속에 맞춰 살다가
생을 마쳤는데, 형만의 사람들이 태백과 중옹에 대해 제사를 지냈으니,
그렇다면 저들이 제사 지낼 대상이 아닌데 제사 지낸 것이란 말입니까.
仲尼의 무리들이 그들이 오랑캐 사람이라고 해서 공격하여 그 덕을 높이는
의를 허여하지 않고 제사를 빼앗아 자기들이 제사 지내겠습니까. 아니면
그렇게 하지 않고 이를 보고 감탄하기를 "덕이 사람을 감화시킴이 夷夏에
구분이 없구나. 여기에서 족히 천리가 민멸되지 않은 실상을 볼 수 있겠다."
라고 하여, 인하여 그 선을 장려하고 조성해주겠습니까. 고명께서는 반드시
이를 분변할 수 있을 것입니다. 지금 이 일이 또한 저 경우와 무엇이
다르기에 "승려들이 이 제사를 받들어서는 안된다."라고 하신단 말입니까.
이것은 어리석은 제가 몹시 의아해 하는 점입니다.
　　그렇게 하지 않고 가령 오늘날의 듣는 자들이 분연히 사람들에게 고하기
를, "이 어른의 종적을 이 산에서 끝내 없어지게 해서는 안 되는 지가
이미 오래이다. 우리들이 아무도 하지 않는 것을 승려들이 하는 것은
우리들의 수치이다."라고 하고, 재물을 모으고 힘을 합하여 그 일을 먼저
한다면 또 누가 불가하다고 하겠습니까. 만약 그렇게 하지 못하고 단지
승려들만 배척하고 말뿐이라면 이는 남이 선을 하지 못하도록 막는 것이요
이단을 물리치는 것이 아닐 것입니다. (중략) 어찌 일찍이 오늘날 사람들처
럼 야박하고 편협하여 이단을 보기를 원수처럼 한 적이 있단 말입니까."[56]

구』 28집, 한국한문학회, p.193.

56) "近聞搢紳間多有非之者 將必以此獲罪於世 悔懼之甚 噬臍無及也 然有一事可喩
　　太伯仲雍 逃之荊蠻 從其俗以終身 荊蠻之人 祀而祝之 彼將非所當祀而祀之乎 爲仲
　　尼之徒者 將以其夷狄之人也而攻之 不詐其尚德之義 攘取而自祀之乎 抑其不然 見
　　而歎之曰 德之感人 無分於夷夏如此 足見天理未泯之實 因奬與其善而助成之乎 明

166

 여기에서 당시 사대부들이 정작 자신들이 해야 할 일을 하지 않으면서도
서계가 승려들의 도움을 받아 일을 추진한 것에 대해 비난을 하는 현실을
개탄하고 있다. 그리고, 서계는 善을 수행한다는 의미에서 승려들과 함께
일을 추진한 것은 큰 문제가 되지 않는다고 반론을 제기한다. 수행하려는
일의 근본적인 목적이나 취지는 생각하지 않고, 표면적으로 불교와 관련된
이단 논쟁을 벌이는 것은 소모적이고 편협하다는 주장이다. 이 같은 발언은
비단 이 문제에만 국한된 것이 아니라, 자기 당파의 이념이나 견해와 상이한
부류에 대해서 무조건적으로 배타시했던 당대의 전반적인 상황과도 연계될
수 있는 문제이기도 할 것이다.
 하지만, 이 문제와 관련하여 같은 소론계 문인이었던 윤증과 남구만도
이견을 드러내고 있어 당대 사대부들의 불교 세력에 대한 평가의 일단을
살펴볼 수 있다. 다음 글은 갑자년(1684/숙종10) 4월 27일에 명재 윤증이
서계 아들 박태보에게 보낸 편지의 일부이다.

 동봉 영당에 대해서 내가 의심스러운 것은 유자가 주도하면 명분은
정당하나 일이 어렵고, 승려가 주도하면 승려들이 어찌 알겠느냐는 것이네.
그 마음은 단지 허탄한 말을 보탤 뿐이니 어찌 절의의 풍교에 도움이
되겠는가? 이런 경우를 두고 이익이 없고 손해만 있다고 말한 것이네.
그러나 어찌 꼭 옳다고만 할 수 없는 내 견해를 가지고 반드시 다른
사람들이 해놓은 일을 중지시킬 수 있겠는가? 생각건대 이미 절반 가까이
일이 이루어졌을 테니 조만간 한번 들러보면 한가로운 중에 감상거리가
더해질 것으로 여겨지네.57)

───────────────
者必有以辨之矣 今此之事 亦何以異彼 而乃謂夫緇流之不得有所奉也 此愚鄙之所
深惑也 不然 使今之聞者 奮然相告於衆曰 此老之跡 不可使終泯於此山也久矣 吾輩
莫有爲者 而緇流爲之 是吾輩之恥也 鳩財合力 以先其事 又誰曰不可 若其未也 而只
斥緇流而已 則是閉人爲善之門 非闢異端之謂也 (中略) 何嘗如今人迫隘褊狹 視若怨
敵之爲也(後略)." 권7, p.127.

이 글에서 윤증은 동봉 영당을 마련하는 데 있어서 유가적 명분과 실질적
으로 일을 도모하는데 봉착한 문제를 인식하고 있다. 승려들이 실제적인
도움을 줄 수는 있겠지만 그들의 행위는 절의의 풍교에 도움이 되지 않는다
고 판단한다. 자신의 의견을 강력하게 피력하지는 않고 이미 이루어진
일에 대해서는 나름대로 인정하고자 하는 비교적 온건한 태도를 취한다.
그러나, 편지글의 말미에서 그는 절친한 서계가 이 일을 빌미로 반대파에게
낭패를 당하지 않을까 걱정하는 마음을 솔직하게 드러내고 있다.58)
  한편, 약천 남구만은 김시습을 서원에 봉안하는 것 자체를 근본적으로
반대하고 있어 서계와는 대조적인 면모를 보인다.

  동봉 (서원) 원장의 일은 근래에 옥윤 이진사가 일찍이 와서 보았고
지금은 액호가 이미 내려진 후이니, 비록 감히 망령되이 다른 의견을
제기하여 저지하려는 자는 없을 것이네. 그러나 내가 생각하기에는 동봉의
인품이 비록 높고 절개가 비록 숭상할 만할지라도 방외에 노닌 자이니
본래 유림에서 많은 선비들이 본보기로 삼을 만한 사람이 아니네. 그리고,
초년에는 삭발하였다가, 중간에는 조상의 묘에 고하고 사대부의 옷으로
갈아입어 마치 전에 한 일을 뉘우치는 듯했으나, 만년에 또다시 중이
되어 산에 들어갔으니, 세상에 대한 분개함이 지나쳐서 그 본성을 잃은
자인 듯하네. 고인에 비겨 볼 때 높게 본다면 머리를 깎고 문신한 일민에
해당하고, 낮게 본다면 삭발하고 수염을 기른 장부이네. 지금 이에 서원에
봉안하여 제사를 받드는 것이 진실로 가한 것인지 알지 못하겠네. 만약

---

57) "東峯影堂 鄙意所疑者 以爲以儒主之則名正而事難 以僧主之則僧輩何知 其心只駕
    其虛誕之說而已 有何所補於節義風敎耶 此所以謂之無益而有損也 然何可以不必
    眞是之吾見 必欲止人之成事耶 想已成就得過半 早晚一叩 閒居當添一勝賞耳."『明
    齋先生遺稿』卷20, <與朴泰輔士元> 甲子 四月二十七日, p.447.
58) "此中所遭唇舌 想已聞之 人皆以不早有言於長者 而私論背議爲罪 君所慮前日長幅
    之不時出者 亦明見也 愧服精義之功最難 已往無可言 而不知前頭 又致何等狼狽也
    此爲懍惕耳."같은 글.

168

사당의 제도로 그를 대우함은 가할 것이나, 지금 원장·진신·유사·재임 등과 같은 이름으로 일컬음은 서원의 제도이니 어찌되겠는가.[59]

이 글에서 남구만은 김시습의 행적이 유가의 전범으로 삼을 만한 것이 아니라고 평가하고, 그를 사당의 제도로 대우하는 것은 가능하지만, 서원의 제도로 대하는 것은 적합하지 않다고 자신의 견해를 피력하고 있다. 그리고, 자신이 지난날 三敎에 통달했다고 평가되는 北窓 鄭磏(1505/연산군 11~1549/명종4)의 사액 제문을 저술하기를 여러 유생들에게 종용받았어도 끝내 이에 응하지 않았던 선례[60]를 들어서 김시습의 서원 제향이 합당치 않은 근거로 제시한다. 그리하여 그는 "지금 동봉과 북창을 견주어 논한다면 인품의 고하가 비록 어떠한지는 모르겠으나, 그 서원에 합당하지 않음은 동봉이 더욱 심할 것이네. 내가 이미 북창의 제문을 짓지 않음은 비록 어른의 말이라도 또한 감히 따르지 않은 것이네. 지금 동봉의 일도 또한 감히 내 의견을 진실로 굴하지 않을 것이지만, 삼가 바라건대 나의 고루함을 용서하고 심하게 질책하지 않는 것이 어떻겠는가."[61]라고 하며 자신의

---

59) "(前略) 東峯院長事 頃日玉潤李進士曾來見 而今於額號已賜後 雖不敢妄有異議有若沮止者 然鄙意則東峯人品雖高 節檗雖可尙 自是游方之外者 本非儒林多士所可矜式之人 且初年削髮 中間告墓反服 有若悔前之爲者 晚年又復披緇入山 頗似過於憤世 失其常性者 擬於古人 高之則爲斷髮文身之逸民 低之則爲削髮存髻之丈夫 今乃奉以儒宮 享以俎豆 誠不知其可也 若以祠宇之制處之亦可 而今乃稱院長搢紳有司齋任等名號 則是乃書院之制也 如何如何." 『藥泉集』卷30, <與西溪> 庚辰 十二月, p.505.

60) "昔在庚子辛丑年間 鄭北窓有書院賜額祭文 自藝文館分差於弟 而私心以爲北窓稱以通釋三敎 於儒門未知其工夫淺深如何 而旣稱通三敎則旣駁雜 且云能他心通 在山中能知山外事 入中國能與安南琉球使臣皆相通語云 其術奇怪 似不當爲書院 故弟辭而不作祭文 同春堂時在京中 以諸生之請 力勸使之製進 弟終不得承命 因此改差 他人製進矣." 같은 글.

61) "今以東峯與北窓比而論之 則人之高下 雖未知其如何 而其不合於書院則東峯尤有甚焉 弟旣不爲製進北窓之祭文 雖有長者之言 而亦不敢從之 今於東峯 亦不敢苟屈

의견을 끝내 굽히지 않는다. 이 같은 태도는 철저하게 원칙론적인 유자의 모습을 보여준다고 할 수 있다.

약천과 서계는 처남·매부 사이로 매우 친밀한 관계를 유지하며 일생동안 학문적·문학적 유대를 지속하였던 관계이기는 했지만, 이렇게 김시습을 서원에 봉안하는 문제에 대한 태도는 일치하지 않은 면이 있었다.

2. 김시습 追崇과 佛僧과의 共助

주지한 바와 같이 조선후기에 와서 서인계 인사들에 의해 김시습은 백이·숙제에 비견되는 정신적인 표상으로 추숭되었다.[62] 기존 연구에서는 김시습에 대한 포양 사업이 완전하게 유가로 이첩된 것은 1658년의 일이라고 평가하였다. 이는 鴻山에 부임한 권혼이 충신에 대한 승려들의 제향이 마땅치 않다고 하여 아예 사당을 향교 옆에 옮겨 세우고 鄕賢祠와 같은 예로 제향한 사실과, 尹商擧가 상자 속에 진상을 모셔둔 뒤 대신 位牌를 만들어 김시습을 추모하는 예를 유교적 체제로 바꾼 것을 근거로 한 것이다.[63]

그러나, 서계의 <石林庵記>[64]와 <答申監司翼相書> 등의 글을 통해 보면 그 후에도 여전히 김시습 포양 사업에는 승려들의 적극적이고 실제적

鄙見 伏望恕其固陋勿加苟責 如何如何." 같은 글.

62) 유자들의 김시습 포양 사업은 호란이 끝난 지 얼마 뒤인 1650년대 후반부터 이루어지기 시작하여 1700년 전후에 정점에 달한다. 단종과 사육신에 대한 추모 사업도 같은 흐름 속에 놓여 있다. 김시습 포양 사업은 송시열, 김수증, 윤증, 박세당 등과 같은 서인계 인물들에 의해 주도되었으며, 불의의 정권과 부조리한 세상에 강렬하게 저항하는 지식인의 표상으로 김시습이 재발견되었다.(이승수, 앞의 논문, pp.188~211.)

63) 위의 논문, pp.189~190.

64) 권8, pp.146~147.

170

인 도움이 있었다는 것을 알 수 있다. 서계가 김시습 영당을 마련하면서
승려들의 도움을 받은 것에 대해 비판을 받았다는 사실은 그만큼 승려들의
역할이 컸음을 반증하는 것일 수도 있다. 그러므로 서계가 석림암을 조성하
고, 김시습 영당을 마련하면서 승려들과 맺었던 관계에 대해서 보다 면밀하
게 살펴볼 필요가 있다.

이들은 김시습이라는 소위 '心儒迹佛'[65]적인 인물에 대해 인격적으로
흠모하는 공감대를 갖고 있었다고 파악된다. 그리고, 이러한 인식을 바탕으
로 김시습을 추숭하는 여러 실제적인 역할을 담당하였던 것이다.

『西溪集』 연보 병인년(1686/숙종12, 선생 58세)조에 동봉사우를 세운
내력이 아래와 같이 간략하게 소개되어 있다.

동봉사우를 세워 영정을 봉안하고 석채례[66]를 행하였다. 매월당 김공이
살았던 옛 터가 수락산의 동봉에 있었다. (서계) 선생이 동봉의 서쪽 석림사
옆에 사우를 세우고자 한 지가 오래였으나, 다만 힘이 될 수가 없었다.
모연문 한 통을 지어 석림사에 있는 승려에게 부쳐 재화와 양식을 얻어서
공사를 시작했는데 이에 이르러 공사가 끝났음을 알렸다. 인하여 홍산
무량사에 있던 김공의 자화상을 옮겨 이 곳에 봉안하려 하였다. 선생이
뜻을 같이 하는 선비 수십인과 석채례를 행하였다. 후에 경신년(1700/
숙종26, 선생 72세)에 양주 선비가 진정을 내어 청한 것으로 인하여 조정으
로부터 사액을 받아 '청절사'라고 하였다.[67]

<hr />

65) 李珥, <金時習傳>, 『栗谷全書』 권14, 雜著 1.
66) 釋菜禮 : 소나 양의 희생 없이 채소만 올리고 지내는 간단한 석전.
67) "立東峯祠宇 奉安影幀 行釋菜禮 梅月堂金公所居舊址 在於水落山之東峯 先生久欲
營建祠宇於東峯之西石林寺之傍 顧無以爲力 爲著募緣文一通 書付石林寺居僧 丐
得財糧 以起工役 至是工告訖 因誤移金公所自畵像之在鴻山無量寺者 奉安于此 先
生與同志之士數十人 行釋菜禮 後庚辰歲 因楊州士子陳疏建請 自朝家賜額曰淸節
祠." 권22, pp.444~445.

이와 관련하여 수락산에 석림암을 조성하게 된 경위가 <石林庵記>에는 보다 구체적으로 서술되어 있다.

<1> 수락산 동쪽에는 예전에 매월당·흥국사·은선암과 같은 몇몇 절들이 있었다. 매월당은 곧 김열경[김시습]이 살던 곳인데 오래되어 지금은 폐하였다. 열경은 이 산을 감상하기를 좋아하여 동봉이라고 자호하였을 정도이다. 흥국사는 가장 성하였었는데 지금은 또한 폐하였다. 단지 그 성전만이 훼손되지 않아서 승려 몇몇이 살고 있을 뿐이다. 은선암은 후에 온전히 남아 있어 지금은 승려 16, 17명이 살고 있다. 산의 서쪽에는 유독 하나의 절도 없다. 그 서북쪽 봉우리 아래에 절터가 남아 있기는 하나, 언제 지어졌는지 알 수 없으며 지금은 폐하였다.[68]

<2> 내가 홀로 이 곳의 경치가 몹시 빼어나다고 여겨왔지만, 아쉽게도 아직까지 산을 빛내는 이름나고 아름다운 가람이 없다. 일찍이 은선암에 이르러 여러 승려들과 이야기하니 이를 깊이 한스럽게 여겼다. 이때에 석현이 곁에 있어 조용히 침묵하여 생각하는 바가 있는 것 같았는데, 대개 이미 마음 속으로 고개를 끄덕이고 있었던 듯하다.

오래 뒤에 그 문도인 致欽이 나에게 와서 말하기를, "지난번 선생의 말씀에 錫賢이 느낀 점이 있었습니다. 그러나 평소에 병이 많으셔서 몸소 할 수 없어, 저로 하여금 절을 짓도록 하였습니다. 지금은 단지 절을 지을 만한 터를 찾지 못했을 따름입니다."라고 하였다. 몇 달이 지난 후에 치흠이 또 와서 말하기를, "절터를 찾았습니다. 채운봉 서남쪽 산 가운데인데 바로 직소봉과 향로봉의 북쪽입니다. 장차 내년에 재목을 모아 지을 것이니 선생께서는 기다리십시오."라고 하였다. 그 해 가을에

---

68) "山之東 舊有梅月堂興國寺隱仙庵數寺 梅月堂乃金悅卿所居 而年久已廢 悅卿賞愛 玆山 自號東峯 興國寺最盛今亦廢 但其所謂聖殿者未毀 居僧數人而已 隱仙後起稍 完 今有十六七僧居之 而山之西 獨無一寺 其西北峯下 有古蘭若遺址 又不知建於何 時而今廢矣." 권8 <石林庵記>, p.146.

172

내가 통진현감을 사직하고 떠날 때, 남은 녹봉으로 그 비용을 조금 보태어주
었는데, 1년 뒤에 돌아오니 암자가 완성되었다. 두어 칸 띠집이 바위를
등지고 골짜기를 바라보고 있어, 한적하게 세속을 떠난 정취를 자아내니
참으로 아름다운 곳이라 '석림암'이라 하였다.69)

  <3> 아! 이 산은 천지와 더불어 나란히 서 있다. 그 경치의 아름다움은
예나 지금이나 더함과 덜함이 없다. 그러나 세상에는 이 산을 사랑하는
사람이 없었고, 즐긴 자는 오직 열경 한 사람만이었을 뿐이구나. 그 분이
돌아가신 지가 또 300년이 흘렀으니, 다시 계승할 사람이 있겠는가? 이
절을 지은 것이 열경의 뜻과 비교해 어떠한가? 석현과 치흠이 혹 알
수 있을 것이기에 나는 한스럽게 여기지 않는다.70)

  <4> 또 옛날 혜원법사가 여산 동림사에 머물 때, 좇아 노닌 자가 도연명이
었다. 혜원이 결사할 때 연명이 그 모임에 들어가려 하지 않았다. 혜원이
계율을 지키느라 객을 만날 적에 술상을 차린 적이 없었으나, 유독 연명을
위해서만은 술상을 차렸으며, 전송할 적에 자신도 모르게 함께 호계를
넘었으니, 그 행적이 또한 기이하다. 형해의 굴레를 벗어나 서로 교유한
사이가 아니라면 이러할 수 있었겠는가. 석현의 청담과 운치는 비록 혜원법
사에 미치지는 못할지라도 진실무위하여 세속에 물들지 않은 점은 도리어
유사하다. 비루한 나로 말하면 어찌 감히 망령되이 고인에 견주겠는가?
단지 석현과 기약한 것은 또한 연명과 혜원 사이의 교유와 같기를 바랄

69) "(前略) 余獨奇玆地 顧未有名藍佳利與山添色 嘗至隱仙 與諸老宿語 深以此爲恨
    時賢在傍 默然若有所念 蓋已心頷之矣久之 其徒致欽來見余曰 昨者先生之言 賢有
    感焉 然而素多病 不能自爲 而使欽爲之 今唯未得其地爾 後數月 欽又來曰 已得之矣
    在彩雲峯西南崦中 直小香爐之北 將以明年鳩材起手 先生待之矣 其秋 余去官分津
    得以廩入之餘 稍助其費 期年而歸 菴則成矣 數間茅宇 背巖面壑 蕭然有絶塵離俗之
    趣 眞佳處也 卽名之曰石林." 같은 글, pp.146~147.
70) "嗚呼 此山與天地竝立 其爲勝 初不以古今而加損 然世莫知之愛 而賞者獨有悅卿一
    人而已 而其人死且三百年于玆矣 復有繼之者乎 是庵之作 與悅卿意何如哉 賢與欽
    儻能識之者 吾爲不恨矣." 같은 글. p.147.

뿐이다.71)

　　<1>에서는 예전에 수락산에 있었던 절을 소개하고, 현재의 상황을
서술하고 있다. 특히, 김시습이 이 산을 매우 좋아하여 ‘동봉’으로 자호한
유래를 설명해주고 있다. <2>에서는 서계 자신이 수락산 석천에 거처를
정하면서 이곳에 어울리는 사찰이 없음을 안타깝게 여기고, 승려들에게
이를 알려 석림암을 짓게 된 경위를 밝히고 있다. 승려 석현과 그의 문도인
치흠이 일을 주도하여 진행하였고, 서계도 자신의 녹봉을 비용으로 보태어
암자가 완성된 후에 이름까지 짓게 되었다.

　　<3>에서는 세상 사람들이 가치를 알아보지 못한 수락산을 김시습이
좋아하였고, 그가 죽은 후에 그의 뜻을 계승할 방편으로 석림암이 조성되었
음을 알려주고 있다. 많은 사람들이 간과한 김시습의 뜻을 석현과 치흠이
알 것이기에 안타까워할 이유도 없다고 하였다. <4>에서는 자신과 석현,
치흠과의 관계를 혜원법사와 도연명이 교유했던 ‘虎溪三笑’의 고사를 들어
비견하고 있다. 이는 晉나라 혜원법사가 도연명과 陸修靜 두 사람을 전송할
때에 이야기에 팔려 자기도 모르는 사이에 호계를 건너가 범 우는 소리를
듣고 비로소 정신을 차리고 세 사람이 서로 크게 웃었다는 고사로 사대부와
승려의 절친한 관계를 비유할 때 많이 인용되는 일화이다.

　　이미 주지한 바와 같이 서계가 유가적인 임무를 승려들과 함께 한 것에
대한 당대 사대부들의 비판이 거세었는데도 불구하고, 그는 더 큰 목적
달성을 위해서 이러한 비난을 감내하였던 것으로 보인다. 그리고, 승려들과
의 관계에 있어서도 이단 세력으로 적대시하지 않고, 그들의 인격적인

---

71) “又昔惠遠師住廬山東林 從其游者淵明 遠結社而淵明不肯入社 遠持戒見客 未嘗設
　　酒 而獨爲淵明設酒 與其送之過虎溪而不覺 其跡亦已奇矣 非相與期於形骸之外者
　　能若是乎 賢之淸談雅韻 雖不及遠 眞實無僞 不染塵氣 抑有似者 若余之陋則何敢妄
　　擬古人 但所以與賢相期者 亦欲如陶之與遠耳.” 같은 글.

면모를 인정하고 함께 공조하는 태도를 견지하였다. 그는 기본적으로 훌륭한 인물을 추숭하는 것 자체가 중요한 것이지, 누가 그 일을 담당하느냐 하는 것은 그리 문제삼지 않았음을 알 수 있다.

사실상 석림암을 조성하는 데 직접적인 주체는 서계였지만, 그 공을 석현과 치흠에게 돌리고 있고 이들과의 관계가 매우 긴밀하였음을 보여주고 있다.72) 그리고, 표면적으로는 수락산에 어울리는 암자를 조성하는 것이 목적인 것처럼 표현하였지만, 김시습을 인격적으로 흠모하고 이를 많은 사람들이 알아주기를 간절히 원했던 것으로 파악된다.

다음 <梅月堂影堂勸緣文>에 이러한 취지가 잘 나타나 있다.

　　대저 정절 선생[도연명]은 일세의 고사요, 혜원은 방외의 逸人이다. 그러나 서로 形骸를 벗어난 교유를 했으니, 그 경모한 뜻이 승려와 속인이라고 해서 혹시라도 틈이 있지 않았다. 하물며 빈도는 후에 선생보다 수백 년 늦게 태어났지만, 의복도 다르지 않고 성정 또한 같다. 비록 선생의 취향은 논할 만한 점이 있겠지만 선생이 지킨 떳떳한 도리는 끝내 없어지지 않을 것이다.

　　따라서 선생을 보면 그 풍모에 망연자실할 사람이 어찌 없겠는가? 이 때문에 앙모하여 마지않은 나머지 이 일에 힘을 다할 바를 생각한 것이다. 방외를 유람하다가 이 산에 이르는 자로 하여금 儒佛을 가리지 않고 모두 배회하고 우러러보면서 만분의 일이나마 선생의 기상을 얻어서

---

72) 이승수의 앞의 논문에서는 서계가 이토록 김시습 영당을 마련하고 이를 서원으로까지 격상시키려 한 이유가 당시 서인계 인사들이 인격적 전범으로 추숭하던 김시습을 상징적으로 내세워 자신의 학문적 중심지를 구축하기 위해서였다고 하였다. 하지만, 직접적인 근거가 없는 상태에서 이러한 단정을 하기에는 다소 무리가 있어 보인다. 본장에서는 서계가 김시습을 추숭한 것이 개인적으로 어떤 목적이 있었는가를 파악하는 것에 주안을 두기보다는 서계와 승려들과의 共助관계를 통해 그의 이념적 입장과 이단 세력에 대한 실질적인 포용성을 살피고, 이를 통해 구현된 문학적인 성과를 포착하고자 한다.

나약한 사람은 이를 통해 뜻을 세우고, 완악한 사람은 이를 통해 청렴해질 수 있도록 하는 바이다.[73]

이 글에서도 도연명과 혜원의 교유를 소개하면서 승려와 속인의 틈이 없는 교제가 가능함을 재삼 강조하고 있다. 그리고, 김시습과 서계 자신도 시공의 차이가 있을지언정 기본적인 성정은 동일함을 확인한다. 김시습의 여러 행적에 대한 평가는 개인마다 異論이 있을 수 있겠지만, 선생이 지켜낸 '常經'은 儒佛을 가리지 않고 흠모하고 계승할 만한 가치가 있다고 평가한다. 서계는 이러한 인식을 기저에 두고 있었기에 승려들과 합세하여 김시습 추숭 사업을 추진할 수 있었고, 이에 대해 확고하게 의미 부여를 할 수 있었던 것으로 보인다.

서계가 김시습을 흠모한 것은 그의 삶에 공감하였을 뿐 아니라, 사상적 고투에서도 깊은 감명을 받았기 때문이라는 평가[74]가 설득력이 있다. 비록 서계가 불교 사상 자체에는 공감하지 않았지만, 이단 세력에 대해 우호적인 입장을 표명한 태도나, 유교 경전에 대한 새로운 해석이나 노장 사상을 수용한 자세 등을 고려해 볼 때, 사상의 회통성을 지녔던 김시습과 유사한 면이 있다.

한편, 다음 시작품에서도 동봉과 관련된 승려에 대한 연대감을 드러내고 있다.

澄師移錫近相隣   법징 승려 절을 옮겨 가까운 이웃 되었으니

---

73) "夫靖節 一世之高士 惠遠 方外之逸人 而尙能相與於形骸之外 其傾慕之意 不以緇素 而或間 而況貧道 後夫子數百年而生 服不異而性亦同 雖其所存之趣 或有可論 若夫 天地常經 知不可以終廢矣 觀於夫子 寧獨無爽然以自失者 所以向仰之不已而思有 所致力 俾遊覽方外 得至此山者 無分儒釋 皆有以徘徊瞻望 得其氣像於萬分之一 而儒者以之立 頑者以之廉." 권8 <梅月堂影堂勸緣文>, pp.156~157.

74) 심경호(2003), 『김시습 평전』, 돌베개, p.585.

還往雖稀意更親　오고 감은 비록 드물지만 뜻은 더욱 가까워졌네
可惜東峯久寂寞　동봉이 오래도록 적막하여 안타까웠었는데
種梅看月是何人　매화 심고 달을 보게 한 사람은 누구인가.
　　　　(時營東峯祠宇 이때에 동봉 사당을 지었다.)

<贈法澄>[75]

이는 서계가 법징이라는 승려에게 준 시이다. 1~2구에서는 법징이 서계
가 거처하는 곳 주변으로 옮겨와서 자주 보지는 못해도 심리적으로 더욱
친밀하게 느껴지는 정황을 말해주고 있다. 3~4구에서는 구체적으로 '동봉'
을 지칭하여 배경을 소개해주면서, 법징이 이곳에 와서 적막했던 동봉에
활력을 불어넣어 주는 존재로 인식되고 있음을 알 수 있다. 시의 말미에
부가된 주석을 통해서 동봉 사당을 지은 때에 마침 법징이 와서 서계에게
더욱 의미 있게 다가왔음을 짐작해 볼 수 있다.

3. 俗 · 禪의 交感과 탈속적 풍취

서계는 佛僧과의 일상적·문학적인 교유를 통하여 탈속적인 풍취의 작품
을 구현하였다. 그는 일생 동안 꾸준히 승려들과 교류하였는데, 특히 말년
작품의 편수가 많은 비중을 차지하고 있다. 서계의 작품을 통해 살펴보면,
당대 사대부와 승려와의 문학적 교유는 단순히 작품을 주고받는 차원에만
머물지 않았다. 儒道에 대해 서로 담론하거나,[76] 귀양이나 질병 등으로
어려운 상황에 처해 있는 상대방을 위문하기도 하고,[77] 수양에 힘쓰지

---

75) 권4「補遺錄」, p.81.
76) 서계의 아들 박태보와 승려인 의현이 유가의 도를 담론한 예가 <顗絢問道有朝聞夕
死 與一貫之異其說云云 泰輔以詩答之 感而作此>(권3「後北征錄」, p.53), <書示絢
上人>(『定齋集』권2, p.42.) 두 작품에 보인다.
77) 벽허상인이 귀양살이를 하고 있는 약천 남구만을 방문한 정황이 <碧虛上人

않는 승려들의 행태를 비판하고, 이념을 초월하여 승려들의 인간적인 모습을 드러내기도 하는 등 다양한 주제로 표출된다.

사대부의 승려와의 접촉과 교유는 많은 경우 승려들의 求詩에서 이루어졌다. 특히 고관이나 문장으로 이름이 있는 사대부를 찾아가서 가지고 간 시축이나 시권을 보이며 지어주기를 청했는데, 이 같은 구시 행위가 조선중기에는 하나의 풍속을 이루었다. 여러 기록을 통해 볼 때, 양반 사대부 사회에서 승려들의 시축에 시를 지어주는 것이 일반적인 풍토였음을 알 수 있다.[78)]

서계의 <題圓澤所持詩卷>을 보면 당시 이러한 풍토를 짐작할 수 있다.

승려 원택이 석천에 나를 보러 왔는데, 그의 노사 각천이 얻은 제공들의 시 한 축을 가지고 왔다. 그 중에 한음[이덕형], 서경[유근], 소암[임숙영], 현옹[신흠], 월사[이정구], 동악[이안눌], 계곡[장유]과 같은 이들은 모두 세상의 명공들이다. 각천 선생은 돌아가셨으므로 내가 비록 뵙지는 못했지만 더불어 노닌 분들을 보니 그 사람됨을 알 수 있겠다.

원택이 요즘에 교유하는 사람들은 또 어떠한 사람들인가. 그 노사처럼 잘 교유하여 그 풍모를 실추시키지나 않는가. 원택이 나에게 시를 부탁할 의향이 있기 때문에 이 시권을 가지고 온 것이다. 그러나 나는 시를 잘 짓지도 못하고, 마침 병든 몸이라 그 바람에 응할 수 없어서 이 글을 써서 돌려주니, 훗날 원택이 얻은 시를 통해 그의 사람됨을 알고자 하는 바이다.[79)]

問藥泉老相于謫居 藥泉贈之以詩 虛携歸見示 索和作此>(권4「石泉錄 下」, p.77)라는 작품에 나타난다.
78) 김상일(2002),「조선중기 사대부의 승려와의 교유시 연구」,『한국어문학연구』39집, 한국어문학회, pp.220~221.
79) "僧圓澤來石泉見我 持其老師覺天所得諸公詩一軸 其中如漢陰西坰疏菴玄翁月沙東岳谿谷 皆世之名公 覺天死矣 吾雖未及見之 卽其所與游 可知其爲人矣 不知澤所交於今世者 又皆何如也 能如其老師 不墜其風否 澤意有所求於吾 故持此卷來也

이 글을 통해 보면 승려 원택이 그의 스승인 각천의 시권을 가지고
와서 서계에게 시를 써줄 것을 청한 정황이 잘 드러난다. 서계는 노사
각천을 알지는 못하지만, 시권에 기록된 교유시를 통해 각천의 사람됨을
짐작하였다.

서계는 사정상 시를 지어주지 못하고 대신 간략하게 이 글을 써서 대신해
주며, 원택이 지금 어떠한 사람인 줄 알 수 없으나, 그가 어떤 인물들과
교유했는지 나중에 그의 교유시를 통해 알 수 있을 것이라 예상하였다.
서계가 시를 지어주지 않은 이유가 문면에 드러난 것처럼 건강이 안 좋아서
일 수도 있지만, 한편으론 원택이라는 승려에 대해 잘 알지 못했기 때문에
완곡하게 사양한 것으로도 파악할 수 있겠다. 즉, 원택이 앞으로 어떤
이들과 교유할 것인지에 따라 그에 대한 품평이 달라질 수 있고, 시는
그 때 가서 지어주어도 무방할 것이라는 의미가 내포되어 있다고 할 수
있다.

한편, 서계는 자신과 친분을 유지해 온 승려들에게는 우호적인 태도를
보이며 다음과 같이 자신의 심회를 표출하였다.

三十年前來掛錫	30년 전에 와서 석장을 걸어두었으니
前緣多在此山中	전생의 인연이 이 산 속에 많이 있겠구나
去留初不迷眞性	가든 머물러 있든 간에 애당초 본성은 미혹되지 않았으니
喧寂曾何礙道風	시끄럽고 고요함이 어찌 도풍에 장애가 되리오
空界自將塵界異	공계는 절로 진계와 다르나
雙林應與石林同	쌍림사는 응당 석림암과 같구나
早花晚葉隨時好	이른 꽃과 늦은 잎이 계절 따라 좋으니

余不能詩 屬又病 無以塞其望 書此以還之 蓋亦將於異日 見澤之所得 而知澤之爲人
云爾." 권8, p.149.

淸賞能招谷口翁   골짜기 늙은이를 불러 감상할 수 있겠구나.
<惠平長老以獨不得贈篇爲歎 輒以一律贈焉>[80]

우선 이 시의 제목을 살펴보면 '혜평장로가 홀로 시를 받지 못한 것을 섭섭하게 여기므로 문득 율시 한 수를 지어주다.'라고 하여 당시 승려들이 서계에게 시작품을 받고자 한 일이 빈번했음을 알 수 있게 한다.

1~4구에서는 출가한 지 오래된 혜평장로의 상황을 서술하고, 노승의 경지가 '去留'나 '喧寂'에 좌우되지 않을 것이라 짐작하고 있다. 5~8구에서는 노승과 자신이 처해 있는 상황이 다름을 空界와 塵界로 대비시켜 인식하면서도, 쌍림사와 석림암이 다르지 않음을 강조하였다. 그리고 계절을 따라 어김없는 자연의 순리를 통해 禪과 俗이 어우러져 함께 할 수 있음을 암시하였다.

또한, 서계는 오랜 기간 동안 교분을 나눈 법징이나 풍열 승려와 같은 이들에 대해서는 다음과 같이 서로의 관계에 대해 술회하기도 하였다.

  <1>
  山人骨露如癯鶴   산인은 야윈 학 같이 뼈가 앙상하고
  溪叟皮枯似老雞   산골짜기 노인은 늙은 닭처럼 야위었네
  顔鬢休嗟各凋換   얼굴과 머리털이 각각 쇠함을 한탄하지 말게나
  已將彈指古今齊   손가락 튕기는 사이가 고금이 같다네.
                    <正陽寺 逢豊悅上人>[81]

  <2>
  師來訪我我離山   그대가 나를 찾아오니 나는 산을 떠났고

---

80) 권4「石泉錄 下」, p.75.
81) 권3「後北征錄」, p.55.

我去尋師師掩關　내가 그대를 찾아가니 그대의 문이 잠겼네
那意雲林無俗事　어찌 생각했으랴 세속일 없는 운림에
乖違還復似人間　어긋남이 도리어 인간사와 같음을.
<寄法澄>[82]

<1> 작품의 詩序에서 "상인이 일찍이 도봉산에 살았었는데 자주 왕래한 지가 지금 16년째이다. 여기에서 만났는데 나만 늙은 것이 아니라 상인도 또한 젊을 적 얼굴이 아니었다. 갑자기 올 줄은 몰랐는데 이르러서 한동안 탄식하고, 이 시를 지어서 주었다."[83]라고 하여 풍열상인과의 친밀한 관계를 구체적으로 보여준다. 오랜 기간 동안 친분을 유지하다가 한동안 보지 못한 풍열상인을 뜻밖에 정양사에서 다시 만나게 되었는데, 그 사이에 몰라보게 늙어버린 상대방을 보고 승려와 속인 모두에게 똑같이 흘러가버린 세월의 무상함을 담담하게 읊조리고 있다.

<2>에서는 법징 승려가 서계를 찾아오면 서계가 자리에 없고, 서계가 법징을 찾아가면 승려가 없는 상황을 들어서 雲林의 일도 무조건 이심전심으로 해결되는 것이 아니라, 인간사처럼 뜻대로 되지 않는 일이 있음을 말해주고 있다. 지극히 평범한 일상사를 통해 보편적인 진리를 새삼 깨닫게 하는 작품이다.

서계와 승려들과의 교유는 이념적인 차원보다는 일상적이고 인간적인 교분의 성격이 강하였다. 그는 일상적 소재와 불교의 '因緣說'을 교묘하게 접목시켜 다음과 같은 작품을 형상화하기도 하였다.

小狸小狸兩小狸　작은 살쾡이 작은 살쾡이 두 마리 작은 살쾡이

---

82) 권2「石泉錄 上」, p.32.
83) "上人嘗住道峯 數與往來今十六年矣 相見於此 非但余已衰暮 上人亦不復壯顔 造次至不可識 嗟吁久之 贈以此詩."

長老爲爹貍爲兒   장로가 아비가 되고 살쾡이가 자식이 되었네
前緣後緣緣已定   전연과 후연 인연이 이미 정해졌으니
三生債負誰能知   삼생의 빚짐을 누가 능히 알리오
粥飯三分眠一團   죽밥을 삼등분하고 한데 어울려 자며
朝暮戱嬉長老側   아침 저녁으로 장로 옆에서 장난치네
房櫳驟突去捕鼠   창에서 갑자기 뛰어내려 쥐를 잡아 가고
盤案翻倒來偸肉   책상을 뒤집어 엎어 고기를 훔쳐 오네
長老不怒人怒貍   장로는 성내지 않으나 사람들이 살쾡이에게 화내니
罵貍仍多罵長老   살쾡이를 욕하는 많은 이들이 장로를 꾸짖네
一是喜歡一是愁   한 번 기뻐하고 한 번 슬퍼하니
擒鼠偸肉兼欣惱   쥐를 잡고 고기를 훔치니 기쁘고도 괴롭네
嗚呼 長老緣有兩小貍   오호라. 장로가 두 마리 작은 살쾡이 때문에
纏綿一身不肯捨   한 몸을 얽히고 설켜 버리지 않다니
縱免去對閻王問   비록 염라대왕의 물음을 면할 수 있겠지만
料不得上參諸佛成勝果   생각컨대 제불들이 도달한 승과를 이루지 못할
                          것이네.

<小貍歌 戱海眼長老>[84]

　이 작품은 해안 장로가 기르게 된 두 마리 작은 살쾡이와의 인연을
표현한 것이다. 1~4구에서는 살쾡이와 장로가 삼생의 인연으로 아비와
자식과 같은 관계가 되었음을 서술하고 있다. 5~8구에서는 이리저리 어지
럽게 다니며 좋은 일과 나쁜 일을 벌이는 살쾡이들의 행동을 실감나게
묘사하였다. 9~12구에서는 살쾡이들의 존재가 장로에게는 큰 장애가 되지
않으나, 여러 가지 다른 사람에게 해를 끼쳐 문제가 됨을 지적하였다.
13~16구에서는 장로가 살쾡이들과의 인연 때문에 제불들이 이룬 훌륭한
과보는 성취할 수 없을 것이라 평가하였다.

---

84) 권4 「石泉錄 下」, p.75.

이 시는 문면 그대로 단순하게 살쾡이와 장로의 실제 이야기를 읊은
것일 수도 있고, 살쾡이로 비유된 것과 같은 존재 때문에 장로가 과업을
달성하는데 걸림돌로 작용함을 암시한 것일 수도 있다. 이와 같이 禪的
인물에게도 세속인들과 같은 모습과 고민이 있다는 것을 간취하였기 때문
에 서계가 좀더 가깝게 그들을 대할 수 있었을 것이다.

서계는 유가 이념에 반하는 불교의 사상적 면모에 대해서는 부정적인
태도를 취하면서도, 자신과 친분이 있는 승려들의 고매한 인품과 탈속적인
삶에 대해서는 긍정적으로 평가하고 있다. 이러한 태도는 다음과 같은
작품에서 드러난다.

石林蘭若近鼎池	석림사가 부지에 가까우니
海眼今來此住持	이번에 이곳 주지로 해안이 왔구려
雲衲濯過千澗水	승복은 천간수에서 씻었고
布囊收得百篇詩	주머니에는 백 편의 시를 모았네
梅花故嗅工粘鬢	매화의 옛 향기가 귀밑머리에 스치는 듯하고
竹葉閑看自解頤	대나무 잎을 한가로이 보니 절로 웃음이 나네
試問西方諸佛子	서방의 여러 불자들에게 시험삼아 묻노니
幾人靈性更如師	선사와 같은 영성을 지닌 이가 몇이나 되는가?

<贈海眼>[85]

1~4구에서는 석림사에 주지로 해안 승려가 오게 되었고, 그도 역시
시를 모으기를 좋아하는 승려임을 알려주고 있다. 5~6구에서 시적 화자는
매화의 향기와 대나무 잎의 그윽한 정취에 흠뻑 빠져 있는 모습을 보여준다.
'매화'나 '대나무' 모두 유가적인 선비를 표상하는 의미로 많이 차용되는데,
마지막 7~8구에서는 해안 선사의 '靈性'에 대해 반문하는 형식으로 그의

---

85) 권4 「石泉錄 下」, p.65.

고아한 풍모를 찬양하고 있다. 해안 선사의 여러 면모에 대해 장황하게
서술하지 않고 간결하면서도 여운을 주며 시상을 마무리하고 있다. 다음
시에서도 품격 높은 고승의 모습을 형상화하고 있다.

晚識高僧心獨親　뒤늦게 고승을 알아 마음으로 가까이했는데
再遊舊寺事多新　옛절에서 다시 노니니 여러 일들이 새롭구나
莫辭巾錫頻相過　건석이 자주 찾아옴을 마다하지 마시오
風月閑尋有幾人　풍월을 한가롭게 찾는 이가 얼마나 있으리오.

泛泛悠悠似衆人　한가롭게 노닒이 뭇사람들과 같으니
如來誰認是前身　여래의 전신임을 누가 알리오
空門近日談名相　요즘 불문에서 명상을 이야기하니
始覺吾師道意眞　우리 승려의 도의가 진실함을 비로소 깨닫네.
<寄惠智> 二首[86]

　1수에서는 서계가 뒤늦게 알게 된 승려 혜지와의 인연에 대해 언급하고
있다. 3구의 '巾錫'은 두건과 석장으로 평범한 사람의 차림새를 일컫는데
여기에서는 서계 자신을 가리키는 것이다. 자신이 승려를 자주 찾아옴을
마다하지 말라는 말 속에는 그만큼 고승에 대한 두터운 흠모의 정이 배어있
음을 알 수 있다. 2수에서는 겉으로는 그다지 특별해 보이지 않는 혜지
승려를 如來의 前身으로까지 표현하고 있다. 3~4구에서는 서계가 혜지
승려와의 담론을 통해 고승의 '道意'가 진실함을 깨닫게 되었다며 속내를
드러내고 있다. '名相'은 불교 용어로 귀로 들을 수 있는 것을 '名'이라
하고, 눈으로 볼 수 있는 것을 '相'이라고 한다.
　다음 작품에서도 고매한 인품을 지닌 智霽 노사를 소개하고 있다.

---

86) 권2「石泉錄 上」, p.30.

山寺林居近接連　산사 숲 속에서 살며 가까이 지내니
閑時相訪到溪邊　한가한 때 방문하여 시냇가에 이르렀네
愛師蕭散多幽意　조용하고 사려 깊은 노사를 사모하니
齋鉢慵携問爨煙　바리때를 게을리 들고서 밥짓는 때를 묻네.
<智霑老師見贈一絶 作此以謝>87)

　1~2구에서는 서계와 노사가 가까운 곳에 살면서 왕래하는 정황을 보여준
다. 3구에서는 서계가 노사의 '蕭散'하고 '幽意'한 인품을 사모함을 직접적으
로 언급하고 있다. 4구에서는 노사가 바리때를 들고서 무심하게 밥 먹는
때를 묻는 지극히 평범한 장면을 제시하고 있다. 이 작품의 절묘한 주제는
마지막 구에 응축되어 있다고 할 수 있는데, 禪道는 고원한 저 멀리에
있는 것이 아니라, 지금 여기 되풀이되는 일상 중에 있음을 득도한 노사가
은연중에 보여주고 있고, 서계도 이를 이미 터득하였음을 알 수 있다.
　세 작품 모두 서계가 존경하는 승려들을 표현하고 있는데, 이들은 공통적
으로 지극히 평범하여 대단할 것이 없어 보이는 모습으로 형상화되고
있다. 이러한 면모는 곧 불교에서 추구하는 도가 '일상 속에서의 깨달음'에
있는 것과 상통하는 측면을 보여준다고 할 수 있겠다. 한편, 승려들과의
교유를 통해 구현해낸 탈속적 풍취는 다음과 같은 양상으로 나타난다.

　　<1>
晦雲也自一乾坤　먹구름이 절로 한 천지를 이루고
松籟涼爭花氣溫　서늘한 솔바람 소리 따스한 꽃내음과 다투네
只合高僧常掛錫　고승이 머무르기에 합당하니
須敎俗士遠回轅　속된 선비를 멀리 돌아가게 하리.
　　　　　　　　　<次藥泉韻贈信上人>88)

---

87) 권4「補遺錄」, p.84.

<2>

匡傾路斷水盤回　　벼랑 끝 끊긴 길에 물은 빙 돌아들고
入洞人忘出洞來　　골짜기에 들어간 사람은 나오기를 잊었네
遙聽棋聲落雲外　　구름 밖 저 멀리서 바둑 두는 소리 들리며
松陰日轉花覆臺　　솔그늘은 날로 더하고 꽃은 대를 덮었네.

<次南相國韻 應宗信之求>89)

<3>

曾轉雙輪轢萬波　　일찍이 수레를 타고서 온갖 세파를 헤치고
法門龍象力偏多　　법문의 용상만을 오로지 힘썼구나
遊山不喚藍輿去　　산을 노닒에 가마를 부르지 않고
只許輕輕一背駄　　단지 가벼운 보따리 하나만 지고 가네.

絶崖危磴扳緣得　　절벽과 비탈길을 기어올라 가니
轉步時難不怕難　　걷기가 때로 힘들지만 어려움을 두려워하지 않네
衣袂風吹疑跨鶴　　옷 소매에 바람 불어 학을 탄 듯하니
王喬何似下天壇　　왕교가 천단에서 내려온 것 같구나.

<贈雪默> 二首90)

　　<1>의 1~2구에서는 고요하고 그윽한 정취를 시각·청각·후각을 동원하여 묘사하고 있다. 3~4구에서는 '高僧'과 '俗士'를 대조적으로 제시하여 이 공간이 수도하는 승려에게 더욱 합당하다고 인식하고 있다. 혹 속된 선비가 끼어들어 청정한 세계를 흐리게 할까 하는 우려도 깔려 있다고 보여진다.

　　<2>에서도 이와 유사한 풍취를 드러내고 있다. 1~2구에서는 깊숙한

88) 권4 「石泉錄 下」, p.69.
89) 권4 「石泉錄 下」, p.71.
90) 권4 「石泉錄 下」, p.75.

골짜기의 풍경을 묘사하면서, 이 정경에 흠뻑 취해 세상 밖으로 나오기를 잊은 이를 등장시켰다. 3~4구는 멀리서 들리는 바둑 두는 소리와 솔그늘이 날로 짙어지고, 꽃이 대를 뒤덮은 장면을 제시하면서 한 폭의 풍경화를 보는 듯한 분위기를 연출한다. 이런 곳이라면 어느 누구라도 세속의 일을 잠시나마 잊을 수 있을 것이다.

<3>은 서계와 승려 설묵이 같이 산을 오른 것에 대해 지은 작품이다. 1수에서는 승려가 산에 오기까지의 과정을 먼저 제시하고, 가벼운 보따리 하나를 지고 몸소 산에 오르는 모습을 보여주었다. 2수에서는 오르기 힘든 산을 승려가 묵묵하게 헤쳐가는 모습을 표현하면서 마치 천단에서 내려온 왕교와 같다고 비유하고 있다. 승려의 모습을 道人의 모습과 중첩시키면서 초탈적인 이미지를 극대화하고 있다. 또한 <長安寺 次月沙韻 贈僧美>[91]라는 작품에서도 탈속적인 풍취를 드러내고 있다. 총48구인 이 시는 월사 이정구의 <宿長安寺 贈老僧覺心曇裕>[92]를 차운하여 지은 것인데, 구체적인 내용은 다음과 같다.

(前略)

丹樓翠閣乍隱見	붉은 누대와 푸른 누각이 보일듯 말듯
長安之寺懸大榜	장안사라는 큰 현판이 걸렸구나
刳崖剜壁置棟梁	절벽을 다듬고 깎아 기둥을 세웠으니
驅神使鬼誰開創	귀신을 부려서 누가 창건하였는가
竺教東來亦大肆	불교가 동쪽에 와서 크게 과장되어
世間不應有龍象	세상에는 응당 용상이 없구나
垂老清遊適邂逅	늘그막에 속세를 떠나 노닐다가 뜻밖에 만났으니
眼塵心垢得洗刮	눈의 먼지와 마음의 때가 씻겨지는 듯하네

91) 권3「後北征錄」, p.55.
92) 『月沙集』 권17, p.388.

籃輿上山捷飛猿　나는 원숭이처럼 가마 타고 산에 오르니

不勞藤杖扶衰骨　쇠한 몸 등나무 지팡이에 의지하지 않네

正陽東樓看晚景　정양사 동루에서 저녁 경치 바라보니

正似素娥玉女相倚慴懶將鈆粉更塗抹　소아와 옥녀가 사랑하고 미워함에
　　　　따라 연분으로 다시 바르려하는 듯하네

萬瀑匝香爐　만폭동이 향로봉에 둘러 있으니

靑壁灑飛沫　푸른 절벽에 물거품이 뿌려져 날리네

百川爭一門　모든 냇물이 한 입구로 다투어 들어가고

兩峯矗高闕　양 봉우리는 높은 대궐처럼 우뚝섰네

暮春之初天氣暖　늦봄 초기에 날씨는 따뜻한데

猶壯毗盧峯頂雪　아직도 비로봉 꼭대기에는 눈이 많구나

白馬雄雄欲騁驟　씩씩한 백마가 달리려 하는 듯하니

落雁迢迢恐摧折　저 멀리 기러기가 부딪히지나 않을까

峯峯低昂各有態　높고 낮은 봉우리마다 각각 자태가 있으니

倚霄漢俯溟渤　하늘에 의지해 바다를 굽어보는 듯하네

欲說仙山無盡好　선산에 무진장하게 좋은 곳을 말하려 하나

雖有巨筆如長杠不能道——　비록 긴 대와 같은 큰 붓이 있다 해도 일일이
　　　　말할 수 없으리

但思伴老釋絶粒棲巖窟　바위굴에서 단식하고 있는 노승과 짝하여

形神獲超脫利勢謝驅劫　몸과 마음이 초탈을 얻어서 이익과 권세의 핍박도
　　　　사양할 생각을 했었네

此意終謬闊　이 뜻이 마침내 어긋나서

一宿借禪榻　하룻밤 자는 것도 선탑을 빌려야 했네

歸路惘惘似有失　돌아오는 길에 무언가 잃은 듯하여

玉潭聊就數珠砂　옥담에 나아가 모래를 헤아렸네

出山回望迷所歷　산을 나가며 돌아보니 거닌 자취 아득하고

惟見木末飛丹霞　오직 나무 끝에 나는 붉은 노을만 보이네.

이 시의 배경으로 제시되는 長安寺는 강원도 회양군 내금강면 금강산 長慶峰 아래에 있는 사찰로, 금강산의 절경과 어우러져 빼어난 정취를 자아내고 있음을 짐작할 수 있다. 1~4구에서 서계는 험준한 절벽에 깎아 지은 절의 모습을 인간이 이루어낸 것이라고는 믿기지 않아 하며 감탄하고 있다. 5~6구에서는 불교가 우리나라에 전래되어 실속 없이 겉으로만 과장 된 면이 있음을 지적하고 있다. '龍象'은 덕이 높은 스님을 가리키는 불교 용어이다. 나가(naga)라는 말을 龍과 象으로 번역했던 데에서 유래된 말이며, 용과 코끼리의 위력이 매우 높은 점을 비유로 삼은 것이다.

하지만, 7~8구에서 이런 비판은 잠시 유보하고 뜻밖에 접하게 된 장안사 의 면모에 속세의 때를 모두 벗어버린 듯한 경험을 하게 된다. 11~16구에서 는 정양사 동루에서 바라본 저녁 풍경과 만폭동의 장관을 감각적으로 묘사하고 있고, 17~24구에서는 말로 다 형언할 수 없는 정경에 대한 감탄이 절정에 달한다. 25~28구에서는 서계가 노승과 더불어 세속의 名利를 초탈 하고자 하는 시도를 하지만, 결국 뜻을 이루지 못하는 현실적 상황을 솔직히 보여주고 있다.

마지막 29~32구에서는 산속을 나오며 뒤돌아보니 지금까지 목도한 정경들이 모두 꿈속 같이 아득하게 느껴지는 현실을 인식하게 된다. 무언가 잃어버리고 나온 듯한 허전함과 나무 끝에 보이는 붉은 노을의 이미지가 병치되며 긴 여운을 남긴다. 일상인이 장엄한 자연 경관이나 山寺의 정취에 압도되어 잠시나마 탈속을 꿈꾸지만, 결국 성취하지 못하고 다시 반복되는 현실로 되돌아왔을 때 느끼는 아쉬움이나 허전함을 형상화한 작품이라 할 수 있다.

이상과 같이 서계는 불교 교리 자체에 대해서는 부정적인 태도를 취하였 지만, 일상성과 평상심에 기초한 불승과의 교유는 그의 일생 동안 지속되었 다는 것을 문학 작품을 통해 확인할 수 있다.

V. 西溪 문학의 특징 및 문학사적 의의

A. 서계 문학과 사상과의 관련성

　본서에서는 서계의 문학 세계를 사상적 특징과 관련하여 고찰하고, 문학사적 의의를 추출하려 하였다. 조선후기의 시작 단계라고 볼 수 있는 17세기 후반에 서계의 사상은 당대에는 반대파에 의해 이단이라 간주되었고, 현대에 와서는 혁신적인 것으로 평가되었다. 하지만, 서계의 사상과 문학이 형성해내는 의미는 그리 단순하지 않다.

　이단이란 보통 정통 학설에서 벗어난 이론을 지칭한다. 이단은 정통에 대한 상대적 개념으로, 자기의 의견이 정통이라고 주장하는 측에서 상대방에 대해 쓰는 배타적 호칭이다. 이단 비판은 자기와 다른 사상 체계를 만났을 때 행해지는 자기 확인 작업이며, 그러한 자기 확인을 통해 자신의 사상 체계가 풍성해지고 세련되기도 한다. 그러나 어떤 경우에는 자기 확인이 자칫 독선과 아집으로 흘러 자기 사상 체계를 더욱 빈곤하고 경직되게 만들 수도 있다. 조선중기 이후 성리학의 이론이 심화·발전됨에 따라 이단의 범위도 양·묵·불·노에서 과거 공부를 위한 훈고·사장의 학문 즉 위인지학으로까지 확대되어 갔다.[1] 그리고, 조선후기에는 사상·정치계의 주도권을 장악한 노론계 인사들에 의해서 자신들이 표방하는 주자주의에 반하는 이론이나 학설을 부정하기에 이른다.

그러나, 당대 여러 사상 논쟁과 비판을 불러일으켰던 서계 사상의 근본적인 기저는 儒家 이념에 있었다. 다만 그가 송시열을 비방했다는 정치적 이유와, 개인적으로 의심스러운 것을 궁구하고 나름대로 해석하려는 학문적 태도가 당시에 노론계 인사들이 맹신하였던 주자주의에 대한 도전으로 평가되어 이단 논쟁에 휘말렸던 것으로 파악된다.

서계의 『사변록』과 노장주해서는 그의 생애 후반기에 저술되었지만, 서계 사상의 대표적인 특징을 설명하는 코드로 대변된다. 서계의 문학은 그의 청년기부터 말년까지 지속적으로 쓰여졌는데, 그의 사상적 특징과 상통하는 부분이 있어 통합적인 설명이 가능하다. 즉, 서계의 직·간접적인 체험과 인식이 결합되어 발현된 문학 속에 인생의 후반기에 완성되는 그의 사상적 특징의 단서가 내포되어 있다고도 할 수 있겠다.

서계 사상의 총체적인 특징은 '實 지향성과 개방성'이라고 할 수 있을 것이다. 이러한 사상을 기반으로 『사변록』 저술을 통해 정주학적 儒家 이념을 재해석하였고, 당시 이단으로 간주되었던 道·佛 사상이나 세력을 포용성 있게 수용하는 태도를 보여주었다. 특히, 서계의 道·佛에 대한 태도는 다분히 유가적인 입장이 강하였다. 도가의 이념을 유가적인 입장에서 수용하거나, 불교 교리의 허탄성과 반인륜성에 대해 부정하는 태도 모두 유학자로서의 면모라고 할 수 있다.

그럼에도 불구하고 서계는 여타의 정치·사상적 논쟁과 관련하여, 도교 서적에 대한 주해서를 펴거나, 유가적인 임무를 승려들과 함께 한 것에 대해 비난을 받았던 것으로 보인다. 이렇게 서계가 儒·道·佛에 대해 견지한 사상적 입장은 그가 특별히 의도하지 않았다 하더라도 생애 전반에 걸쳐

1) 송갑준(2002), 「異端－우리 도를 어지럽히는 자들」, 『조선 유학의 개념들』, 한국사상사연구회, 예문서원, pp.435~459.

축적된 문학적 성과와 긴밀하게 연계되어 나타난다.

그가 경전을 재해석하면서 중시했던 '實'의 강조는 문학적인 형상화, 인식의 진정성과 현실성으로 발현되었다. 그리고, 道·佛 사상과 그 세력에 대해 포용적인 자세를 보인 태도는 자신의 거취를 결정하고 실질적인 행동을 하는 데에도 영향을 미쳤을 뿐만 아니라, 현실 공간에서는 해결되지 않는 문제들을 초탈하는 이상향을 설정할 수 있게 해주었다.

또한, 서계는 「詩經思辨錄」에서 특정한 詩風이나 학설에 매몰되지 않고, 작가의 眞情을 중시하는 태도를 견지하였고, 思無邪의 의미를 전통적 논법과 달리 윤리적 선악의 구분과는 직접적 관련이 없는, '가식되지 아니한 情의 진실한 발로'라고 이해하였다.[2] 이러한 관점은 다른 사람의 문학 작품을 평가하는 주요 기준으로 작용하는데, 이는 도학적인 文觀을 바탕으로 하였던 우암의 문학관[3]과는 변별되는 것이다. 그리고 이렇게 서계가 작가 감정의 진솔한 표현을 시의 근본적 기능으로 이해한 것은 조선중기에 중시되었던 '性情之正'과 달리 '性情之眞'을 강조하였던 김창협·김창흡 등의 입장과도 상호 연관되는 면이 있다. 그러나, 서계의 작품 세계에 구현된 '眞/情'은 반대파인 김창협이 우려하였던 것처럼 탈윤리적인 방향[4]으로 나아가거나, 허균이나 이옥처럼 남녀의 정욕을 긍정하고 이를 표현하는 방식으로 전개되지는 않았다.

그리고, 實 지향성은 서계가 공직에 있을 때 표방한 정책이나 그의 사상에서 강조된 요소이기도 한데, 문학 작품에서는 역사의식이나 대외

---

2) 김흥규, 앞의 책, p.236.
3) 김학주(1992), 「우암의 詩觀과 詩」, 『우암사상 연구논총』, 태학사, p.364.
4) 김흥규, 앞의 책, p.81.(농암 김창협은 서계가 『사변록』의 저술로 사문난적으로 탄핵될 때, 논변을 맡은 權尙游를 위해 <與權有道尙游論思辨錄辨>을 저술하였다. 이 글에서 농암은 서계의 해석이 주자 이래의 정통 해석과 얼마나 이질적인 것인가를 밝히며, 좀 더 진전될 경우 윤리적 선악의 구별을 넘어서 순수한 정의 발로 자체를 긍정하는 논리로까지 될 수 있음을 우려한 바 있다.)

인식과 긴밀하게 연관되어 나타난다. 서계가 생존했던 시기는 양란 이후에 붕괴된 질서를 재건하기 위해 주자주의적인 예학이 점차 절대화되기 시작하던 때였다. 1, 2차 예송이나 서인/ 남인의 대립, 이후 서인 내부에서의 '노론/ 소론'의 분기 등은 이 시대의 복합성과 치열성을 짐작하게 한다.

혼란한 시대일수록 현명한 군주나 신하가 절실하게 필요하기 마련인데, 당대는 이미 정쟁에 의해 편파성을 띠게 되어 인물에 대한 정당한 평가는 이루어지기 어려운 실정이었다. 그러므로, 서계는 인물이나 사건에 대한 실상을 파악하는 것을 중요시하였던 것으로 보인다. 이는 끊임없는 정쟁이 난무하던 시대에 올바르게 살고자 했던 서계의 삶의 지향성과 관련된 사항이라고 할 수 있다. 자신의 능력에 비해 제대로 평가받지 못하고, 당파적인 이해 관계에 따라 폄하되었던 이제신이나 황신 등과 같은 인물에 주목하였던 이유도 여기에 있을 것이다. 그리고, 신릉군과 춘신군에 대한 상반된 평가를 통해서, 자신에게 충고해주는 조언자의 말을 수용하는 여부에 따라 성패가 결판난다는 것을 강조함으로써 역사적인 대업을 수행해야 하는 임무를 담당한 이들에게 암묵적인 경계를 하고 있다.

한편, 대외 인식과 관련된 부분에서는 공식적 정치가의 입장에서 표방하는 태도와, 자신이 직접 사행 체험을 통해 인식하게 되는 것 사이에 간극이 존재한다. 즉, 서계는 실질적인 나라의 안보를 위해서는 물리적인 역학 관계를 인식하고 대처해야 한다는 태도를 취하면서도, 정작 자신이 사행 체험을 통해 목격한 변화된 현실에 대해서는 안타까운 감상을 드러내는 갈등적인 면모를 보여준다. 특히, 명나라의 遺民으로 타국에서 평생토록 떠돌아야 했던 강세작에 대한 관심 등을 진솔하게 드러낸 태도는 자신의 감정을 충실하게 표백하면서 동시에 당대의 모순과 부조리를 적나라하게 보여주는 효과를 발하였다.

병자호란으로 인한 조선 문사들의 정신적 혼란과 심리적 분통함이 19세기 말까지도 지속되었다는 것5)을 감안한다면, 서계가 사행을 통해 명·청 교체에 대해 느낀 감회는 당대 사대부로서 당연한 것이라고도 할 수 있다. 하지만, 서계가 대외 정책에 있어서 현실 위주의 의견을 피력하여 당대 '親明' 노선을 옹호하던 이들과 마찰을 일으켰던 것을 상기한다면, 이러한 사적인 감정을 드러낸 것은 주목을 요하는 사항이다. 기존 연구에서는 淸에 대한 조선후기 사대부들의 입장을 주로 '북벌론'에 대한 태도나, 청나라 연호 사용에 관한 의견, 사행시 청나라 문물에 대한 관심 등을 중심으로 평가해왔다. 이러한 평가가 일차적으로는 필요하겠지만, 이제는 한 인물의 공식적인 태도와 개인적인 서정 사이의 거리에 대해서도 고찰할 필요가 있겠다.

그리고, 서계가 보인 이러한 면모는 후대에 홍대용, 박지원, 박제가로 이어지는 실학자 문인들이 남긴 연행록에서 명을 회억하고 병자호란의 상흔을 되돌아보며 분노하면서도, 청의 문물의 번성함에 놀라움을 금치 못하면서 그들에게 배우려는 진지한 자세를 보이는6) 의식을 표출하기 이전 단계의 모습이라고 할 수 있을 것이다.

다음으로 당대 이단 사상이라고 할 수 있는 '道·佛 사상에 대한 태도와 문학적 구현' 부분이다. 먼저, 道家 사상과 관련된 부분을 고찰해보면, 孔孟과 老莊이 습합된 학문적인 성향은 서계에게만 발견되는 것은 아니다. 서계보다 한 세대 앞선 시대를 살았던 신흠(1566~1628)·장유(1587~1638)· 최명길(1586~1647)을 비롯하여 정홍명(1592~1650)·정두경(1597~1673) 등이 노장에 상당히 심취했던 인물이라는 점을 감안한다면, 노장 사상이 당시의 학문경향에서 엿볼 수 있듯이 중앙 정치에서 소외되거나 좌절된

---

5) 고연희(2006), 「울분과 탄식의 연행」, 이혜순·박재금 외, 『우리 한문학사의 해외체험』, 집문당, p.163.
6) 이혜순(1987), 「이덕무의 入燕記 小考」, 『조선조 후기 문학과 실학사상』, 정음사, p.199.

194

조선조 지식인들이 그 사상적 일탈을 노장과 양명학에서 찾았다는 것을 알 수 있다. 특히 양명학과 달리 노장 사상은 비록 이단의 한 부류로 배척되기는 하였지만, 개인적으로 혹은 공개적으로 접근할 수 있는 풍토마저 탄압받은 것은 아닌 듯하였다.[7] 하지만, 주자학적 질서가 절대화되던 시기에 서계는 노장주해서를 저술한 행위 때문에 공개적으로 비난을 받았다. 이러한 상황 속에서도 서계는 상대적인 진리의 가치를 인정하고 도가 사상을 재검토하는 작업을 하였다. 그리고, 문학적으로 이를 수용하는데 있어서는 유가적인 가치와 결부시키거나 자신의 거취 문제와 자연 인식과 관련된 측면에서 사상적 의미·모티프로써 취택하였다. 본서에서 살펴본 서계의 도가 관련 작품은 크게 두 가지 특징으로 정리될 수 있다.

첫째, 유가적 입장에서 도가 사상을 수용하여 노장 사상의 가치를 재인식하고 의미를 부여하거나, 유가적인 가치 개념과 유사한 부분을 추출해내려 했다는 점이다. 이와 같은 경향은 노장주해서의 序文과 <老子>, <知樂亭次宜寧相國韻>, <古神仙曲> 등과 같은 작품에서 나타난다.

둘째, 문학적 모티프로써 도가적 소재를 수용하고 있다. 서계시에 나타나는 선취적 경향은 16·17세기 시조·가사에 나타나는 신선모티프와 유사한 특성을 지닌다. 이 시기의 신선모티프는 도교적 종교 사상으로 수용된 것으로 보기가 어렵고, 오히려 시인, 풍류객으로서 꿈꾸는 사대부들의 정서적 욕망과 깊이 관련되어 있는 것으로 볼 수 있다. 강호자연의 아름다움을 仙境化하여 그 안에서 맛보는 자아의 정서적 절정감을 신선체험의 형식으로 나타내는 것[8]이다. 서계가 비록 도가 사상서에 대한 주해서를 내기는 하였지만, 문학적으로 이를 수용하는데 있어서는 사상적인 면과

---

7) 김영주(2003), 앞의 논문, p.217.
8) 성기옥(1998), 「사대부 시가에 수용된 신선모티프의 시적 기능」, 한국고전문학회 편, 『국문학과 도교』, 태학사, pp.29~31.

일종의 모티프로써 활용한 측면이 중첩되어 나타난 것으로 파악된다.

이는 서계의 작품에 유선시보다는 선취시가 더 많은 비중을 차지하고, 적극적으로 연단법을 사용하는 단계까지는 나아가지 않는 것이나, <고신선곡>에서 유가적인 발상이 엿보이는 시적 특성을 감안하면 알 수 있다. 이러한 특징은 17세기 전반기까지의 사대부들이 대체로 직접 신선이 된다고 하거나 신선 세계로의 일탈을 보여주었고, 17세기 중후반까지 살았던 정두경이 신선 세계로의 일탈은 없으나 하늘과 통하는 신선을 생각했음에 비해, 18세기 전반 서얼들은 도가적 취향을 보이면서도 현실의 모순을 걱정하고 현실선상에서 신선을 생각한9) 것과 비교하여 평가할 수 있겠다. 서계가 도가적 모티프를 수용하여 표현한 대부분의 작품이 작가의 현실적 상황과 맞물려 있음을 감안하면 18세기 서얼 문학에서 나타나는 도가적 취향과도 상통하는 부분이 있다.

마지막으로, 서계의 '佛家에 대한 입장과 超脫的 교유' 부분이다. 사대부와 승려의 교유는 고려후기 이후부터 늘어났는데, 대개의 승려들이 세속의 사대부와 교유가 많았으며, 사대부들 중에는 불교 특히 禪의 영향을 받아 작품을 쓴 경우가 많았음을 기존 연구를 통해 알 수 있다. 儒佛 사이의 격화된 이념적 대립은 왕조 교체와 함께 일어났다.

그리하여 유불간의 관계 양상에 몇 가지 변화가 일어나는데, 어색해진 유불간의 관계에서 시를 통한 문학적 교유가 대안격으로 제시된다. 이렇게 해서 문학성은 종교성으로부터의 구속을 벗어나는 길이 모색되는 결과가 되었다. 그리고, 불가 문집의 가치를 높이기 위해서는 서발문도 중요시되어, 불가의 문도들은 세상에서 이름난 문인의 서발문을 얻고자 무척 노력하였다. 그 결과, 많은 유가 문인들이 불가문집의 서발문을 쓰게 되었다.10)

---

9) 김경숙(1999), 「18세기 전반 서얼 문학 연구」, 이화여대 박사학위논문, p.248.
10) 이진오(1997), 『한국불교문학의 연구』, 민족사, pp.198~228.

서계와 승려들과의 관계도 이러한 유불간의 교유 전통의 연장선상에서
이루어졌음을 알 수 있다.

　서계의 문학 작품을 통해 그가 불승들과 맺었던 관계 양상을 살펴보면,
그의 실질을 지향하는 사고와 일상성을 중시하는 태도가 반영되어 있음을
알 수 있다. 서계가 표방한 부정적 불교관과 이단 세력에 대한 우호적인
태도는 표면적으로만 평가할 때 자칫 모순되어 보일 수도 있다. 하지만,
이념적인 차원에서 불교 사상을 이단시하는 것과 실생활에서 그 세력과의
관계를 형성하는 것은 서계에게 있어서 층위가 다른 문제로 인식되었음을
알 수 있다. 즉, 실질을 중시하는 사상적 태도가 불가 세력과의 공조를
가능하게 하였다고 할 수 있겠다.

　이는 동시대 송시열, 김수증, 윤증과 같은 서인계 인사들이 김시습을
추숭하면서도 어디까지나 유가적인 차원에서 일을 도모하였던 것과 차이를
드러낸다. 이에 비해 서계는 실질적으로 사업을 추진함에 있어 어려움에
봉착하자 개인적으로는 그리 큰 갈등 없이 승려와의 공조를 추진하였고,
이러한 방법상의 차이가 반대파의 비방을 받게 되는 요인이 되었어도
이에 크게 개의치 않았다. 비록 유불간의 이념은 다르지만 훌륭한 인물을
추숭하는 공통의 목적을 수행하기 위해 협조적 관계를 형성하였다고 할
수 있다.

　또한, 서계가 승려들과 개인적으로 유지한 교유양상은 대체로 일상적인
차원에서 이루어진 특성이 있다. 속세에 머무르면서도 끊임없는 정쟁과
사상 논쟁에 휘말려 현실에 안주할 수 없었던 서계에게는 승려들과의
문학적 교유를 통한 만남이 또 하나의 위안과 휴식이 되었을 것이다. 서계는
기본적으로 불교 자체에 대해서는 부정적인 태도를 취하고 있기 때문에
불교 교리나 사상에 대해 천착하는 태도를 보이지 않았다. 하지만, 그는
종교적 수양을 통해 고매한 인품을 갖춘 인물들이 지향하는 탈속적 풍취에

대해서는 공감하는 면모를 보인다.

서계가 불승과의 관계에서 보여준 인간적 교류와 일상적 면모는 '平常心'과 관련된다고 볼 수 있다. 즉, 불가와 도가의 철인들은 일상적인 사람들의 평범한 삶을 떠나서 보다 거룩하고 완전한 세계가 따로 독립해 있다고 보지 않는다. 그러므로 선가에서는 '평상심이 곧 도[平常心是道]'라고 하며, 이 평상심을 떠나서 또 다른 진리가 시공을 달리해서 존재하는 것이 아니라고 한다.11) 이러한 경향은 서계가 『중용』의 '常情'을 해석하는 데에도 일상성에 기초한 실천 가능한 현실을 중시한12) 것과도 연계된다. 서계의 현실주의적 경험주의의 성향이 불승들과의 교유에도 일정하게 반영되었음을 알 수 있다.

서계의 불교관이나 불승과의 관계는 동시대 몇몇 경화사족들이 지녔던 불교인식이나 불승과의 교유 양상과도 관련하여 논의될 수 있는 사항이다. 기존 연구에서 불교 교리에 해박하고 불교 이념을 긍정적으로 수용하고 있는 다섯 명의 경화사족-김창흡, 최창대, 이덕수, 이하곤, 조귀명-을 중심으로 논의를 진행한 바 있다.13) 이 가운데 서계와 같은 소론계 문인이라 할 수 있는 최창대와 이덕수, 조귀명 등과의 비교 논의가 가능할 것이다. 최창대(1669~1720)는 유자관료로서 지니는 유자적 입장을 견지하면서도 儒佛道 회통의 면모를 보인다. 그의 작품에는 유자로서의 입장과 신선세계에의 희구가 불교적 깨달음과 착종되어 보이고, 현실적 고뇌를 탈속을 통해 극복해보려는 시도가 나타난다.

---

11) 김항배(1999), 『불교와 도가사상』, 동국대출판부, p.39.
12) 안병걸(1991), 「17세기 조선조 유학의 경전해석에 관한 연구-중용 해석을 둘러싼 주자학파와 반주자적 해석간의 갈등을 중심으로-」, 성균관대학교 박사학위논문, p.148.
13) 유호선(2002), 「17C 후반~18C 전반 경화사족의 불교수용과 그 시적 형상화-김창흡, 최창대, 이덕수, 이하곤, 조귀명을 중심으로」, 고려대 박사학위논문.

198

또한, 서계의 제자인 李德壽(1673~1744)는 불교에 대한 방대하고 깊이 있는 탐구열의를 보인 문인으로 그는 看話禪 중심의 공부론에 몰입했고 이해의 차원을 넘어 悟境의 획득으로 나아가려는 모습을 보이고 있다. 또한 그는 불교적 생사관을 노정하는 다수의 작품을 남기고 있다. 그리고, 趙龜命(1693~1737)의 시에는 자아의 각성과 自心에 대한 확신에서 우러나오는 唯心論的 世界觀이 불가문학의 장르인 게, 찬, 송들에 녹아 있다.14)

이들은 17세기 후반에서 18세기 전반에 생존했던 인물들로 서계가 생존했던 시대와 겹쳐지면서도 그 다음 시기로 이어지는 후속 세대이기도 하다. 이들의 불교 인식은 서계보다 긍정적이고 적극적이며 이와 관련된 문학 세계도 보다 이념적으로 심화되는 양상을 보인다. 서계가 일상적이고 실질적인 차원에서 이해하고 교유했던 불가와의 관계가 이 시기에 오면 일부 사대부들이 불가 이념을 긍정적으로 수용하고 문학적으로 형상화하는 양상으로 변화됨을 알 수 있다.

이상 서계의 사상 중에 특징적인 면들을 문학적 양상과 관련하여 살펴본 결과, 사상이 문학 작품을 통해 온전히 구현되는 면도 있지만, 사상과 문학 세계가 괴리를 보이는 면도 엄연히 존재한다. 이는 문학과 사상이라는 영역의 근본적인 차이에서 비롯된 것일 수도 있지만, 한 개인의 公的 발화와 私的 인식이 빚어내는 복합적이고 갈등적인 모습과 관련된 것일 수도 있다. 이러한 사상과 문학의 연속성과 불연속성의 문제는 서계라는 한 작가의 특징적인 면모뿐만이 아니라, 문학사에 있어서 존재하는 '지속과 변모', '보수와 혁신'의 측면과도 연관된다고 할 수 있을 것이다. 이렇게 서계의 문학과 사상은 '뫼비우스의 띠'처럼 경계의 구분이 모호하면서도 총체적인 특징을 드러내면서, 그의 삶 전반에 걸친 인식과 형상의 안팎을 이루고 있다.

14) 위의 논문 참조, pp.114~167.

B. 조선후기 서계 문학의 의의

서계 박세당의 문학은 17세기 후반~18세기 초의 복합적인 상황과 맞물며 몇 가지 시사점을 제공해준다. 첫째, 이행기 문학으로서의 의의를 들 수 있다. 서계의 문학과 사상이 형성된 시기는 '중세에서 근대로의 이행기 문학' 단계에 해당한다. 이 시기는 정통 한문학의 동요와 지속이 이루어지는데, 구체적으로는 복고노선이 확대되고 사상의 근거에 관한 논란이 제기된다. 그리고, 문학의 근본문제에 관한 재검토가 이루어지면서, 논의 방식이 다양화되고, 문학의 본질에 대한 새로운 이해가 생기며, 창작 방법을 재정비하고, 민족문학론이 등장하게 된다.15) 서계가 문학의 본질에 대해 진지하게 성찰하고 實을 지향한 점이나, '眞/ 情'을 중시하는 문학관을 제시한 것이 그와 관련된다. 서계는 꾸밈이 없는 작품, '眞/ 情'을 온전하게 표출한 작품을 의미 있다고 평가하였으며, 그러한 문학 세계를 구현하려고 하였다.

이러한 詩觀은 서계 바로 전시대에 탈주자적인 성격인『讀書記』16)를 저술한 남인의 尹鑴가 시경론에서 표방했던 경세론적 관점과는 차이가 있다. 윤휴의 시경론은 경세론적 차원으로 수렴되었을 뿐 문학이론으로 실천되지 않았다는 점에서 문학적인 한계를 지니는17) 반면에, 서계의 시경론은 '情'을 강조함으로써 문학적인 본질에 다가갔다는 특징이 있다.

그리고, 서계 문학은 그와 거의 동시대를 살았던 홍만종의 문학과도

---

15) 조동일(2005),『한국문학통사』3, 지식산업사, pp.68~155.
16) 윤휴의 「讀書記」는 中庸·大學·孝經·詩經·尙書·周禮·禮記·春秋·內則 등을 다룬 경학상의 저작으로서,『白湖全書』권36~46에 실려 있다. 대상으로 삼은 경전의 폭과 저술 규모 그리고 반권위적 논증의 정신을 볼 때 이 저작은 조선후기 경학의 전개 과정에서 박세당의『思辨錄』과 더불어 가장 뚜렷한 선구의 업적으로 평가되었다.(김홍규(1982), 앞의 책, p.52.)
17) 박무영(1987),「白湖 尹鑴의 詩經論 연구」,『한국한문학연구』9집, 한국한문학연구회, p.144.

대비된다. 홍만종(1643~1725)은 서인계 경화거족의 후예로, 淸西의 송시열, 노론의 김석주, 남인의 허적, 소론의 신완 등 그때그때 권력을 주도하던 당파의 핵심인물과 가까웠던 행적을 비난받기도 하였다. 홍만종은『海東異蹟』을 저술하여, 조선시대 도인들의 행적을 정리하고, 이를 하나의 체계 속에 종합하고 우리나라 수련도교의 연원을 소급하여 도통체계를 세워보려고 하였다. 그의 이러한 태도는 낭만적이고, 도가적인 입장에서 역사를 이해하는 방식으로 연계되었다.

또한, 17세기 말~18세기 초 노론과 정책대결을 벌이고 있던 소론 집권층의 역사의식을 반영한다고 할 수 있는 홍만종의『東國歷代總目』에서는 중국과 우리나라의 고대 제왕의 출생에 얽힌 신비스런 설화들을 그대로 긍정하려는 입장을 표방하였다. 이것은 홍만종이 신비주의를 받아들이는 시각과 관련이 있으며, 그러한 해석은 결과적으로 우리나라 고대의 제왕들을 비범하고 신이한 존재로 미화시키는 것이 되며, 군주의 초인적 위대성을 부각시키는 동시에 민족적 자긍심을 부양하는 효과도 가져오는 것이다.[18]

이러한 태도는 서계가 유가 이념을 재해석하고, 도가 사상을 수용하면서도 實 지향성을 보였던 것과는 대비되는 것이다. 서계는 유가적 입장에서 도가 사상을 수용하였고, 이를 자신의 거취 문제나 이상향 설정과 관련하여 문학 작품을 구현하였다. 그리고, 서계는 역사적인 인물을 평가할 때 설화적인 요소보다는 실제적인 이력을 중시하는 경향을 보인다.

또한, 홍만종이 시를 평가하는 기준으로 가장 중요시한 것은 思想性으로서, 시가 토대로 해야 할 사상을 道文一致的 유교이론에서 찾고 있는데[19] 비해, 서계는 시를 평가하는 주요 요인으로 '眞/情'을 강조하였다는 차이점

---

18) 한영우(1991),「17세기 후반~18세기 초 홍만종의 회통사상과 역사의식」,『한국문화』 12집, 서울대 한국문화연구소, pp.381~421.
19) 위의 논문, p.393.

이 있다.

둘째, 서계 문학은 문학이 독립적인 창작물로 평가받지 못하고, 사상이나 정치적인 이념과 밀접하게 관련되었던 시기적 특성을 보여준다. 앞서 살펴본 바와 같이 서계가 생존했던 시기에는 주자주의의 절대화와 사상의 회통성이 동시에 진행되었다. 이러한 시기적 특성의 단초는 16세기 후반부터 몇몇 학자들에 의해 '兼采·並用'의 사상적 취향과 문학적 원용의 경향[20]이 나타나는 것으로 확인할 수 있다. 그리고, 서계 당대에 일어났던 『사변록』을 둘러싼 시비, 윤휴의 탈주자학적 경서 해석에 대한 '사문난적'의 指斥, 최석정의 『예기류편』과 관련된 일 등은 주자학의 도그마를 상징하는 사건이기도 하지만, 한편으로는 이 시기까지는 이런 시도들이 공공연하게 진행되고 있었음을 시사하기도 한다.[21] 서계의 문학과 사상에 대한 당대 논변을 통해 정치적 편견이 문학적 평가에 어떻게 작용했는지를 여실히 파악할 수 있게 해준다.

이와 관련된 예로 송시열이 규탄해 마지않는 이단 사상은 이미 서인에서 노론으로 이어지는 자기 당파 안에도 깊숙이 들어와 있었는데, 이에 대해서는 문제로 삼지 않고 오히려 옹호했다. 송시열은 장유가 양명학에 경도된 것은 거론하지 않고 의리와 문장 양면에서 아주 훌륭한 모범을 보였다고 칭송했고, 후배 김만중이 막중한 위치에 있으면서 불교에 호감을 가지고 주자학에 대해서 깊은 회의를 나타냈어도 시비를 가리지 않았다. 그리고, 홍만종이 도가열전인 『海東異蹟』을 편찬한 것을 보고서 발문을 써주었다. 이에 비해 주자와 다르게 경전을 풀이했다는 이유를 들어, 『讀書記』를 저술한 남인의 尹鑴(1617~1680), 『思辨錄』을 쓴 소론의 박세당을 완강히

20) 신승훈(2004), 「16세기 후반~17세기 전반기 문학이론의 다변화 양상－유몽인·이수광·신흠·허균을 중심으로」, 고대박사학위논문, p.184.
21) 송혁기(2005), 앞의 논문, p.16.

비판하고, 斯文亂賊이라고 규탄한 것22)은 단순히 사상적인 차원에서의 평가가 아니라, 일련의 정쟁과도 밀접한 관련이 있었던 것으로 파악된다.

셋째로, 서계 문학은 소론계 문학으로서의 의의를 갖는다. 서계의 문학에 나타나는 사상적 개방성이나 實 지향의 면모는 주로 개방적이고 박학적인 학문 경향을 특징으로 하는 성혼 학통을 계승한 소론계의 특성과도 관련된 다고 할 수 있다. 서계가 생존했던 시기는 소론과 노론과의 갈등이 첨예화되 기 시작하였으며, 그의 문학은 본격적인 소론계 문학이 대두하게 되는 단초를 제공해 주었다.

소론계 문인들은 권위주의적이고 교조적인 주자학적 도문일치관의 질곡 에 저항하며 개방적인 학문사상을 바탕으로 보다 진전된 道文觀을 제시하 였다. 남구만·최창대·신유한·홍양호·홍경호 등은 시대 현실에 맞는 도문관 의 확립을 시도하여 辭理의 겸비 강조, 道文의 분리 인식, 道文의 관계에서 절대 우위를 차지하던 '道'의 관념을 대신하는 새로운 개념으로 '氣'와 '史'를 제시함으로써 문장의 창작에서 보다 개성적이고 현실적이기를 요구 하였다.23)

그러나, 서계의 사상에는 소론계의 사상적 공통성으로 언급되는 양명학 적 특성이 확연하게 나타나지는 않는다. 그는 최명길의 神道碑銘에서 양명 학에 대해 호의적인 태도를 표명하기도 하였지만, 양명학에 몰두한 흔적은 특별히 발견되지 않는다. 대학의 고본에 관심을 둔 것이라든가, 주희와 달리 '三綱領'을 인정치 않는 것, 그리고 格物의 해석을 정주와 달리하려는 것 등은 양명학의 영향으로 보이지만, 그는 양명 이론을 전체적으로 답습하 거나 계승하지 않았다24)고 평가된다.

---

22) 조동일(2005), 앞의 책, p.77.

23) 김영주(2006), 앞의 논문, p.260.

24) 이종성(1996),「서계 박세당의『新註道德經』에 있어서의 老子觀」,『동양철학연구』 16집, 동양철학연구회, pp.157~163.(이 논문에서는 서계의 사상과 양명학의 차이

한편, 서계의『신주도덕경』은 후대에 강화학파의 일원인 신작이『老子旨略』을 집필하는데 간접적인 영향을 주었다.25) 그리고, 후대에 윤증·박세당 등 핵심 산림의 문생과 후예들은 일찍부터 경화학계의 일원으로 포섭되어 산림적 위치에서 이탈하게 된다. 이들은 경화거족적 관료학자로서 그들끼리 학풍을 계승하는 가운데 그 학파적 외연을 넓혀가고 나름의 개성적 학풍도 드러내게 된다. 이들은 세칭 '강화학파'를 제외한다면 지역적 특성이 두드러지는 편이 아니었고, 대체로는 서울과 그 주변에 세거하면서 계속 사환하고 그들 간의 婚閥을 구성하는 경향이 강하였다. 그러므로 이들은 경·향의 분기 속에서 경화학계를 중심으로 소론학계를 재편하여 이를 주도하게 되었다.26)

넷째, 서계는 특정한 학풍이나 유행에 함몰되지 않고, 본인의 사상과 정서를 적절하게 드러내는 문학 세계를 구축하였다. 복고주의로 대표되는 17세기의 특징은 후반까지 유지되어 唐詩風을 존숭하는 일련의 시화가 주류를 형성했다. 그러나, 17세기 후반 무렵, 의고주의에 대한 비판이

점을 다음과 같이 밝히고 있다. "서계의 견해가 陽明의 것과 근본적으로 다른 점은 객관적 사물의 이치를 서계는 인정한다는 점과 그것을 사용하여 현실사 즉 문제상황을 정당하게 처리하는 방법으로 格致說을 정립하였다는 것이다. 이 다른 점은 서계가 마음이 곧 우주라는 양명의 대명제로 나가지 않았으며 良知를 가꾸어 내는 向内的 방법 곧 致良知法엔 관심도 없었다는 것으로도 밝혀진다. 왕수인의 것은 良知에서 시작해서 良知로 돌아가는 순환론적인데 비해 서계의 것은 일처리를 위해 心知와 物則을 사용하는 변증적 성격을 띤 것이 큰 차이점이다. 서계는 학문으로서의 양명학의 가치는 인정하였을지라도 결코 거기에 깊이 관여하여 사색에 몰두한 흔적을 남겨놓고 있지 않다."); 윤사순(2006),「서계 유학의 철학적 특성」,『서계 박세당 연구』, 집문당, pp.29~30.(이 논문에서도 "서계는 '格'의 字意를 '正'으로 해석하여 양명학을 좇는 듯이 보이지만, 그는 의미 내용에 있어서는 양명과 달리 이해하여, 格物 전체의 해석에서도 양명설을 따르지 않는다." 고 평하였다.)

25) 정량완(1999),『강화학파의 문학과 사상(4)』, 한국정신문화연구원, p.320.
26) 유봉학(1998),『조선후기 학계와 지식인』, 신구문화사, pp.105~106.

204

본격적으로 이루어지기 시작한다. 강서시나 의고주의에 대한 비판의 공통점은 眞의 상실에 있거니와 이러한 복고주의에 대한 비판은 17세기 말엽 김창협과 김창흡에 이르러 논리화된다. 김창협은 眞詩를 주장하면서 自然과 天機를 거듭 강조하였는데, 서계가 <栢谷集序>에서 唐 이하의 시를 부정하는 태도를 보인 것도 이와 유사한 논리다. 이처럼 다양한 시풍이 전개되는 17세기 후반의 시단에서 가장 주목되는 시풍은 조선적인 唐風이다. 17세기에는 여전히 복고적인 당풍이 주류를 형성했지만 한편으로는 모의 차원이 아니라 조선의 현실과 조선인의 정감을 바탕으로 한 조선적인 당풍이 대두하고 있었다.27)

　이러한 당대의 詩風으로 볼 때, 서계의 시작품은 唐·宋風 어느 한 쪽으로 단정하여 평가하기 어려운 점이 있다. 자신의 감정을 진솔하게 표백한 작품들은 정감어린 唐風的 성향이 엿보이기도 하지만, 날카로운 현실 인식이나 평가를 드러낸 작품들에서는 의론을 위주로 한 宋風的인 경향도 나타난다. 그러나, 서계 문학에는 學唐風에 일반적으로 나타나는 특성인 염정시나 악부시풍을 통한 낭만성이나 이국적 정서는 드러나지 않으며, 理趣를 위주로 한 道學的인 작품도 드물다. 즉, 서계는 어느 특정한 詩風을 추구하지 않고 자신의 감정이나 시적 상황에 걸맞은 작품을 형상화한 것으로 평가된다. 또한, 서계가 두보나 한유의 영향을 어느 정도 받기는 하였지만, 이러한 몇몇 요소로 그의 문학 세계를 규정짓는 것은 자칫 다채로운 그의 문학적 성과물을 단순화시킬 우려가 있다.

　이상 본서에서 살펴본 서계 사상의 특징과 문학과의 관련성은 조선후기에 와서 본격적으로 논의되는 실학적 면모, 사상의 개방성, 문학의 본질 문제라는 거대한 패러다임의 변모와 상당 부분 밀착되어 있다고 할 수

27) 이종묵(2002),「조선 중기 시풍의 변화 양상」,『한국 한시의 전통과 문예미』, pp.490~494.

있다.

이는 서계의 세대에서 사상적으로 경직되고, 이단 사상이나 세력에 대해 많은 논란이 제기되는 편파성을 극복하지 못했던 것과는 달리 점차 사상적으로 열린 세계로 옮아가는 징후를 보여준다. 그러므로, 서계의 이단 사상·세력에 대한 태도나 이에 대한 반대파 인물들과의 논란은 보다 열린 세계로 나아가기 위한 진통 과정이었으며, 후속 세대와의 교량적 역할을 해주고 있다고 할 수 있겠다.

그리고, 이러한 특성은 서계의 문학과 사상의 전반적인 성격으로 확대하여 적용이 가능하다. 유가 경전의 주석 작업을 통해 그 이념을 재해석하였고, 당대의 이단 사상으로 간주되었던 道·佛 사상이나 관련 세력에 대해 포용적인 자세로 접근하면서 이러한 요소들을 문학적으로 구현한 것은 모두 이후 문학과 사상이 본격적으로 다변화되는 조선후기로 나아가기 위한 과정으로 설명될 수 있을 것이다. 또한, 서계의 문학과 사상은 '17세기 후반~18세기 초'라는 복잡다단한 시대를 통해 이루어진 독자적인 성과물로도 평가할 수 있겠다.

Ⅵ. 변화하는 시대와 문학과의 조응

　조선후기 문학은 우리 문학사에서 자생적 근대를 설명해줄 수 있는 부분으로 연구자들의 지속적인 관심사였고, 그동안 이와 관련된 논의가 풍성하게 진행되어 왔다. 하지만, 조선후기가 본격적으로 시작되는 단계라고 할 수 있는 17세기 후반 문단 상황이나 개별 작가들은 그다지 주목을 받지 못했다.

　소위 斯文亂賊으로 규정되어 온 서계 박세당(1629/인조7~1703/숙종29)은 경학 해석과 관련된 사상 분야와 당쟁과 관련된 정치·사학 분야에서 주요하게 다루어진 인물이다. 당대엔 이단으로 내몰리고, 현대에 와서는 탈주자적이고 혁신적인 것으로 평가되는 서계의 사상은 조선후기 사상계의 변화를 설명하는 배경적 요소로 주목을 받아왔다. 하지만, 이러한 사상적인 특징이 그의 문학사상이나 작품과 어떠한 상관성이 있는지에 대한 고찰이 이루어지지 않은 것에 착안하여 연구를 시작하였다.

　서계 문학 작품에 대한 총체적인 연구도 필요하지만, 그의 문학을 사상적 특징과 관련시키는 연구 방법을 채택한 이유는 조선후기의 문단 상황이 '정치/ 사상/ 문학'의 역학 관계 속에서 긴밀하게 연관되는 측면이 강했기 때문이다. 그리고, 그동안 기존 정치·사상계 쪽에서 축적된 서계에 대한 평가도 무시할 수 없는 측면이 있다. 따라서, 서계의 사유체계를 알 수

있게 하는 사상계의 연구 성과를 수용하면서, 이러한 특징이 문학과는
어떠한 상관성을 지닐 수 있는지 규명하고자 하였다. 이러한 접근 방법이
서계 문학의 특징적인 면모를 이해하는 데에도 유용할 것으로 예상하였다.

　서계 사상의 특징적 요소 가운데 문학적으로 상관성을 지니며 규명할
수 있는 부분을 實 지향성과 개방성으로 정하였는데, 이는 곧 '儒·道·佛'의
사상적 맥락과 관련된 것이다. 儒家 이념의 재해석과 형상화 양상과 관련된
부분을 '先秦 儒家 정신의 회복－본질의 탐구와 강조', '역사적 인물에
대한 재평가', '實利的 대외 인식과 내면 의식'으로 구분하여 연구를 진행하였
다. 그리고, 서계의 道·佛 사상에 대한 태도와 구현 양상을 '老莊的 소재
취택과 仙趣的 경지', '佛家에 대한 입장과 超脫的 교유'로 나누어서 고찰하였
다.

　본격적인 문학 연구에 앞서 살펴본 서계의 문학관은 '眞/ 情'을 강조한
특징이 있었다. 「詩經思辨錄」에서 情之眞을 주요하게 인식하였고, 思無邪
의 의미를 전통적 논법과 달리 윤리적 선악의 구분과는 직접적 관련이
없는 '가식되지 아니한 情의 진실한 발로'라고 이해하였는데, 이러한 관점은
다른 사람의 문학 작품을 평가하는 주된 기준으로 작용하였다. 이는 당대에
도학적인 文觀을 바탕으로 하였던 우암의 문학관과는 변별되는 것이지만,
'性情之眞'을 강조하였던 김창협·김창흡 등의 입장과는 상호 연관되는
면이 있다.

　'儒家 이념을 재해석한 부분'은 그의 사상적 특징의 중심을 이루고 있는
實을 지향한 면모와 긴밀하게 연관된다. 이는 가치 판단에 있어서 명분보다
는 실질을 우선시하는 경향에 나타나며, 이는 문학 작품을 형상화하는데
관련되었다. 실질적 논리를 지향하고 현실적인 합리성을 중시한 태도는
역사적 인물을 당대의 입장에서 재평가하거나, 급변하는 대외 현실을 인식
하는데 두드러지게 보였다. 혼란스런 정쟁에 의해 인물이나 상황에 대한

정당한 평가가 이루어지기 힘들었던 당대의 상황을 감안하면, 서계가 실상이나 실질을 중시했던 입장을 이해할 수 있다.

그러나, 서계의 대외 인식과 관련된 부분에서는 공식적인 입장과 개인적인 인식이 불연속적으로 나타난다. 정치가의 입장에서는 힘의 역학 관계에 의해 좌우되는 국제 질서를 인식하고 淸에 대한 현실주의적 정책을 표방했지만, 정작 자신이 직접 使行을 하면서 저술한 작품에서는 오랑캐 땅으로 변화된 중국 본토의 상황에 대해 안타까움과 미련을 나타내어 갈등적인 면모를 보여주었다.

다음으로 道家 사상에 대한 태도와 문학적 구현을 살펴보았다. 老莊思想은 서계의 사상에서 주요하게 수용되고 있는 것인데, 그의 노장 해석은 유가적 관점을 완전히 탈피한 것은 아니었다. 서계는 피상적으로 노장 사상을 수용한 것이 아니라,『新註道德經』·『南華經註解刪補』를 저술할 만큼 전문적이고 독자적인 차원에서 연구하였는데, 이로 인해 반대파로부터 비판을 받았다. 그의 은거 시기는 노장 사상에 대해 천착하고 연구하며, 仙趣的 경향의 문학 작품을 창작하는 주요한 계기였다. 서계의 道家 관련 작품은 크게 두 가지 특징으로 정리될 수 있다. 첫째, 유가적 입장에서 도가 사상을 수용하여 노장 사상의 가치를 재인식하고 의미를 부여하거나, 유가적인 가치 개념과 유사한 부분을 추출해내려 하였다. 둘째, 자신의 去就 문제나 자연 인식과 관련된 측면에서 문학적 모티프로써 道家的 소재를 수용하였다. 서계가 비록 도가 사상서에 대한 주해서를 내기는 하였지만, 문학적으로 이를 수용하는데 있어서는 사상적인 면과 일종의 모티프로써 활용한 측면이 중첩되어 나타난다. 이는 서계의 작품에 遊仙詩 보다는 仙趣詩가 더 많은 비중을 차지하고, 몇몇 작품에서 儒家的인 발상이 엿보이는 詩的 특성을 감안하면 알 수 있다. 그리고, 서계가 도가적 모티프를 수용하여 표현한 대부분의 작품은 작가의 현실적 상황과 맞물려 있다.

마지막으로, 佛家 사상과 관련된 사항을 고찰하였다. 서계는 불교 이념 자체에 대해서는 부정적인 입장을 드러내면서, 儒者의 관점에서 佛道에 대해 평가하였다. 儒家에서 표방하는 '常道'의 의미를 중시하고, 이것을 기준으로 佛家의 가치를 판단하는 양상을 보였다. 하지만, 실질적으로 불가의 인물들을 평가하거나 그들과 교유하는데 있어서는 현실적이고 융통성 있는 태도를 견지하였다. 그리하여 당시 서인계 인사들에 의해 정신적 표상으로 추숭되던 김시습의 영당을 마련할 때, 서계는 큰 고민 없이 승려들과 함께 일을 도모하였는데, 이 때문에 반대파 세력으로부터 비판을 받았고, 같은 소론계 내부에서도 우려를 표명하는 견해가 나타났다. 하지만, 서계는 이념적인 차원에서 불교 사상을 이단시하는 것과 실생활에서 그 세력과의 관계를 형성하는 것을 다른 층위의 문제로 인식하였다. 즉, 그의 실질을 중시하는 사상적 태도가 佛家 세력과의 共助를 가능하게 하였다고 할 수 있다. 그리고, 서계는 승려들과의 문학적 교유를 통해 俗·禪의 交感과 超脫的 風趣를 구현하였는데, 자신과 친분이 있는 승려들의 고매한 인품과 탈속적인 삶에 대해서는 긍정적으로 평가하였다. 서계와 승려들과의 교유는 이념적인 차원보다는 일상적이고 인간적인 교분의 성격이 강하여서, 그의 실질을 지향하는 사고와 일상성을 중시하는 태도가 반영되어 있음을 알 수 있다.

이상을 통해 서계 문학과 사상의 관련성과 문학사적 의의를 정리할 수 있었다. 서계의 사상적 특징을 구체적인 문학 작품과 관련하여 살펴본 결과, 사상이 문학 작품을 통해 온전히 구현되는 면도 있지만, 사상과 문학 세계가 괴리를 보이는 면도 엄연히 존재하였다. 이는 문학과 사상이라는 영역의 근본적인 차이에서 비롯된 것일 수도 있지만, 한 개인의 公的 발화와 私的 인식이 빚어내는 복합적이고 갈등적인 모습과 관련된 것일 수도 있다.

'眞/ 情'을 표출하는 방식도 자신의 정서를 솔직히 드러내는 선에 머물렀을
뿐, 새로운 문학적 형식을 수용하거나 당대의 기준에서 실험적이거나 일탈
적인 표현을 하는 데에까지 나아가지는 않았다. 그리고, 기존 연구자들에
의해 강조되던 서계의 '實' 지향성도 대외 인식의 부분에서는 개인적인
서정과 마찰을 일으키는 부분이 발견되었다. 그리고, 당대에 많은 사상적
논란을 일으켰던 道·佛 사상이나 세력에 대한 태도도 이념 자체에 대한
침잠이 아니라, 현실적이고 평상적인 문제를 해결하는 방편으로 포용성
있게 수용하였다고 할 수 있다.

　조선후기 문학사적으로 서계 문학에 나타나는 사상적 개방성이나 實
지향의 면모는 주로 개방적이고 박학적인 학문 경향을 특징으로 하는
성혼 학통을 계승한 소론계의 특성과도 관련된다. 서계 문학의 특징적
요소는 조선후기에 와서 본격적으로 논의되는 실학적 면모, 사상의 개방성,
문학의 본질 문제라는 거대한 패러다임의 변모와 상당 부분 밀착되어
있다. 서계의 이단 사상·세력에 대한 태도나 이에 대한 반대파 인물들과의
논란은 보다 열린 세계로 나아가기 위한 진통 과정이었다. 서계의 문학과
사상은 복잡다단한 시대를 통해 이루어진 독자적인 성과물인 동시에 후속
세대와의 교량적 역할을 해주고 있다.

　서계의 사상적 특징과 문학과의 관련 양상을 살펴본 효과는 첫째, 일생에
걸쳐 이루어진 문학 세계 속에서 후대에 이루어지는 사상적 특징의 단초를
발견할 수 있었다는 것이다. 둘째, 당대에 노·소론계의 커다란 쟁점이
되었던 서계와 관련된 사상적 논쟁의 무게에 비하여, 그의 문학적 특성은
동시대의 사대부 문학에서 추구되었던 수준과 비교하여 오히려 평범한
측면이 있다는 것이다. 그 원인을 살펴본다면 두 가지 차원에서의 해석이
가능할 것이다. 하나는 허균이나 박지원·정약용 등과 같은 작가들과는
달리 서계의 사상이 직접적으로 문학적인 표현에 파격적인 영향을 끼치지

않았을 가능성이고, 다른 하나는 서계 사상의 쟁점이 정치적인 이유로 인해 그 실체보다 확대 해석되었을 가능성이다. 또한, 이것은 본격적인 변환이 이루어지기 시작하는 조선후기 초반의 시기적인 특성이면서, 동시에 전환기나 과도기 문학이 갖는 한계로도 볼 수 있을 것이다.

기존에 서계에 대한 평가를 살펴보면, 당대의 사문난적 논의가 현대에 와서는 탈주자학자 논의로 계승되었다는 것을 알 수 있다. 이는 모두 서계의 사상적 특징 가운데 주자주의와의 차이점을 중심으로 논의를 진행한 결과이다. 그런데, 이러한 해석은 과거에는 이단자로 현대에서는 진보주의자로 서계를 평가함으로써 부정적인 것에서 긍정적인 것으로 관점만 전환된 것일 뿐이라는 반성적 고찰을 하게 한다.

서계의 문학과 사상이 형성된 17세기 후반~18세기 초는 조선후기로 지배 세력에 의해 주자학적 질서가 더욱 공고하게 확립되어가면서도, 동시에 이에 대한 반작용으로서의 사상적 개방성이 문제시되던 때였다. 이러한 이중적인 특징이 있는 시기에 서계의 사상적 특징과 그와 관련된 사상 논쟁은 분명 중요한 의미를 지닌다. 그러나, 한 인물을 총체적으로 평가해야 온전한 진면목을 알 수 있다는 것을 감안한다면, 문학과 사상의 통합적인 고찰을 통한 서계에 대한 재평가가 필요한 시점에 왔다는 것을 절감하게 된다. 그리고, 더 나아가서 '탈주자학적' 특징으로 명명되는 몇몇 조선후기 작가들에 대한 평가도 면밀하게 다시 이루어져야 할 필요가 있다고 생각한다.[1] 그리고, 그동안 풍부하게 축적된 조선후기 문학·사상사를 바탕으로

---

1) 최석기는(1998, 「白湖 尹鑴의 詩經論」, 『한문학연구』 13집, 계명한문학회, pp.107~129) 윤휴나 박세당의 학문을 흔히 반주자학 또는 탈주자학이라고 명명해왔으나, 이에 대한 반론도 없지 않았다고 지적하였다. 그리고, 반주자학이라고 하면 주자학에 반하는 사유체계가 있어야 하고, 탈주자학이라고 할 때에도 주자학에서 벗어난 다른 사유체계, 예컨대 양명학 같은 다른 성격이 있어야 한다는 관점이 있다고 소개하였다. 단순히 주자의 설을 벗어났다는 것만으로 과연 탈주자학이라고 명명할 수 있는지에 대해 회의적인 견해를 표명하였다. 그리고, "백호 윤휴가 주자와

하여 이제는 이를 재정리함에 있어 발전적인 변화 양상만을 강조하다가 자칫 지속과 갈등의 측면을 간과한 것은 아닌지 성찰할 수 있는 계기를 마련하고자 한다.

문학 부분에서 서계와 동시대를 살았던 소론계 문인에 대한 연구는 아직 시작 단계라고 할 수 있다. 따라서, 노론계 및 남인계와 구분되는 점을 분명하게 제시하기에는 시기상조인 면이 있다. 최근 연구를 통해보면 소론계 인물들은 노론계보다 상대적으로 개방적인 사상적 특성을 지녔고, 현실문제 해결에 있어서도 보다 실리적인 측면을 강조했던 것으로 평가된다. 하지만, 소론계 인물들의 개별적인 특징이 다르기 때문에 전체적으로 모두 특정한 어떤 면모를 지녔다고 설명하기엔 무리가 있다. 서계 문학에 대한 본 연구도 이러한 소론계 문인의 특징 중에 일국면을 규명해 줄 수 있을 것이다.

소론계 문인들에 대한 사상·정치적 측면에서의 연구를 기반으로 보다 세밀한 문학적 논의가 필요하다. 이들의 문학 세계와 상호 관계를 추적함으로써 당대에 이들이 형성했던 문단의 실상을 포착할 수 있을 것이다. 그리고, 정치·사상적으로 특수성을 지녔던 시대의 문학에 대해 보다 여러 기준을 가지고 재평가하는 작업도 진행되어야 할 과제이다. 조선후기에 다양한 방식으로 존재했을 것으로 예상되는 개별 작가 및 작가군에 대한 연구가 이루어진다면, 좀더 다채롭고 역동적인 문학사를 서술하는데 기여할 수 있을 것이다.

다른 설을 폈다고 해서 우리가 반주자학 또는 탈주자학이라고 규정하는 것은, 백호가 주자의 설을 따르지 않고 異說을 폈다고 해서 우암이 이단으로 지목한 것과 유사한 인식이 아닐까."라는 평가를 내렸는데, 이는 서계 박세당에 대한 기존 평가에도 동일하게 적용될 수 있는 문제라고 필자는 생각한다.

참고문헌

자료

『國譯 思辨錄』, 민족문화연구소, 1968.

『國譯 新註道德經』, 민족문화연구소, 1972.

박세당, 『西溪集』, 민족문화추진회, 1994.

박세당, 『西溪全書』 上·下, 태학사, 1979.

박세당, 「西溪燕錄」, 임기중, 『연행록전집』 23권, 동국대학교 출판부, 2001.

공근식·최병준 공역, 『國譯 西溪集 2』, 민족문화추진회, 2006.

『국역 해행총재』 Ⅷ, 민족문화추진회, 1977.

김혁제(교열), 『大學·中庸』, 명문당, 1997.

김혁제(교열), 『論語』, 명문당, 1996.

김혁제(교열), 『孟子』, 명문당, 1994.

남구만, 『藥泉集』, 민족문화추진회, 1994.

남극관, 『夢囈集』, 민족문화추진회, 1998.

박태보, 『定齋集』, 민족문화추진회, 1996.

반남박씨 대종중 족보편찬위원회 편, 『潘南朴氏世譜』, 대경출판사, 1981.

성백효 역, 『古文眞寶』 後集, 전통문화연구회, 1994.

성백효 역, 『國譯 藥泉集 1』, 민족문화추진회, 2004.

오강남 역, 『道德經』, 현암사, 1995.

윤증, 『明齋遺稿』, 민족문화추진회, 1994.

이달충, 『霽亭集』, 민족문화추진회, 1990.

214

이민수 역해, 『莊子』, 혜원출판사, 2002.

이이, 『栗谷全書』, 민족문화추진회, 1989.

이정구, 『月沙集』, 민족문화추진회, 1991.

이종락 頭註, 『春秋』, 학민문화사, 2000.

임영, 『滄溪集』, 민족문화추진회, 1995.

최석정, 『明谷集』, 민족문화추진회, 1995.

최창대, 『昆侖集』, 민족문화추진회, 1997.

한국학 문헌연구소 편, 『大東詩選』, 서울아세아문화사.

『한글대장경』 151, 동국역경원, 1966.

홍찬유 역주, 『詩話叢林』下, 통문관, 1993.

『조선왕조실록』 CD-ROM, 국사편찬위원회, 서울시스템, 1995.

반고, 『漢書』, 中華書局, 1992.

방현령, 『晉書』, 中華書局, 1993.

사마천, 『史記』, 中華書局, 1992.

조익, 『陔餘叢考』, 臺北 : 世界書局, 1990.

단행본

강신엽, 『조선후기 소론 연구』, 봉명출판사, 1995.

금장태, 『한국유학의 ≪老子≫ 이해』, 서울대출판부, 2006.

김장환 外譯, 『태평광기Ⅰ』, 학고방, 2000.

김학주, 『중국문학사』, 신아사, 1989.

김항배, 『莊子哲學精解』, 불광출판부, 1992.

김항배, 『불교와 도가사상』, 동국대출판부, 1999.

김흥규, 『조선후기의 시경론과 시의식』, 고대민족문화연구소, 1982.

박양숙 편역, 『列女傳』, 자유문고, 1994.

사마천 저, 남만성 역, 『史記列傳』上, 을유문화사, 1983.

심경호, 『조선시대 한문학과 시경론』, 일지사, 1999.

심경호, 『김시습 평전』, 돌베개, 2003.

안대회, 『18세기 한국한시사 연구』, 소명출판, 1999.

안대회, 『조선후기시화사』, 소명출판, 2000.

우민웅 저, 권호·김덕삼 역, 『도교문화개설』, 불이문화, 2003.

유봉학, 『조선후기 학계와 지식인』, 신구문화사, 1998.

윤사순, 『한국의 성리학과 실학』, 삼인, 1998.

이은순, 『조선후기 당쟁사 연구』, 일조각, 1988.

이이화, 『역사 속의 한국불교』, 역사비평사, 2002.

이종묵 역, 『얼굴없는 재상 윤증의 시』, 이화, 2004.

이종묵, 『한국 한시의 전통과 문예미』, 2002.

이진오, 『한국불교문학의 연구』, 민족사, 1997.

이혜순, 『조선통신사의 문학』, 이화여자대학교 출판부, 1996.

이혜순 외, 『조선 중기의 유산기 문학』, 집문당, 1997.

정량완, 『강화학파의 문학과 사상(4)』, 한국정신문화연구원, 1999.

정 민, 『초월의 상상』, 휴머니스트, 2002.

정재서, 『도교와 문학 그리고 상상력』, 푸른숲, 2000.

조동일, 『철학사와 문학사 둘인가 하나인가』, 지식산업사, 2000.

조동일, 『한국문학통사3』(제4판), 지식산업사, 2005.

한국학중앙연구원 편, 『서계 박세당 연구』, 집문당, 2006.

황인규, 『고려후기·조선초 불교사 연구』, 혜안, 2003.

논문

고연희, 「울분과 탄식의 연행」, 이혜순·박재금 외, 『우리 한문학사의 해외체험』, 집문당, 2006.

권정안, 「윤증 유학의 심학적 연원」, 『명재 윤증의 학문연원과 가학』, 예문서원, 2006.

김경숙, 「18세기 전반 서얼 문학 연구」, 이화여대 박사학위논문, 1999.

김만규, 「서계 박세당의 정치사상」, 『동방학지』 19, 연세대 국학연구원, 1978.

김상일, 「조선중기 사대부의 승려와의 교유시 연구」, 『한국어문학연구』 39집, 한국어문학회, 2002.

김상일, 「동악 이안눌의 佛僧과의 교유시」, 『불교문학 연구의 모색과 전망』, 역락, 동국대 한국문학연구소 편, 2005.

김상일, 「조선중기 도학자의 대 승려시 연구−박순과 이이의 시를 중심으로」, 『불교학보』 43집, 동국대 불교문화연구소, 2005.

김상일, 「조선전기 훈구사대부의 유불교유론과 승려와의 교유시」, 『우리어문연구』 25권, 우리어문학회, 2005.

김영주, 「서계 박세당의 문학론 연구」, 『동방한문학』 25권, 동방한문학회, 2003.

김영주, 「조선후기 소론계 문인의 문학론 연구」, 경북대 박사학위논문, 2006.

김창룡, 「백곡 김득신의 인간과 문학(上)」, 『조선조 후기 문학과 실학사상』, 정음사, 1987.

김태준, 「연행노정, 그 세계와 향한 길」, 『연행노정, 그 고난과 깨달음의 길』, 박이정, 2004.

김학목, 「박세당의 『신주도덕경』 연구」, 건국대 박사학위논문, 1998.

김학수, 「17세기의 명가−반남박씨 서계가문」, 『문헌과 해석』 16집, 태학사, 2001.

김학주, 「우암의 詩觀과 詩」, 『우암사상 연구논총』, 태학사, 1992.

김현미, 「18세기 연행록의 전개와 특성 연구」, 이화여대 박사학위논문, 2004.

남은경, 「東溟 鄭斗卿 문학의 연구」, 이화여대 박사학위논문, 1998.

박무영, 「白湖 尹鑴의 詩經論 연구」, 『한국한문학연구』 9집, 한국한문학연구회, 1987.

박은정, 「17C말~18C전기 농암계열 문장가들의 고문론 연구−김창협·이의현·이덕수·신정하·이하곤의 韓歐正脈論을 중심으로−」, 한양대 박사학위논문, 2005.

배종호, 「박세당의 반주자학과 격물치지설」, 『한국유학의 철학적 전개(下)』, 연세대출판부, 1985.

성기옥, 「사대부 시가에 수용된 신선모티프의 시적 기능」, 『국문학과 도교』, 태학사, 1998.

성당제, 「약천 남구만 문학의 연구」, 성균관대 박사학위논문, 2004.

송갑준, 「異端-우리 도를 어지럽히는 자들」, 『조선 유학의 개념들』, 한국사상사
　　　연구회, 예문서원, 2002.

송혁기, 「17세기말~18세기초 산문이론의 전개양상」, 고려대 박사학위논문, 2005.

신병주, 「17세기 후반 소론학자의 사상-윤증·최석정을 중심으로」, 『역사와 현실』
　　　13, 역사비평사, 1994.

신승훈, 「16세기 후반~17세기 전반기 문학이론의 다변화 양상-유몽인·이수광·
　　　신흠·허균을 중심으로」, 고려대 박사학위논문, 2004.

심경호, 「강화학파의 문학 사상」, 『조선후기 당쟁의 종합적 검토』, 한국정신문화
　　　연구원, 1992.

안병걸, 「17세기 조선조 유학의 경전해석에 관한 연구-중용 해석을 둘러싼
　　　주자학파와 반주자적 해석간의 갈등을 중심으로-」, 성균관대 박사학
　　　위논문, 1991.

유영희, 「새로운 경전 해석의 등장/탈주자학파」, 『조선유학의 학파들』, 한국사상
　　　연구회, 예문서원, 1996.

유인희, 「실학의 철학적 방법론(1)-柳磻溪와 朴西溪, 李星湖를 중심으로-」, 『동
　　　방학지』 35, 연세대 국학연구원, 1983.

유호선, 「17C 후반~18C 전반 경화사족의 불교수용과 그 시적 형상화-김창흡,
　　　최창대, 이덕수, 이하곤, 조귀명을 중심으로」, 고려대 박사학위논문,
　　　2002.

윤미길, 「박세당의 시론과 시세계」, 『국어교육』 104, 한국국어교육연구회, 2001.

윤사순, 「박세당의 실학사상에 관한 연구」, 『한국유학논구』, 현암사, 1980.

윤희면, 「박세당의 생애와 학문」, 『국사관 논총』 34집, 국사편찬위원회, 1992.

이병도, 「박서계와 반주자학적 사상」, 『대동문화연구』 3, 대동문화연구원, 1966.

이승수, 「西溪의 『思辨錄』 저술태도와 是非論議」, 『한국한문학연구』 16집, 한국한
　　　문학회, 1993.

이승수, 「17세기 후반 사대부의 김시습 수용 양상과 그 의미」, 『한국한문학연구』
　　　28집, 한국한문학회, 2001.

이혜순, 「이덕무의 入燕記 小考」, 최철 외, 『조선조 후기 문학과 실학사상』, 정음사,
　　　1987.

이희재, 「박세당 사상 연구-탈주자학적 입장에서-」, 원광대 박사학위논문,

1994.

정경희, 「17세기 후반 '전향노론' 학자의 사상—박세채·김간을 중심으로」, 『역사와 현실』 13, 역사비평사, 1994.

정일남, 「『熱河日記·渡江錄』의 康世爵 삽화와 『藥泉集』의 「康世爵傳」비교」, 조규익 외 편, 『연행록연구총서4』, 학고방, 2006.

진영미, 「농암 김창협 시론의 연구」, 성균관대 박사학위논문, 1997.

조한석, 「박세당의 『장자』 <제물론> 사상 연구」, 성균관대 박사학위논문, 2005.

최석기, 「白湖 尹鑴의 詩經論」, 『한문학연구』 13집, 계명한문학회, 1998.

한영우, 「17세기후반—18세기초 홍만종의 회통사상과 역사의식」, 『한국문화』 12집, 서울대 한국문화연구소, 1991.

호승희, 「조선전기 유산록 연구」, 『한국한문학연구』 18집, 한국한문학회, 1995.

찾아보기

220

최 윤 정

이화여자대학교 국어국문과를 졸업하고, 동 대학원 국어국문과에서 박사학위를 받았다. 용인송담대,
고려사이버대, 상명대, 이화여대에서 강의했고, 현재 이화여대 국어국문학과 <우리말과 글쓰기> 전임강사로
재직 중이다.
공저서로 『우리 한문학사의 여성 인식』, 『우리 한문학사의 해외 체험』 등이 있고, 『국역 서계집』 해제를
담당하였다. 논문으로는 「신흠 문학에 나타난 여성 형상」, 「명청교체기 조선문사의 사행체험」, 「서계 박세당의
불교관과 불승과의 교유 양상」, 「서계 박세당의 만시 연구」 등이 있다.

이화연구총서 13
서계 박세당 문학의 연구
최 윤 정 지음

2011년 12월 15일 초판 1쇄 발행

펴낸이 · 오일주
펴낸곳 · 도서출판 혜안

등록번호 · 제22-471호
등록일자 · 1993년 7월 30일

☏ 121-836 서울시 마포구 서교동 326-26번지 102호
전화 · 3141-3711~2 / 팩시밀리 · 3141-3710
E-Mail hyeanpub@hanmail.net

ISBN 978-89-8494-438-1 93810

값 22,000 원